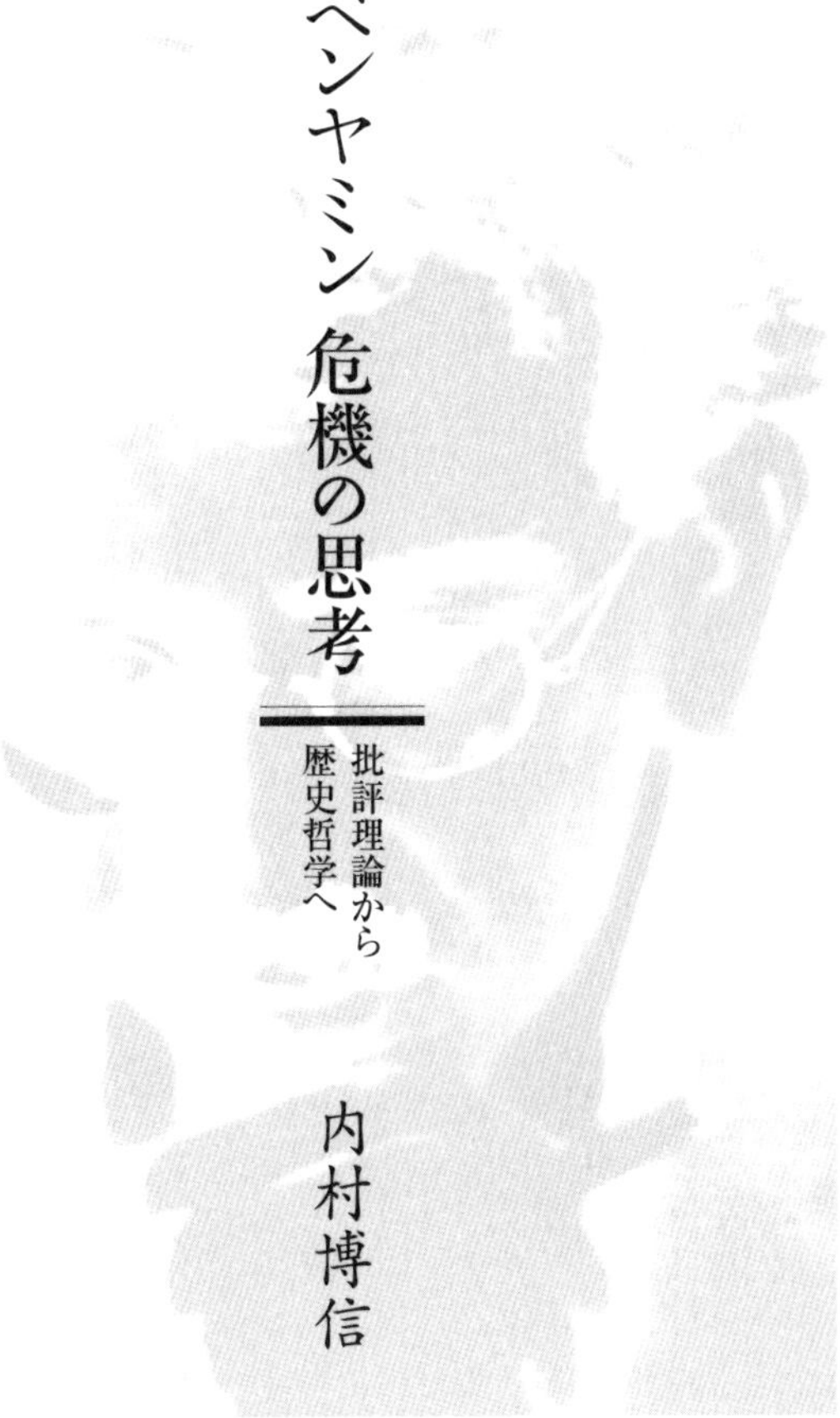

ベンヤミン　危機の思考

批評理論から歴史哲学へ

内村博信

未來社

ベンヤミン　危機の思考——批評理論から歴史哲学へ◎目次

凡例

ベンヤミンの著作からの引用および参照箇所（Vgl. Cf.）は、略記号およびローマ数字による巻数とページ数、邦訳のあるものは、邦訳書の略記号および巻数（必要に応じて）とページ数によってしめした。また手紙からの引用は、略記号およびローマ数字による巻数とページ数によって、邦訳のあるものは、邦訳書の略記号および巻数とページ数によってしめした。なお訳文は邦訳を参照したが、解釈および議論の都合上、原文から直接訳している。

GS: Benjamin, Walter: Gesammelte Schriften, Frankfurt a. M.（Suhrkamp）1974-1999.

GB: Benjamin, Walter: Gesammelte Briefe, Frankfurt a. M.（Suhrkamp）1995-2000.

『コレクション』:『ベンヤミン・コレクション』五巻、浅井健二郎責任編集、筑摩書房、一九九五年—二〇一〇年

『著作集』:『ヴァルター・ベンヤミン著作集』十五巻、晶文社、一九六九年—八一年

『ロマン主義』:『ドイツ・ロマン主義における芸術批評の概念』浅井健二郎訳、筑摩書房、二〇〇一年

『根源』:『ドイツ悲劇の根源』上・下、浅井健二郎訳、筑摩書房、一九九九年

装幀――伊勢功治

ベンヤミン　危機の思考——批評理論から歴史哲学へ

序

ベンヤミンの青年期の迷宮は青年運動の拠点であった「談話室」と、遠巻きにボヘミアンの雰囲気をただよわせるカフェとのあいだに張りめぐらされている。「はたしてカフェは当初わたしたちにとって、午睡《シエスタ》の場所というより、むしろ戦略上の宿営だった[1]」。その不安と予感に満ちた空間は「あの待つという情熱」のもとに開かれるのだとすれば、言語の前に事物は依然としてその迷路を出現させていないとすれば、それはまだ迷宮とはいえないかもしれない。初期の書簡のなかでたえずくりかえされる「精神」ということばには、事物をその闘争の延長線上に回帰させようとするはてしない焦燥がまといついている。あらゆるものに、娼婦にすら「精神的なるものの性化」と見なして「精神を期待する」こと、すべてが精神の超越的な闘争と解放に向けて組織されているのだと主張すること[2]。「それは、人間の置かれている現状を攻撃せずに、その姿勢だけを変革しようという、ぎりぎりのヒロイックな試みだった[3]」と、のちにベンヤミンはみずから回想している。第一次世界大戦前夜、戦争への熱狂へと向かう同時代的状況のなかで、それでもなにか待ちうけている破局への予感が、その眩暈のうちに姿を隠しているものの秘密を、迷宮への入口をひそかに告げているように見えるとすれば、それは何によるのだろうか。

アドルノはベンヤミンについて「手紙は彼の形式となった」と語っている。便箋やインクへの執拗なこだわりから、友人にたいする儀式めいた振舞い、自己をひたすら意味の生成の場へと消しさろうするその叙述の姿勢にいたるまで、手紙はベンヤミンの表現の特殊性を象徴するもっともふさわしい形式であったというのだ。[4] およそあるひとつの思考の形式を獲得しようとするとき、そこにまた特殊な生の形態を特権的なものとして要請するなら、いずれにせよその思考にはなにか破滅的なものがつきまとわざるをえないだろう。『現代の青年の宗教的位置』（一九一四年）、『青年の形而上学』（一九一三／一四年）、『学生の生活』（一九一四／一五年）、初期の青年運動をめぐる文章のなかでベンヤミンが精神の優位を語るとき、その特権的な生を担うものとして呼びさまされるのは、「青年《ユーゲント》」であり、また「詩人」である。そこでは「創造的精神《ゲーニウス》」とともにエロスが、「創造者のエロス」が語られる。そもそもベンヤミンにとって生はどこか精神を束縛するものであるとすれば、エロスもまたかならず、人間の、あるいは精神のその疎外された姿となって現われてくる。ベンヤミンが娼婦に「精神的なものの性化」を見るとき、それが意味しているのは精神のその倒錯の形式にほかならない。「娼婦はみずからの最後の聖域から、性から、自然を追いだしている。……精神的なものの性化、それが娼婦の倫理である。娼婦はエロスにおいて文化を表出する。もっとも確固たる個人主義者であり、もっとも文化に敵対的であるエロス。エロスもまた倒錯に陥ることがあり、また文化に奉仕している[5]」。つまりベンヤミンは、人間の総体のうちに娼婦性がひそんでいると考えているのである。娼婦とは〈もの〉へと変えられてしまった人間の、精神のあり方にほかならない。人間の疎外はエロスにおいて表現されるとともに、倒錯において文化を表出する。とすれば「青年《ユーゲント》」にしろ詩人にしろ、そこで語られる「創造者のエロス」には、やはりなにか自己破壊的なものがひそんでいるといえる。「自然」から、生の束縛から解放されるためにエロスはその倒錯において自己を表出しなければならないという、そのエロティシズムから解放されたエロスにこそ創造的なものが秘められていることをしめすために、エロスは必然的に物象化されなければならないという、そこにエロスにたいする二重の要請が隠されているのだとすれば。

ギムナジウム時代の一時期、ベンヤミンはヴィッカースドルフにあるグスタフ・ヴィネケンの「自由学校共同体」に身を寄せていること、大学時代の活動の中心であった「談話室」と、その機関誌『出発』もまたヴィネケンの指導のもとにあったことからすれば、ベンヤミンが「青年《ユーゲント》」という観念を精神の権利へと重ねあわせることによってその闘争の輪郭を形成しようとしたとしても、とりわけ不思議なことではない。「青年《ユーゲント》の文化」を表明し、のちにヴァンダーフォーゲルの青年運動とかかわりをもつことになるヴィネケンの影響に、ハーバーマスはベンヤミンの「若き保守性」を見ようとする。[6]実際、『出発』に寄稿されたベンヤミンの文章には、ヴィネケンの思想が濃く影をおとしている。ベンヤミンは「青年《ユーゲント》」を、「眠りこんだまま、魔法を解いてくれる王子が近づいてくるのに気づかない」いばら姫に、その秘められたペシミズムによって世界を解放しようとするハムレットに、「どこにも制約されることなく、つねにみずから実現しなければならない新たな目標を見さだめる」ファウストに、そしてペシミズムをあるときは悲劇的にあるいは喜劇的に、風刺をまじえて人間性へのオプティミスティックな信仰へと変えるシュピッテラーの主人公たちにたとえている。[7]「人間はまだ完全に自己の理想を実現していないかぎりにおいて青年なのである。目の前にあるものに完成されたものを見るのは、まさに老年の徴なのだ」[8]。ヴィネケンが、人間の文化にかかわるあらゆる歴史を「青年の受難の歴史」と見なして、「青年《ユーゲント》」の無垢と明晰さへの衝動のうちに、社会を束縛している目的性を中断する力を、既存の文化や社会秩序を変革する潜在力を見ようとしているとすれば、(9)ベンヤミンもまた「青年《ユーゲント》」の無垢とそこに秘められたペシミズムに、自由への希望と改革への可能性とを見いだそうとするのである。

他方、第一次大戦開戦の数年前、ヴィッカースドルフがシュテファン・ゲオルゲの影響をうけはじめるころ、(10)ベンヤミンの口にもゲオルゲの名がさかんにのぼることになる。ゲオルゲとそのサークルからの影響は、あくまで間接的なもの、予感めいたものであったとはいえ、ベンヤミンの語る「青年《ユーゲント》」や詩人の生にさらに倒錯的な意味をあたえている。後年、ゲオルゲの六〇歳の誕生日に寄せたエッセイ『シュテファン・ゲオルゲについて』(一九二八年)のなかで、ベンヤミンはゲオルゲの詩、とくにその『魂の一年』のなかの詩を引用し議論の場へもちだしたり口ずさんだりすることが、当時、「青年の特権であり、至福」であったと語っているとすれば、(11)さらに一九三三年、匿名で『フランクフルト新聞』に掲載されたあるゲオルゲ研究についての書評では、(12)ゲオルゲにユーゲントシュティールの雰囲気を重ねあわせながら、暗い時代の予言者と無力な改革者の姿を認めている。一九一四年のはじめ、若者に戦場へと呼びかける詩集『盟約の星』が戦争の不吉な前触れとなるとき、「青年《ユーゲント》」ということばには、むしろ新しいものへの期待ではなく暗く立ちはだかるものへの予感が、また改革による断絶への意志というよりも無力さによる回避への思いが、より鮮明に映しだされることになる。そこではかない欲求のいっさいが破壊的なものを、無垢なもののいっさいがその暗い背景を反映し浮かびあがらせるのである。アドルノのいうように「ゲオルゲの詩で、暴力が自己破壊的なものとして告知されていないような詩はひとつもない」[13]とすれば、またベンヤミンの精神の権利をめぐる運動も、さまざまな束縛からの解放を訴えながら、そこに隠された暴力の暗い衝動をみずから照らしだしてしまう危険にたえず脅かされている。

たとえ精神の優位という虚構がみずからのあまりの無力さをさらけだしてしまっているとしても、それればかりか、そこにはなにか危ういものが、みずからの生を裁断しようとする倒錯的な暴力がつねにつきまとっているとしても、ベンヤミンの思考をさらにずっとあとになっても触発し、突き動かしつづけることになるのは、まさにこの自己破壊的な、危機的な徴候にほかならない。生は、みずからを束縛するものからの解放を、自己を無垢なもの、未決定なものへと解き放つことによって、みずからその破壊的な暴力に身をさらすことによって獲得する。この危機の徴候に、ベンヤミンは状況を批判し、現在を批判する力を見いだそうとするのである。『学生の生活』のなかで、進歩や進化という近代の思想が〈現在〉をたんなる経過へと、〈生〉をたんなる生命へと還元してしまっていると訴えつつ、ベンヤミンは、「事物の本質のうちにひそみ決定を待っている危機」を認識することこそ批評の仕事であり、歴史の課題なのだと主張している。

終局的なもののエレメントは、うつろな進歩の流れとなって目にうつるものなのではなく、さまざまな創造や思想として、それは危ういもの、まったくいかがわしいものとして嘲笑の的とされているとはいえ、そのようなものとしてあらゆる現在のうちに深く埋めこまれている。完全なものの内在的な状態を純粋に絶対的な状態へと形成していくこと、その状態を現在において目に見

えるものにし支配的なものにすること、それが歴史の課題である。(14)

〈現在〉を経過のなかで決定されたものとして見るのではなく、そこに「終局的なもののエレメント」を、なにか決定を待っているものを見ようとする思考、〈生〉をたんに生命を維持する有機的な組織と見なすのではなく、そこにみずからの主権を奪ってしまうかもしれないものの絶対的な力を見いだそうとする思考、つまり連続的な経過や持続を断ち切り、断絶によって〈現在〉と〈生〉を構成しようという危機をめぐる思考こそが、ベンヤミンの歴史哲学と批評理論を形づくることになるはずのものなのである。

第一章　芸術批評の理論と作品の概念

大学時代、いまだ青年運動に積極的にかかわっていた時期に書かれた『現代の宗教についての対話』(一九一二年)という文章のなかで、ベンヤミンはゲーテに代表される古典主義を、カントの理性批判とロマン主義の自然への洞察と対比させて論じている。(15)

ベンヤミンは、ゲーテに代表される古典主義がルネサンスの「人文主義 Humanismus」の系譜のなかにあることを、そこにギリシアの神々への信仰、「汎神論《パンテイズム》」に類似するものがあることを確認しつつ、そうした「人文主義」は「幸福のもっとも高次の、もっとも調和したさまざまな瞬間を体験する」(16)ことを可能にするものであると述べている。「人文主義」の精神を体現する「詩人」とは、「もっとも力強く、もっとも造形力に富んだ感情生活をいとなむ人間」(17)であり、まさに青年運動において学校教育がめざすべき人間の理念とされてきたものにほかならない。他方、ベンヤミンはまた、「カント、フィヒテ、ヘーゲルとともに、われわれが精神の自律性を自覚するにいたったその瞬間に、自然はその計り知れない対象性のうちに立ち現われてきた」ことに、近代の「悲喜劇的な法則」を見いだしている。「カントが人間的生の根幹を実践理性のうちに発見したその瞬間に、理論理性は、はてしない苦労をかさね近代自然科学を築きあげなければならなかった」[18]。ここでゲーテの「人文主義」がカントによって見いだされた「精神の自律性」と結びつけられ論じられているのだが、それはわれわれが自然をその「対象性」のもとに観察することをつうじて「精神の自律性」を確認しようとするとき、そこに自然との新たな調和の可能性を見いだすからにほかならない。自然があらゆる束縛から解放され自律的にみずからを形成する自由を表現しているかぎり、「詩人」はそこに模倣すべき対象を見いだすことができる。古典主義は、全体的な調和を、あくまで個体の内的な調和を完成することをつうじて達成しようとするというのである。

他方、ベンヤミンは、そうした「人文主義」が「思考の欠如 Gedankenlosigkeit」ゆえにそもそも「倫理的な生を規定する諸力」をもっていないと批判する。それにたいして「ロマン主義」こそが「自然的なものの暗い側面への鋭い洞察」をしめすことで、その欠如を補うことになったと主張するのである。つまり、「自然的なもの」は、けっして根本的によいものではなく、「異常で、ぞっとするような、恐ろしく、おぞましい、野卑な」ものであるという洞察をしめしてみせたところに、ロマン主義の意義があるというのである[19]。ロマン主義が発見したものは、「われわれの生のなかに織り込まれてしまっているすべての恐ろしいもの、理解不可能なもの、低次のものにたいする理解[20]」にほかならない。

この対話形式の文章のなかで議論されているのは、もはや宗教がその内実をしめすことができなくなった時代における芸術と倫理との関係である。ベンヤミンが明らかにしようとしているのは、「精神の自律性」が自覚されると同時に、多様なものを総合するという精神の構成的な能力が、芸術すなわち美をどのような領域へと構造化することになるか、という問題である。近代社会において、美が宗教的な関心のもとに語られることから解放され、美の領域が自律的なものであると認められるようになるとき、「精神の自律性」こそが美にとってますます全体的な調和を体現する理想的な表現の対象と見なされるようになる。しかし同時に、それによって倫理的な諸条件は、美にとってますます潜在的なものになる。すなわち、美は「精神の自律性」を表現するその自律的な領域のなかにみずからの起源を覆い隠そうとしつつ、その執拗な身振りのなかで、倫理的な諸条件をますます問われるべき思考形態として潜在的な領域へと構造化するのである。〈芸術のための芸術《ラール・プール・ラール》〉がまさにとなえられようとするそのとき、作品の領域と、作品の構造を問う批評の領域が見いだされることになる。

ベンヤミンは、第一次世界大戦の勃発と同時に自殺した友人フリッツ・ハインレという若き詩人の死を契機に、戦争を賛美するヴィネケンにたいして、まさにあらゆる犠牲を強いてきた「国家」に「青年《ユーゲント》」というみずからの理念をすら犠牲に捧げようとしている、と決別の手紙を送り、青年運動から決定的に距離をおくことになる。その後、大戦をはさんで、ハインレの死の直後に書かれた『フリードリヒ・ヘルダーリンの二つの詩』（一九一四／一五年）から、徴兵をのがれた出国先のベルン大学で博士論文として提出された『ドイツ・ロマン主義における芸術批評の概念』（一九一九年）、さらにベンヤミンの批評のもっともすぐれた理論的実践をなす『ゲーテの親和力』（一九二二年）にいたるまでの作品のなかで、ベンヤミンは現実の政治状況には背を向けつつも、この危機的な歴史的状況をもっぱら芸術と倫理との関係のなかで問いつづけている。創刊されることのなかった雑誌『新しい天使』の予告（一九二一／二二年）で、雑誌の「使命＝課題 Aufgabe」とは「その時代の精神のアクチュアリティ」を救済すること、「歴史的要求」を掲げることにあると主張し、(21)〈批判＝批評 Kritik〉こそがそうした救済と訴えの力を担うはずのものであると述べているが、ベンヤミンは危機的な歴史的状況にある倫理的な生を、作品のなかで、その「表現されたもの」の領域のなかで、〈批判＝批評〉の理論と実践というかたちで問うのである。

1 〈詩作されたもの〉の概念

ヘルダーリン論における「同一性の法則」

第一次世界大戦前、市民的教養とその生活様式に反旗を翻す青年運動は、時代の潮流もあって、新カント派やヴィルヘルム・ディルタイなどの思想の影響をうけている。ヴィネケンのサークルにはユダヤ人の学生が多く集まっていたこともあり、新カント派のユダヤ人哲学者ヘルマン・コーエンなどの思想がうけいれられていたが(22)、他方、とりわけディルタイの「体験 Erlebnis」という概念は、青年運動の高揚と結びついて、その旗印としてもちいられてもいた(23)。そもそも「体験」は一八七〇年代、近代産業社会にたいする異議申し立てを表明することばとして頻繁にもちいられるようになり、ニーチェ、ベルクソンの生の哲学と結びついて、またディルタイの『体験と文学』(一九〇五年)の影響下に、ゲオルゲのサークル「ゲオルゲ・クライス」でも宗教的な響きをもった合言葉となっていた。こうした状況のなかでヴィネケンおよび青年運動との決別を契機に、新カント派の「認識」や「批判 Kritik」の概念とディルタイの「体験」や「芸術批評 Kunstkritik」の概念との対決が、その後のベンヤミンの思考を形成することになる。[24]『フリードリヒ・ヘルダーリンの二つの詩』においても、ディルタイやフリードリヒ・グンドルフが「体験」の概念のもとに展開した「詩人」や「神話」、「運命」や「勇気」といった観念とともに、作品と批評が「生 Leben」にたいしてもつ意味が問われている。ディルタイが、さらにグンドルフがこの時代に、「体験」という概念をつうじて生と作品とを結びつけ、批評を個人の生の追体験として理解しようとするのにたいして、ベンヤミンは論考において、時代にたいする批判と芸術批評のあり方とを結びつけることによって、生と作品と批評との関係を問いなおそうとするのである。

ベンヤミンはヘルダーリン論の冒頭で、みずから注釈を試みているのだと語っている。またそのとき問題なのは、すなわち作品において問われるべきものは、「課題 Aufgabe」としての生なのだと説明している。つまり、作品に注釈をくわえること、そこに思考がみずからを反映させる領域をつくりだすことによって、生をその思考の境界において問うことが問題なのだと。ベンヤミンはこの境界の領域を〈詩作されたもの das Gedichtete〉と呼んでいる。「〈詩作されたもの〉において、生は詩作品によって、課題は解決 Lösung によって規定される」[25]。根底にあるのは、「芸術家の個的な気分 Lebens-stimmung」などではなく、「芸術によって規定された生の連関 Lebenszusammenhang」なのだという。つまり、「解決」としての作品は、「課題」としての生をその連関において思考へと送りかえすものとしてとらえられている。開かれたものとしての作品を前に、生は追構成されるべきものとしてではなく、「課題」としてくりかえし思考へと送りかえされることによって、たんなる生命から、またみずからを決定されているものとして規定するあらゆる観念から解放されるとともに、ふたたび生の連関とその多様性において問われるのである。したがって注釈には二重の要請が含まれている。作品のなかで思考が解放されるままにある拡がりを獲得していくようにすること、そしてその拡がりのなかに生がみずから包みこんでいるものを問うこと。つまり、作品が個人の生の追構成としてではなく生の連関において問われるべく、そこに批評の領域が開かれること。

ヘルダーリン論のなかでベンヤミンはまず〈詩作されたもの〉を、ことばがその意味とイメージをめぐって響きあう空間として、生がことばの透明な領域へとひきこもる境界として浮かびあがらせようとする。そのときその空間はひとつのことばを介してこたえあう意味や、隣接的あるいは類似的な関係によって反映しあうイメージによってつくりだされている。たとえば「器用な、巧みな」および「送られた、派遣された」という二重の意味をもつひとつのことばが「詩人」の生を運命ということばへと結びあわせるとすれば、また「歩み」、あるいは「絨緞」といったことばは「集中的＝強度的な」運動や完璧さを意味するその隣接的なイメージによって〈詩作されたもの〉の領域をあるひとつの拡がりへと展開する、といったように。ベンヤミンによれば、意味とイメージに満たされたこの空間を支配するのは、「同一性の法則 Identitätsgesetz」であるという。

この同一性の法則が意味しているのは、詩作品のなかでは、あらゆる統一がはじめから集中的＝強度的 intensiv に浸透しあうことによって出現しているということ、諸要素はけっしてそのまま把握することはできず、ただそれぞれの関係の構造だけが把握されうるのみであるということで

ある。そこでは個々の本質の同一性は無限の連鎖をつくりだす機能となって、〈詩作されたもの〉を展開するのである。(26)

〈詩作されたもの〉は、また〈神話的なもの das Mythische〉とも言い換えられている。それはヘルダーリン論のなかでは、「神話学 Mythologie」によって前提とされていた意味を否定すること、その意味の同一性を否定することによって展開される。ベンヤミンは、「同一性の法則」とは「見たところ感覚的な要素と見えるものと理念的な要素と見えるものとのそのすべてを、本質的で原理的には無限な諸機能の総体として現出する法則(27)」であると説明するとき、いわゆる概念と対象との一致を問題にしているのでも、そこに同一性と相違性によってつくりだされる秩序を問題にしているのでもない。「同一性の法則」、あるいは「関係の独裁 die Alleinherrschaft der Beziehung」ということばで問題となっているのは、構成された同一的な関係ではなく、その関係を解体し再構成する「機能」、ことばを類似するものの配置においてふたたび意味とイメージの反映と分散へと回帰させる操作そのものにほかならない。つまり、関係によって構成される同一的な秩序ではなく、関係をみずから生成する隠された「機能」としての〈同一性〉が問われている。諸要素を境界の反復において逸脱させ、そこにくりかえし表象の限界を回帰させる〈同一性〉によって、意味やイメージの同一性と類似が、すべての構造を逸脱するものとして展開されるのである。そこでは、「具象的要素と精神的要素の結合の集中性＝強度 Intensität」、つまり具象的なもの、可視的なものがある統一的な意味において現象するときの、意味やイメージの類似がある規定的な意味において成立するときの、その「集中性＝強度」が問題となる。

ベンヤミンはまた、ヘルダーリンの詩において関係が独裁的に支配している状態を詩人の「勇気」、「根底に感じとられる世界秩序の集中性＝強度」をその「運命」ということばによって表現しようとしている。そこでは、「詩人」と運命との同一的関係は「ふさわしい gelegen」もの、その空間の拡がりは「運命がその手を伸ばしていく広大な地平」としてとらえられる。[28]「勇気」や「運命」といった神話的な概念をめぐってなされるベンヤミンの議論には、ヴィネケンとその青年運動の影響が認められることからしても、さらに「人民 das Volk」と「詩人」からなる「神話的秩序」、その「運命による結合関係」について語られるとき、[29]ハイデガーのヘルダーリンに関する論考を予感させることからしても、たしかにどこか危ういものが感じられる。しかし、さらにはっきりとしめされるのはのちの作品においてであるとはいえ、そもそもディルタイが「体験」ということばにもとめた生と作品との統一といった観念は、けっしてベンヤミンがヘルダーリンの詩に見いだそうとしているものではないばかりでなく、[30]また〈詩作されたもの〉のなかに見いだされる生はけっして「一民族 ein Volk の生」でもなければ「一個人 ein Individuum の生」でもないと述べられている。[31]運命に支配された「詩人」のあり方が、「創造的精神《ゲーニウス》」[32]として「生あるものたち」のなかに「送られたもの das Geschickte」であると同時に、「ふさわしさ＝機会 Gelegenheit」、すなわち「創造的精神そのものから発するひとつの関係」であると述べられるとき、「この〈ふさわしさ＝機会〉の現前」は、生が作品のなかにありうべき場所をあたえられることを意味するというよりも、むしろ生がけっして作品とは調和しえないものであることをしめしている。

ふさわしさというものが、すでに見たように、〈〈創造的精神〉にたいする関係ではなく〉、〈創造的精神〉から生みだされる関係であったように、響き合いReimは〈喜びにたいする関係ではなく〉喜びから生みだされる関係なのである。むしろ、音響的不協和をきわめて強烈に想い起こさせるあのイメージの不協和こそ、喜びに内在する精神的な時間秩序を感じとれ聞きとれるものにする機能をもっているのであり、響き合いの無限の可能性に対応する無限の拡がりをもった事象の連鎖をもたらすのである。それはたとえば、真理なるもののイメージと絨毯のイメージとのあいだの不協和が——ちょうど〈ふさわしさ＝機会〉ということばが、状況の精神的時間的同一性（つまり状況の真理）を意味していたように——この二つの秩序を統一する関係としての歩みの可能性を呼びさましたのと同じである。こうした不協和こそ、詩的機構のなかで、あらゆる空間的関係に内在する時間的同一性と、また精神的存在の絶対的に規定するその本性とをきわだたせるものなのである。[33]

規定するものと規定されるものとの同一性、思考するものと感覚されるべきものとの「響き合いReim」は、調和ではなくむしろ「不協和」に支配されている。この「不協和」こそ、「絶対的に規定する」精神的なものの本性と、「生あるものたち」との、「詩人」という精神的存在のその運命とともにひとつの表象の空間へと形象化される諸存在との同一性、その拡がりを構成するものにほかならない。「不協和」とは、「詩人」の生と「生あるものたち」との同一的な関係が「ふさわしい」ものとして表わされるとき、どちらもたがいのうちに解消されるべきもの、帰属すべきものではなく、むしろけっして解消しえないもの、凌駕しえないものであることをしめしているのである。

したがって、喜びへの「響き合い」は、事象の無限の連鎖をつくりだすとともに、事象の連鎖をもたらす無限の可能性を、空間が収束し閉ざされてしまうのをさまたげる時間の開かれた形式をみずからのうちに含んでいる。「響き合いの無限の可能性に対応する無限の拡がりをもった事象の連鎖」をつくりだすのは、むしろイメージの不協和、この表象の空間を逸脱させるもの、つまりつねに諸形姿をその充足した状態、諸要素のままの状態へと循環させてしまう時間ではなく、その円環からはずれた時間という形式である。ベンヤミンは「思考する昼」を、そして「昼というものを造形の原理であると同時に観照の原理にまで高めているあの並々ならぬ美」(34)を問題にする。この造形の瞬間、「永続＝静止 Beharrung の瞬間」においては、諸形姿は二重化し、さまざまなイメージは不協和として知覚される。感覚の対象は自己の上に重なりあうことなく、またそこに異質な諸形姿によってまったく新たなイメージの統一がつくりだされる。「時間の転回 Wende der Zeit」と「形姿の二重化」、あらゆるものを同一的な連関から逸脱させてしまう時間と、諸形姿をその連関の結び目からとかれたものとして総合する「観照」の働き。ベンヤミンはさらに、「集中性＝強度をそなえた思考の造形的構造」が非円還的な時間という形式を生みだすのだとすれば、その根底では「眠り」が、あるいは「観照にとらえられた意識」が自己を諸形姿で満たしながら空間のその外延的拡がりをつくりだすと説明している。つまり時間が非円環的なものになるとともに、諸形姿は生にとって潜在的なものとして見いだされるというのである。したがって「同一性の法則」もまたこの二重の働きのなかにある。「同一性の関係は、集中性＝強度的な意味においては、形姿の時間的造形へといたるものなのだが、この同じ同一性が、外延的な意味においては、形姿の無限の形式、つまりそのなかで形姿が形姿なきものと同一化するいわば納棺された造形へと続くのでなければならない[35]」。〈同一性〉は、表象の空間をたえず構成しつつその中心から逸脱するものとして、むしろ空間の充足をたえず遅らせるもの、時間の純粋な形式にほかならない不協和としてみずからを表現するとともに、思考を「感覚的な充溢」へと、諸形姿を「眠り」のなかへと送りこむことによって、形姿の二重化、その生成と変容を生にとって潜在的なものとして展開するのである。

「形姿の原理」と「オリエント的なもの」

ヘルダーリン論のなかでベンヤミンが注釈をくわえているのはその後期頌歌である。ここでとりあげられている「詩人の勇気 Dichtermut」と「臆する心 Blödigkeit」という二つの詩は、第一次大戦において夭逝したゲオルゲ派の研究者ノルベルト・フォン・ヘリングラートによって、すでにその学位論文『ヘルダーリンのピンダロス翻訳』（一九一〇年）のなかで、ヘルダーリンがその破局へといたる過程で試みた頌歌の一連の改作のひとつの例として引きあいにだされている。十八世紀の詩や翻訳においては、ことばは個人に固有なものではなく、因襲的なもの、時代が共有しているものだと考えられていたとすれば、十九世紀にはいり個人が解放されみずから固有な言語を獲得していくにしたがって、また他方で詩と翻訳のレトリックが一般にまったく恣意的で通俗的な偽りの固有性に支配されてきたために、そしてヘルダーリンの後期頌歌とピンダロス翻訳の特色がそのような時代の潮流に逆らうようなことばの硬質なつかいかたにあったために、その発見が遅れたのだとヘリングラートは主張している。さまざまな通俗的な感情や観念連合によって組みたてられたつながりを「なめらかな結合」と、ヘルダーリンの硬質なことばのつながりを「ごつごつした結合」と呼びつつ、ヘリングラートはそこに個人におけることばの固有な、そしてまた統一的な形成を、語の配置の生みだす緊張が個人の固有性と全体との調和において刻印されているようすを認めるのである。(36) ベンヤミンもまた、ことばの配置に、ことばが充足的なイメージや思考から解放されるところに、新たな表現の可能性を見いだしてはいるものの、そこにヘリングラートのように個人の統一と全体との有機的な調和を見ているわけではない。ヘリングラートにとって「新しい生」とは「人間たちと神々とを調停する」もの、個別的な生を全体において反復し、繰り返すものであるとすれば、ベンヤミンにとって生はむしろ危機のなかに、調和を破壊するもの、断絶を繰り返すもののうちに問われ、見いだされるべきものなのである。

ベンヤミンは「詩人の勇気」と「臆する心」という二つの詩のあいだの改稿を問題にするとき、そこに創作上の連続的な移行をではなく、決定的な転換を見ている。「詩人の勇気」には二つの稿があり、初稿は一八〇〇年から一八〇一年にわたる時期に書かれ、ベンヤミンが初稿として注釈をくわえている第二稿は、一八〇一年の春に成立したものと考えられている。また、「臆する心」は一八〇三年十二月にはほぼ完成し、一八〇五年に発表されることになるが、この間にヘルダーリンはフランスを訪れ、カージミール・ウルリヒ・ベーレンドルフ宛の手紙(一八〇二年十二月二日)で「アポロに打たれた」と書き送ることになる。したがって、ベンヤミンが論じる改稿は、ちょうどフランス訪問をはさんだ、ヘルダーリンがその思考を大きく転換させる時期に対応している。よく知られているようにボルドーからの帰国後、ヘルダーリンの詩は透明さを増しつつ次第に断片化し謎めいたものになる、と同時に、ヘルダーリン自身も精神異常の徴候をしめしはじめ狂気への道をたどる。ヘルダーリン論でベンヤミンが問題にするのは、あくまで詩作品を構成する「内的形式」であって、生が〈詩作されたもの〉の根底をなすと語られつつも、実際にそこでどのような生が想定されているのか、改稿と根底にあるその生がどのような関係にあるかは論じられていない。他方、ベーレンドルフ宛の手紙は、のちに「フランクフルト新聞」に注釈を付した一連の書簡のひとつとしてとりあげられ、『ドイツの人々』(一九三一／三二年)に収められているが、一七八三年から一八八三年にかけてさまざまな作家の手紙によるアンソロジーとして編まれたこの著作は、「市民階級 Bürgertum」がその地位をかためていく時代、しかし地位を確保するだけで、「この地位を勝ちとったさいの精神をもはや保持することができなかった」時代、市民階級がみずからを「歴史の天秤」にかけなければならなかった時代をえがきだそうとするものであると、序で解説がくわえられている。[37]ベンヤミンはそこでヘルダーリンの手紙に、まさに市民階級がその地位を勝ちとった時期の「精神」を読みとるのだが、ヘルダーリンが市民階級の姿を託すギリシアは「繁栄する理想のギリシアではなく、荒廃したギリシア」、その「受難共同体 Leidensgemeinschaft」であり、それはその後の「西欧の、とりわけドイツの民族精神 Volkstum」と結びつくものであり、また「歴史的変容の、ギリシア精神の化体 Transsubstantiation の秘密」をなすものなのだと説明している。[38]ベンヤミンがのちに認める「歴史的変容の秘密」を、ヘルダーリン論に読み込むことはできないにしても、二つの詩の改稿のなかに開かれた〈詩作されたもの〉の領域には、それとはっきりとしめされているわけではないが、おそらくは市民階級の生が詩作品のなかにその形姿を刻印する過程を読みとることができる。

いずれにせよヘルダーリン論では、〈詩作されたもの〉は生と作品とのあいだに構成される「内的形式」のもとで、生を束縛するあらゆるものが転倒する領域、またその転倒によって成立する領域として展開されている。そこで論じられるのは〈死〉というテーマであり、さらに〈勇気〉、〈運命〉というテーマである。

とりわけ〈死〉は、生との対立において考えられるかぎり、つねに生にとって脅威でありつづける。〈死〉は消滅であり、いっさいを過ぎさらせるものであり、生命のない物質への回帰にほかならない。他方、〈死〉はまた生を、この消滅すべき運命にあるものから、たえず循環するものとして表象される過去から、そしてたんなる生命から解放することによって、ふたたびその閉ざされた領域の外へと、潜在的な他者へと、その多様な交感の場へと送りかえすものでもある。ベンヤミンが二つの詩の改稿のなかで問題にするのは、生を前提にすることによってその対立のなかで考えられる〈死〉ではなく、そのような生の前提となっている〈死〉にほかならない。ベンヤミンが強調する「結び合いの特別な中心となる場」、「生と〈詩作されたもの〉との境界がもっともはっきりとしてくる場、意味されている生がますます無形式なものとなって溢れでてくるにしたがって、内的形式のエネルギーがそれだけいっそう強力なものとなることがしめされる場」[39]とは、〈死〉のことをいっているのである。「詩人の勇気」では、〈死〉はギリシア神話のモイラに由来する古代ローマの「太陽神」という形姿をつうじて「宇宙そのものの没落を意味する」ものと、「彫塑的、英雄的な存在の自然の無規定な美のなかでの消滅」と考えられていたのにたいして、[40]「臆する心」では「死の新しい意味の導入」によって、〈死〉はたんに神話学的な「宇宙」の「没落」を意味するのではなく、生をそのような多様な交感の場へと送りかえすものとしてとらえられている。「死のなかには、形姿と形姿なきもの、時間的造形と空間的現存、理性と感性のその無限の現われが存在している」[41]。「死が〈通い合い Einkehr〉という形姿をとって詩の中心に移し置かれたこと」によって、〈死〉は脅威によって生を閉じこめるものではなく、生をあらゆる束縛から解放し、その多様性において問うものとして新たな意味を獲得するのである。

〈死〉が生に対立するものではないとすれば、〈勇気〉もまた、たんに生を脅かす死、その死の脅威へと身をさらすといった特性を意味するものではない。「勇気ある者の死のなかには、ふだんは限定された事物として肉体をとり囲んでいるもろもろの恐ろしい力の解放と、同時にその安定化が宿っている」[42]。もはや、諸力が解放されるとともに対立は解消されているのだから、そこでは有限の閉ざされたシステムとしての生が危険にさらされているのではない。むしろ生が「世界」へと、つまり「関係」として絶対的に外へと開かれていることが「危険」そのものなのだといえる。〈勇気〉とは外の、潜在的な他者の反復である。消滅あるいは物質への回帰をではなく、潜在的な関係の場、異質なものがたがいに結びあう場として生の多様性を条件づけている〈死〉を前にして、〈勇気〉は、この異質なものの反復を、もろもろの力が交錯しあう領域への生の解放を意味するのである。死の消滅の前では、生は閉ざされたもの、システムの充足した循環として、その象徴的な構図のなかでとらえられるのにたいして、そこでは死は生をもはやみずからの脅威によって象徴的にその対立のなかに映しだそうとはしないし、また〈勇気〉もけっして生を克服するものとして死とともに美しく飾りたてられることもない。〈死〉によって事物を束縛していた諸力が解放されるとともに、「人民」との「自然的な結合関係 Naturverbundenheit」が「詩人」の生の条件となる。「死の危険は初稿（第二稿）では美によって克服されていた。他方、最終稿ではいっさいの美は危険の克服から流れでる[43]」。死が消滅であるなら、美はまさに形姿をその消滅によって呈示することになるだろう。しかしむしろ死は、生あるもののなかで危険を克服するもの、生を脅威から解放するものとして、形姿の消滅ではなく、その純粋な生成として理解されている。「おまえ」と呼びかけられる対象は改稿によって「詩人」から「創造的精神《ゲーニウス》」に変わっているが、もはや「詩人の勇気」が問題なのではなく、「創造的精神」、その「臆する心」のもとで、諸形姿は死の脅威の解消した、対立から解放された開かれた「安定化」を獲得するのである。

　したがって、〈運命〉もまた改稿とともに死と同様、その象徴的な、神話的な意味を失うことになる。「臆する心」では、〈運命〉はもはや「詩人の勇気」のように、生をその対立において支配するものとは理解されていない。「初稿（第二稿）では因襲どおり運命が生を規定していたのにたいして、そこでは、この世界における生のすべての機能が運命となっている[44]」。生が〈運命〉に支配されるとき、〈運命〉は生との対立のなかで限界をあたえるもの、生を囲いこむものとして象徴的な、否定的な意味をおびるのにたいして、生のすべての機能が〈運命〉となるとき、〈運命〉は開かれたものとして、「もろもろの限界を乗りこえていく原理」のなかに解消されている。のちにベンヤミンは『運命と性格』（一九一九年）、『ゲーテの親和力』（一九二二年）のなかで、「運命とは生あるものの罪連関にほかならない」と、現実の社会において生を拘束するものこそが〈運命〉であると論じることになるが、「臆する心」では〈運命〉は生のすべての機能によって乗りこえられているのである。ベンヤミンはこうして、生を拘束する〈運命〉が新たな交感の場である〈死〉と潜在的な他者への解放にほかならない〈勇気〉のもとで解消されるのを見いだすのだが、そこにはヘルダーリンがギリシアに託した市民階級の形姿が新たな生としてえがきだされているのを認めることができる。いまだ「太陽神」という神話的形姿のもとに結びつけられていた諸形姿が、〈詩作されたもの〉の領域のなかで、それと明示されてはいないが市民階級という新たな生のまわりに、その「空間的時間的な統一」として、新たな他者との交感の場として再構成されるのである。そこで問われることになるのは、この新たな生が作品のなかに諸形姿としてどのように構造化されるのか、そしてそれがどのような意味をもつのか、生と作品は新たにどのような関係を構築することになるか、なのである。

ベンヤミンは〈運命〉を解消するこの「もろもろの限界を乗りこえていく原理」を、「オリエント的な神秘的な原理」(45)と呼んでいる。「オリエント的なもの」ということばは、実際にヘルダーリンがヴィルマンスに宛てた手紙（一八〇三年九月二十八日付）(46)のなかに見いだすことができる。他方、『ドイツの人々』で候補にあげられながらとりあげられなかったもうひとつのベーレンドルフ宛ての手紙（一八〇一年十二月四日付）(47)では、「天なる火」、「聖なるパトス」が「西欧的なユーノー的な冷徹さ Nüchternheit」と対立するものとして論じられている。ギリシア人にとって固有なものは、この「天なる火」、「聖なるパトス」であって、「ユーノー的な冷徹さ」はむしろ彼らには「異質なもの」であり、その特徴がホメロスの叙述のなかに見られるとすれば、それはギリシア人にとって、もともとそのような明晰さが生得のものであったからではなく、ホメロスの卓越した叙述の才能によるものなのだとヘルダーリンは説明している。自己に固有なものを駆使することほど困難なことはなく、だからこそドイツ人はその生得の「叙述の明晰さ」をよく学ぶ必要があるというのである。だとすればヴィルマンス宛ての手紙で、むしろみずからソフォクレスの翻訳では、ギリシア文化が拒絶した「オリエント的なもの」を強調し、公衆の前にそれが現われるままに呈示したかったのだと主張し、さらに半年後、同じくヴィルマンスに宛てた手紙（一八〇四年四月二日付）のなかで、「たとえ詩人には禁じられていることを大胆にもくわだてることになろうとも、常軌を逸した exzentrisch 熱狂にむかって書く」[48]とみずから宣言しているのはどうしてなのだろうか。ペーター・ソンディは、この二つの手紙の矛盾を問題にしている。ソンディによれば、「ギリシア芸術がもはや〈聖なるパトス、アポロンの国を表現するもの〉として〈冷徹さ〉という媒体のうちに認められるというのではなく、冷徹さのために聖なるパトスを否認するものと見なされるとき」、固有なものと異質なもののふたつの契機が、「たがいに媒介しあうのではなく敵対しあう」ものととらえられるとき、ヘラスすなわちギリシア的なものと、ヘスペリアすなわち西欧的なものとのあいだの相違は、つまり、「ヘラスにおいて〈芸術の国〉をつくりだすもの、つまり冷徹さと描写の才能は、ヘスペリアにとって民族的に固有なものなのだが、そのいっぽうで、ヘラスにおいて芸術のために否認されないがしろにされたものが、ヘスペリアにおいてなによりも芸術を構築するものである」[49]というこの矛盾は、乗り越えることのできない障害となる。むしろ、〈冷徹さ〉は〈聖なるパトス〉と抽象的に対峙しあうものではなく、「パトスそのものの質的な変容」[50]としてとらえられなければならない。〈冷徹さ〉のなかにこそ、もっとも偉大なるパトスは見いだされなければならない。ベンヤミンもまた、「オリエント的」ということばにかならずしも正当性はないと留保をつけくわえつつも、ギリシア的な「形姿の原理」に対立するものを「オリエント的なもの」と呼びながら、そこに非神話的な、神秘的な力を見いだすとき、「オリエント的なもの」に「西欧的なユーノー的な冷徹さ」の根源を認めているのである。たとえソンディのばあいアクセントがおかれているのは、ヘラス的すなわちギリシア的な芸術のあり方と、ヘスペラス的すなわち西欧的な芸術のありかたのあいだの弁証法的な関係であるのにたいして、ベンヤミンのばあいむしろ問題は、そのような弁証法的な関係の彼方にあるとしても。「オリエント的なもの」は、ギリシアの「形姿の原理」の根源にあって、制限された形姿を非制限的なもの、非完結的なものにかえる。「同一性の法則」は、「形姿の原理」とそれに対立する「オリエント的な神秘的な原理」とのこの二重の働きに認められる「不協和」から生まれてくるものと考えられる。

アドルノは『パラタクシス』のなかで、ベンヤミンのいくつかのモチーフを借用しながら、ヘルダーリンの後期の詩に注釈をくわえている。シンタックスの従属、および同一的な意味の媒介を中断し回避する言語上の操作をパラタクシスと呼びつつ、アドルノはヘルダーリンの詩のなかに神話と脱神話化の弁証法を読みとろうとする。

後期賛歌にとって、主観性は絶対的なものではなく究極的なものでもない。主観性はみずから絶対的なものであると僭称するならするがいい。しかし、他方でそれは、内在的に自己措定するよう強要されているのである。これがヘルダーリンにおける傲慢《ヒュブリス》の構造である。傲慢は神話的なイメージ圏に、犯罪と贖罪の類似性というイメージに由来しているのだが、しかしそれは、人間の自己神格化のうちに神話を再発見することによって、脱神話化へとむかうのである。……傲慢にたいする罰は、精神そのものの運動からその総合を撤回することである。ヘルダーリンは、歴史的に追い越されたものとして犠牲に有罪判決を下す。しかも自分にひとしくないものをたえず犠牲にする精神を犠牲にすべく有罪判決を下すのである。(51)

アドルノのばあいヘルダーリンの詩は、「総合の撤回」、同一的自我の解体、たえず犠牲を強いる「精神」にたいする「罰」という方向において読まれる。他方、ベンヤミンがそこに見いだすのは、終焉が執拗に再帰へと結びつくような、つねに思考の限界において彼方から自己の形姿を還帰させようとするような存在のその「集中的＝強度的」なあり方にほかならない。「自己自身に形姿をあたえる」という、犯罪と贖罪の類似性がつくりだす「傲慢《ヒュブリス》」の構造を、神話と脱神話化の弁証法というかたちでしか問えないとすれば、逆説的なことに、神話はその脱神話化の理論の中心にどこまでも生きつづけることになる。アドルノにとってたしかにこの逆説《パラドックス》にこそ、その理論の批判的な力が宿っているのにたいして、むしろ非同一的なもの、総合を罪として撤回するものが同時にその限界において秘められたもの、けっして撤回しえないものとして照らしだしているものこそが、そこに撤回しえないものとして還帰するものこそが――この点については第三章で検討したい――、まさにベンヤミンにとって問題となっているのだと考えられる。

「臆する心」、その「形而上学的な受動性」にアドルノは、神話に抗して、「人類が自然へと呪縛された自己の状態から解放されるであろう、現実への希望」(52)を読みとる。ヘルダーリンが詩のなかで韻律を中断させるものとして強調する「中間休止 Zäsur」もまた、アドルノにとって、たとえば「運命」にたいして「感謝」を対置するというように、あくまで弁証法的な役割を担うものとして考えられている。他方、ベンヤミンにとって「臆する心」が受動的なのは、自己を実現することがないということにそもそもその理由がある。したがって「詩人」は〈中間休止〉によって、「もはや形姿としてではなく、もっぱら形姿の原理、制限をあたえるものとして、また同時に自己の身体をなおも担うものとして」とらえられる。[53]問題は、「完全な受動性」、「感覚的な充溢」のなかにおかれた「詩人」の生が、そこに実現された諸形姿による世界とはけっして一致することがないということ、つまり作品の「体験」として追構成されることはないということにある。そのとき、その存在は「あらゆる関係の触れることのできない中心」、「生にたいする限界、無差別点 Indifferenz」を形成するのだという。[54]「詩人」には、たしかに「形姿と世界の統一として」特権的な役割があたえられているように見えるとしても、その受動性は、実現された諸形姿とは区別されるべきものとして、まさにその諸形姿のもとに抑圧されたみずからの「集中的＝強度的」な存在のあり方を照らしだしている。「詩人」の生を常軌を逸したものにする〈中間休止〉のこの暴力は、のちに『ゲーテの親和力』のなかでは、「表現なきもの das Ausdrucklose」の暴力として、同一的なものの総合を拒むもの、対象をたえずトルソーへと、多様性のなかへと送りかえすものとして理解されているが、それは「西欧的なユーノー的な冷徹さ」のもとに見いだされる暴力、のちに「神的暴力」と呼ばれる暴力と同じものだと考えられる。生は作品の「体験」として追構成されることはないということこそが〈冷徹さ〉の根源であり、ベンヤミンがとりあえず「オリエント的なもの」と呼ぶ、「形姿の原理」にひそむ抑圧的な性格を暴露すると同時に、倫理的な生をたえずその彼方に位置づけるこの暴力のもとに、諸形姿は、「形姿へと制限されつつみずからのうちに安らっている現われにたいして、制限なき現われとして」展開されるのである。[55] いずれにせよそこでは、おそらくは市民社会における生とその諸形姿との関係が問題になっている。自己に形姿をあたえようとする、自己を実現しようとする思考は、同時にその背後に、潜在的な、反復強迫的な暴力をかかえこんでいる。生が諸形姿の彼方に位置づけられるがゆえに、倫理の問題が諸形姿のもとに問われるべきものとして見いだされるのである。「芸術作品のなかで、非神話学的な、そして非神話的な無比の形姿へと、もはやそれ以上われわれには理解できない形姿へと形成されている神話的結合」という逆説的な表現からは、〈詩作されたもの〉、〈神話的なもの〉の限界と可能性を読みとることができる。そこには、「形姿の原理」の限界がしめされていると同時に、抑圧されたもののうちに潜在的に秘められた構成の原理がしめされているのである。

ベンヤミンは〈詩作されたもの〉、〈神話的なもの〉という、生と作品とのあいだに構造化された領域に、生の連関が諸形姿として問われるべき課題として潜在的に表現されているのを見いだす。[56] 近代市民社会においては、生はそこに実現された諸形姿による世界とはけっして一致しえないがゆえに、生の連関は〈詩作されたもの〉、〈神話的なもの〉という領域において構造的に問われるべきものとして現われてくる。したがって批評の課題は、個人の生を追体験することではなく、〈詩作されたもの〉、〈神話的なもの〉の領域に構造化された生の連関を問うことにある。ベンヤミンがヘルダーリン論のなかで問題にするのは、そうした生と作品との、作品と批評との関係にほかならない。『ゲーテの親和力』では、さらに『ドイツ・ロマン主義における芸術批評の概念』では、そこにしめされた作品の「形姿の原理」とその潜在的な構成の原理とが、それぞれ〈神話的なもの〉という概念をつうじて芸術理論として、〈批判＝批評〉という概念をつうじて芸術批評の理論として展開されるのである。

2 〈神話的なもの〉の概念

ゲーテの〈デモーニシュなもの〉とカントの道徳律

ゲーテの創作と芸術理論は、カントの「批判」を前提にして展開されることになった、とベンヤミンはいう。一九二一年の夏から翌年のはじめにかけて書かれた『ゲーテの親和力』のなかで、ベンヤミンは、「カントの仕事が完成され、現実という裸の森を歩くための道路地図がスケッチされた」まさにその時期に、「永遠なる生長の種子をもとめるゲーテの探索」とともに、「倫理的、歴史的なものよりも、神話的、文献学的なものを把握しようとする擬古典主義の傾向」が生まれることになった、と述べている。[57] はたしてベンヤミンは、経験の意味を、その確実性のもとに追求しようとするカントと、あくまで感覚的な具象性に見いだそうとするゲーテとのあいだに、どのような関係を認めているのだろうか。二人のあいだには、なにか抑圧的な関係があるように思われる。『来たるべき哲学のプログラム』（一九一八年）のなかのことばにしたがうなら、カントの仕事はドイツの啓蒙主義の経験、ただその確実さによる以外、いかなる意味をも獲得することはないであろうような経験にもとづいている。[58] しかしまさに、このような普遍的理性による要請の背後には、この要請を拒否すれば不合理な盲目性にかならず陥るという、さらにそのような盲目性は必然的に猥褻な欲望と結びついているという反復強迫的な衝動が隠されている。ゲーテの〈デモーニシュ（魔神的）dämonisch なもの〉とは、啓蒙主義以来、ドイツの市民社会にひそむそのような倒錯的な衝動を表現するものにほかならない。ベンヤミンが親和力論のなかでもちいる〈神話的なもの das Mythische〉という概念は、カントの道徳律に隠されているこの病的なものを、啓蒙主義の絶対的な矛盾を言い表わすものだと考えられる。

田舎貴族の生活を舞台としたゲーテの『親和力』（一八〇九年）の世界は、なにか救いようのない沈鬱な雰囲気につつまれている。エードゥアルトとシャルロッテは、若いころ愛しあいながら、それぞれ不幸な結婚をへて結ばれる。田舎の領地で静かに生活する二人のもとに、エードゥアルトの友人である大尉と、寄宿学校にあずけられていたシャルロッテの姪のオッティーリエが呼びよせられると、自分の感情を偽らないエードゥアルトは控え目でひたむきなオッティーリエに夢中になり、つねに冷静さをたもっているシャルロッテもまた落ち着いた物腰の大尉に惹かれるようになる。抗いがたい力にみちびかれるままに、エロスをめぐる情念にとらわれた者たちは、庭園の造営を手がけながら、その情念から解かれることなく破滅していく。彼らの市民的で、因襲から自由な振舞いも、もろもろの情念からみずからを解放するどころか、ますますみずからの倫理的諸関係を閉ざすばかりである。エードゥアルトとオッティーリエのあいだでは、二人の情熱が激しくなるほどに外界はますます排除され、シャルロッテと大尉とのあいだに生じる穏やかな関係は、あくまで市民的であるにもかかわらず、そこには奥行きというものが認められない。背景をなす人間関係は遮られ、そのなかで親和力の呪縛のうちにある者たちが造園に手を染めていく過程は、この世界を形づくっているエロスという情念を浄化していく過程と重なりあう。ベンヤミンは、エードゥアルトの設計にしたがって庭園につくられた湖水の災いにみちた静けさについて、つぎのように語る。「つまり、徐々に陸地をとりこわして沼をつなぎあわせていく作業は、結局この地方にかつてあった山中の湖を再現することになるのだ。概して人間の手のもとで超人的な働きをするものこそ、自然そのものにほかならない(59)」。エロスという情念に倫理的諸関係を閉ざしていく世界、それをベンヤミンは「神話的自然」にゆだねられた「運命」的な世界と呼んでいる。そこでは、大地や水は超人間的な力をもって人間を脅かし、人間たちも「親和力」の呪縛のなかでみずからのうちに秘められた自然の力を表明することになる。沈黙が支配し、破滅へと誘う謎めいた静けさのなかで、「ロマーン Roman」つまりこの小説の登場人物たちは、みずからの「教養」によって克服したと称する諸力の支配下にある。

ベンヤミンは、ロマーンを支配するこの「神話的自然」の特徴を、「類型性 Typik」と「二義性 Zweideutigkeit」に認めている。『親和力』の登場人物たちの名は、そのほとんどが洗礼名で、文字どおりの意味においては彼らは命名されていない。名ざされることなく、「名もなき法則 Gesetz」のもとに彼らは「類型」をなしている(60)。ベンヤミンによるなら、この「類型性」こそが、生を「運命」として、もっぱら罪と贖いの連関のなかにある自然物として現象させるものなのである。「あらゆる同一なるものの永遠回帰」が、「運命のしるし」であり、「運命とは生あるものの罪連関にほかならない(61)」。神話の世界のように、彼らの行為のひとつひとつが罪を引き寄せ、その罪がみずからの上に呼びさます不幸から彼らは逃れられない。「ここで問題となっているのは、倫理的な罪ではなく――どうして子供がそのような罪を担うことができようか――、人間が決断や行為によってではなく、逡巡や無為によって陥る自然的な罪なのである」[62]。運命は犯された罪を贖うことを要求し、贖いはまさに自然の災禍のように人間の上にふりかかる。ゲーテによって典型的な市民社会としてえがかれているこの世界では、自然は「法則」をもつものとして表象されると同時に、もっぱら死の象徴表現としてその姿を現わす。「法則」のもとに、さらに「類型性」のもとに認識される自然や生が、死を象徴するものとして現われてくるところに、ベンヤミンは「自然の二義的な zweideutig 力」を認める。『親和力』の世界では、市民的な自由を象徴するはずの婚姻関係は、その崩壊のもとに明るみにでてくるであろう自然の諸力をひそませているのである。合理的な「法則」のもとに表象される自然の背後には、この「法則」を合理的なものにするために、なにか不合理なもの、不純なもの、不条理なものが待ちかまえている。ちょうど庭園につくられた湖水が、もっぱら「反映するもの、透明なもの、浄化するもの」であると同時に、「黒いもの、暗いもの、究めがたいもの」として作用することのうちにしめされているように。

ベンヤミンはカントの『人倫の形而上学』から、婚姻についてのつぎのような説明を引用する[63]。婚姻とは、「性を異にする二人の人物の、それぞれの性的特性を生涯にわたってたがいに所有しあうために結合することである。子供を生み育てるという目的は、両性にたがいへの性愛を植えつけた自然のひとつの目的なのかもしれない。しかし、結婚する人間がかならずこのことを目的としなければならないということは、このような人間の結合の適法性のために要請されるわけではない。なぜなら、さもなければ子づくりが途絶えれば、婚姻は同時におのずと解消されることになるであろうから」[64]。このような婚姻の定義にたいして、ベンヤミンは、「婚姻の自然的本性」から、「婚姻の倫理的可能性、それどころかその必然性」、「婚姻の法的現実性」を演繹的に証明できると考えたのは、カントのまったくの誤りであったと批判する。しかし、ベンヤミンはまた、この命題に先行する部分の説明は崇高なものであり、忘れてはならないともつけくわえている。「性の共同性は、ひとりの人間が他の人間の性器と性的能力を使用する、その相互使用にほかならず、それは自然な使用（これによって同種のものをつくることができる）あるいは不自然な使用であり、後者にあっては、同性の人間あるいは人類とはべつの類の動物にたいするものとなされる(65)」。ベンヤミンはカントのこの説明を、同時代のものであるモーツァルトの『魔笛』が婚姻の内実の「予感」を「誠実さという感情」のうちにもっとも純粋に表現しているのにたいして、むしろ「予感をいれないという意識」において「崇高」だと主張する。「崇高」ということばは、文字どおりの意味において、倫理的な不能性、不可能性を表わしているものと理解する必要がある。ベンヤミンが注目しているのは、「性の共同体」の背後に隠されている、性的能力の「不自然な使用」、そのような性の剰余享楽にほかならない。性的能力の「自然な使用」にもとづく婚姻の規定の背後には、いまわしいもの、猥褻な誘惑が隠されている。フロイトがちょうど近親相姦の禁止に見いだしたように、禁止こそがむしろ不可能なものの享楽を生みだしていることを、啓蒙主義的な婚姻がそのような倒錯によって成立していることを、ベンヤミンは指摘しているのである。

ゲーテの「原現象 Urphänomen」という概念もまた、啓蒙主義の倒錯的な誘惑を表現している。ベンヤミンは、のちに百科事典の「ゲーテ」の項目のために記した文章（一九二八年）のなかで、もともと植物学や解剖学の研究の脈絡のなかで形成されることになったこの概念によって、ゲーテはみずからの自然研究を、芸術理論と結びつけようとしたのだと説明している。ゲーテは自然研究において、動物の頭蓋骨は脊柱骨が変形して発達したものであることを、また植物の根や雄しべは葉の変形したものであることを発見し、さらに『色彩論』ではニュートンの光学に対抗して、色彩が、光の変態したものだと、つまりひとつの実体である光と、光の非在ではなく「反光 Gegenlicht」というもうひとつの実体にほかならない闇との戦いのなかで形成されるものだと理解しようとしている。同じように芸術理論においても、「知覚可能な現象 Erscheinung の領域と直観可能な原像 Urbilder の領域」、すなわち、可視的なものの領域と倫理的なものの領域とを総合しようと、ゲーテはこの二つの領域の同一性を、経験的に、実験をとおして証明しようとするのである。ベンヤミンは、「原現象」という概念のもとに、自然のうちに倫理的な可能性を条件づけるものを見いだそうとするゲーテのこのような姿勢を批判し、「原現象が――理想 Ideal として――直観にたいして現われ出る sich darstellen」ことがあるとすれば、それは科学における知覚の対象としてではなく、あくまで芸術の領域においてのみ妥当すると主張する。(66)「すべては自然の罪であり、すべては自然の功績である」と、ゲーテはいう。しかし自然は、倫理的諸関係を照らしだすことはあっても、倫理的な可能性の原因、条件となることはありえない。それでもなお、倫理的なものは自然のなかに、その感覚的な具象性のうちに形象化されて発現しなければならない、とゲーテが要請するとき、自然は〈デモーニシュなもの〉として、倒錯的なものとなって現われてくる。感覚的な対象を、あたかも倫理的なものの原因であるかのように遡及的に見いだす作用こそ「象徴」の機能にほかならない。近代社会のなかで倫理的諸関係は、象徴として、感覚的対象、〈もの〉どうしの関係として抑圧されて現われてくることはあっても、それはあくまで社会の神話的な側面を反映するものであって、その倫理的な条件となることも、その新たな可能性となることもけっしてありえない。したがって、倫理的諸関係を反映しながら、けっして「判断の尺度」となることはない領域こそが「芸術」である、と考えられるかぎりで、「原現象」はあくまで「芸術」のなかに見いだされるべきものなのである。

さらにベンヤミンは、ゲーテの生、その「諦念 Entsagung」という姿勢そのものにも、その生を「類型」化する運命的なもの、神話的なものを認めている。「諦念」とは、「失われたものを感情においてなおも抱擁しようという、最後の試み」にほかならない(67)。みずから怠ったゆえにとり返しえないことへの思いから、ゲーテは神話的なもろもろの力を作品のなかに確保しようと、構成的な技法をしめすはずの草稿をすべて破棄し、「詩作されたもの」にも、生起したものと同じ権利があたえられるように要請する。ゲーテにとって作品は、まさに「神話的自然」そのものなのである。さらにゲーテは、すべての批判に背を向け、みずからの生をも執拗に、秘密めいたもの、神話めいたものにしようと試みている。とくに晩年の作品、『詩と真実』、『西東詩集』、『ファウスト』第二部では、すべてが「生を歴史化すること」、「この生がいかに詩的な内実にみちた生の原現象であったか、〈詩人〉にとっていかに素材と機会にみちた生の原現象であったかを、確証し虚構する」ことに注がれている(68)。ベンヤミンはそこに、「魂の存続」について語りつつ、「不死性」を「担保として要求する異教的な気遣い」があることを認めている(69)。ゲーテにとって不死性の理念とは、どこまでも「境界のないものから境界のないものへと逃れること」を意味するにすぎない。自然の生が無形姿なままに遍く支配する神話的世界をもっとも脅かすものが死であるとすれば、その気遣いにもまた神話的なものが、運命的なものがつきまとっているというのである。

美の仮象と憂鬱、「死の欲動」

ベンヤミンはゲーテの時代について、つぎのように述べている。「むしろ、現存在のもっとも本質的なもろもろの内容は事物世界のなかに刻印されて現われる、それどころか、そのように刻印されて現われることなしには実現されえない、という考え方が、ゲーテの時代ほど疎遠であった時代はけっしてなかった(70)」。思考を、「生成する理念」ではなく、「生と言語のうちにたもたれている、すでに形式をあたえられた内実」として、すなわち生と言語を「類型性」においてとらえようとする傾向に、ベンヤミンは啓蒙主義の倒錯的な誘惑を認める。「類型性」とは、まさに「経験」の内容が「事物世界」のなかに「刻印 Ausprägung」されて現われてくることを否認するための形式にほかならない。しかしそれゆえにこそ、ベンヤミンはその抑圧的な形式に、啓蒙主義以来の市民社会に秘められた「内実」、その欲望を読みとろうとするのである。その関係は、たとえばカントの『人倫の形而上学』における「性愛 die Liebe zum Geschlecht」についての記述にも認めることができる(71)。そこでは、「性愛」とは二個の人格が契約において相互に種の保存という義務をはたしあうことであり、他方、自慰や同性愛、獣姦のように対象を「想像 Einbildung」すること――カントは「想像」と考えている――によって「情欲 Wollust」をかきたてられることは、「動物的衝動」へと身をまかせることであって、それは自然に反する行為であるばかりでなく、義務の違反であると論じられている。カントは、「想像」による「情欲」、幻想にたいする欲望を禁止し抑圧することによって、はじめて市民のはたすべき義務、その市民的自由は確保されうると主張する。しかし、「動物的衝動」には種の保存という自然の義務以外にはたして何があるのかを問うなら、「性愛」とはその本質からいって自然に反する行為であり、「想像」による「情欲」をむしろ必要としていると考えるべきなのではないだろうか。幻想にたいする欲望を禁止し抑圧しようとするカントの姿勢には、むしろ市民的自由をもとめるエロスのその倒錯的な誘惑が隠されている。

ベンヤミンは『ゲーテの親和力』のなかで、プラトンの『饗宴』における美とエロスについての記述を参照する。「美 Schönheit」とは、つねにエロスとの関係のなかで現われてくるものであると同時に、それは現象ではなく、あくまで「被われているときにのみ本質的に自己自身と同一でありつづける、そのような本質 Wesen」にほかならない。美はなにか他のもののための被いではなく、「仮象 Schein」として被いつつ被われてあるもののうちにのみ現われ、それが消え去ればそもそも美しいものであることをやめる。美における「仮象」とは、「〈もの〉自体 Ding an sich を不必要に被うものではなく、われわれにたいして〈もの〉を必然的に被うもの」なのである[72]。『ドイツ悲劇の根源』では、ベンヤミンはさらに『饗宴』に注釈をくわえつつ、プラトンが「真理」をエロスとの関係において、不可能なものとして、いわばエロスという欲望の外傷《トラウマ》として展開していると論じている。プラトンによるなら、「真理」とは「美しい」ものであると同時に、「美の本質の内実」として、そもそも「仮象的で傷つけられやすい」ものにほかならない。「真理」は美しいがゆえに、「誘惑するもの」となって悟性の追跡をまねき、エロスに追いもとめられる。だが、「理解してくれる者からは恐怖ゆえに、愛する者からは不安ゆえに」悟性からもエロスからも逃れる。ついに「真理」は、悟性にたいしては、「真理の祭壇に逃げ込むときに、その無垢を認識させうるにすぎない」のにたいして、エロスは「真理が秘密を破壊するような〈暴露＝被いをとりさること Enthüllung〉ではなく、秘密をそれにふさわしく正当にあつかう啓示にほかならない」ことを明らかにする。[73] すなわち「真理」とは、そもそも認識の対象ではなく、「美なるもの das Schöne」として、エロスという欲望との関係のなかで、他者との関係のなかでとらえられるべきものとして理解されているのである。「真理」と「美なるもの」として、その美しさによってエロスを「誘惑するもの」であると同時に、その不可触性において「無垢 Unschuld」なるものとして認識される。「真理」とはその意味で、エロスという欲望のいわば外傷的核《トラウマ》にほかならない。すなわち、エロスにたいしてはあくまで美的な「仮象」として現われ、同時に、エロスという欲望を可能にし構成する禁止の核、その不可能な中心としてとらえられている。

『親和力』のなかのオッティーリエは、まさにそのような市民的自由という「仮象」を追いもとめるロマーンに秘められたエロスのヒステリー的症候であると同時に、エロスの実現の不可能性を認識させる「憂鬱者《メランコリカー》」として登場する。婚姻関係はひとつの運命であり、オッティーリエはその運命の「暗い諸力の犠牲」となって死ぬ。エードゥアルトとオッティーリエのイニシャルの刻まれたクリスタルグラス、オッティーリエの死装束の布地が入れられる衣装箱、シャルロッテやオッティーリエの目を楽しませる太古の墓から発掘した品々を納めた建築家の所有する容れ物箱、といった死の象徴表現によって、作品全体はくまなく織りなされている。これらの死の象徴表現は、最終的にオッティーリエの犠牲においてその運命を成就する。ベンヤミンによるなら、ロマーンの運命を呼び醒ましているのは、登場人物たちの市民的な生に秘められた「情熱 Leidenschaft」、そのエロスであるとすれば、その恐ろしい運命を負うべくさだめられているのは、彼女の「無垢」にほかならない。オッティーリエの自然な身振りは、その完璧な受動性にもかかわらず、彼女をうっとりとするくらい近づきがたいものにしている。しかし、その近づきがたさは、彼女の「純粋さ」によるものではない、とベンヤミンはいう。オッティーリエの無垢には、「処女性」という異教的な理念に認められるのと同様の、なにか不純なものがまといついている。「処女性」の猥褻さは、「その内的な純粋さのしるしとして考えられるものが、まさに欲望 Begierde にとってもっとも歓迎されるものとなる」という点にある。(74) オッティーリエは、みずからの「無垢」ゆえに供犠の執行される呪縛圏から逃れることができない。オッティーリエの無垢な形姿を覆っているのは、「純粋さ」ではなく、その「仮象」であり、「仮象のその不可触性」が、彼女を近づきがたいものにしているのである。シャルロッテにも同様の仮象性がつきまとっている。シャルロッテは母として、主婦としてふるまうときも、なにか幻影のような印象をあたえる。この不明確さを代償に、彼女のなかに高貴なものが現われてくる。したがって、オッティーリエの死は神聖なものではなく、そこには、「死だけが彼女を内的な破滅からまもりうる」という否定的な意味しか見いだすことはできない。「オッティーリエの死は、彼女の不可触性と同様に、破滅した状態から逃れようとする魂の最後の逃げ道にすぎない。彼女の死の欲動 Todestrieb のなかで語っているのは、安息への憧憬なのだ」。(75) オッティーリエは死にいたるまで運命的暴力にしたがうばかりで、そこから逃れようともせず、「二義的な無垢と仮象的な美しさ Schönheit」につつまれたまま、「贖いの死」を待ちつづけている。(76) オッティーリエは、けっして主体化されることなく、かろうじて無力な犠牲者となることを自覚することによって、主体化の形跡をとどめるにすぎない、ロマーンの登場人物たちのヒステリー的症候なのである。

「高貴な抑制と自制」という原理がロマーンの登場人物たちの振舞いを、市民的自由という「仮象」が彼らのエロスを支配している。ロマーンの登場人物たちは、どこまでも市民的な慣習のなかで高貴なまでに慎み深く、市民的な生、そのエロスを和解させ、救済したいと願う。しかし、この執拗な思いが、暗い罪過を生みだし、その贖いのために彼らは犠牲をしいられる。ゲーテはみずから記した『親和力 Die Wahlverwandtschaften』の広告文のなかで、「選択 Wahl」と「親縁性＝血縁関係 Verwandtschaft」という二つの語から構成され、当時、化学反応をあらわす自然科学の用語として使われはじめたこのことばによって、自然の陰鬱な必然性に支配された世界にたいして倫理的なものの根源をしめそうとしたのだ、と述べている。しかし、自然の力に対抗するために「選択」を、その自由を擁護し、愛する者たちの「神の国」を「晴れやかな理性の自由の国」にもとめてみたとしても、自然の陰鬱な必然性から逃れることはできない。(77) ベンヤミンは、親縁性あるいは血縁関係、つまり婚姻関係は、「選択」という行為によって根拠づけられることはありえないことを、婚姻の倫理性は結局、「選択」の段階を超えたところにあることを強調する。「選択」はむしろ「自然的なもの」であり、病理的なものである。主体の自律性をなによりも保証してくれるように見える「選択」の自由は、欲望の働きから自由になるために、ますます欲望を病的な対象や動機に依存させようとする。しかし、そのことによってむしろ理性は、欲望から自由になるどころか、ますます逃れようもなくその働きに拘束されるようになる。それは、選択したことがらが、新たな欲望を生みだすというよりも、むしろ、「選択」という行為そのものが、倒錯的な欲望の働きそのものだからである。すなわち、欲望を病的な対象や動機に依存させようとする行為には、そうしなければみずから計り知れない深淵へと陥ってしまうかもしれないという反復強迫的な衝動がまといついている。さまざまな動機による偶然性に支配されることのない「選択」という自由な行為が、まさにさまざまな動機を排除するという行為の偶然性によってしかあたえられないというところに、「選択」という行為の倒錯性がある。その行為は、自分が病的な動機に屈しているのではないかと疑うことによってしか、みずから自由であることを確認することができない。したがって、「選択」はさらに無気味な、倒錯的な欲望の働きを生みだすという意味で、運命からすれば、いかなる「選択」も盲目であり、盲目的に災禍と結びついている。

他方、オッティーリエが市民的自由という「仮象」を追いもとめるエロス、あるいは「情熱 Leidenschaft」のヒステリー的症候であるとすれば、その反復強迫的な衝動を生みだす原因を、ベンヤミンはオッティーリエの「憂鬱《メランコリー》」に認めている。「それゆえに、人間の自然によってのみ決定されるあらゆる愛するという行為には、エロス・タナトスの本来の仕事としての傾向性 Neigung が入り込んでくる。つまりそれは、人間には愛することはできないという告白である」[78]。「傾向性」とは、フロイトのいう「死の欲動 Todestrieb」――「死の欲動」ということばは、親和力論のなかで一度だけ登場する[79]――にほかならない。カントは「傾向性」のその習慣的で、感覚的な欲望を「病理的 pathologisch」なものと見なしているが、「情熱」にひそむ反復強迫的なこの衝動こそが、むしろ「仮象」をもとめる「情熱」の原因となっているのである。カントは、情欲をみたそうとすれば罰として絞首台が待っているといわれるなら、かならずそのような欲望は抑制することができると主張するのにたいして、べンヤミンは、むしろそれでも抑えることのできない傾向犯の欲望にこそ、欲望一般の原因を見いだしている。ロマーンの中心には、オッティーリエを呪縛する死の欲動がある。オッティーリエとは、死の欲動に支配された「憂鬱者《メランコリカー》」にほかならない。それは、市民的エロスの実現を不可能にすると同時に、世界そのものを崩壊させてしまうような不可能性の中心をなす存在なのである。

カントは『人倫の形而上学』の徳論の章のなかで、[80]「怒り」のような熟考を不可能にする突発的な感情を「熱情 Affekt」と、「憎しみ」のような「永続的傾向性 Neigung となった感性的欲望 Begierde」を「情熱＝激情 Leidenschaft」と呼び、両者を区別している。「情熱＝激情」はむしろ熟考をはぐくみ、「傾向性」が「法則」に反するばあいであってもみずからの欲望の原則をつらぬくように、「悪」をみずからの「格率」のなかに取り入れるようにうながす。したがって、「徳」はそのような「悪」に対抗するために内的自由を確保すべく、「みずからの感情や傾向性に支配されてはならないという禁止（無情念《アパティア》の義務）」をふくむものでなければならない。まさにこの「禁止（無情念の義務）」にこそ、ロマーンのヒステリー的症候の原因があるとすれば、オッティーリエの「憂鬱」の原因は「無情念《アパティア》」にある。オッティーリエは、みずからの仮象性、非存在性を引き受けるとき、死の欲動に支配され、「憂鬱」のもとに絶対的に自己自身のうちに引きこもろうとする。市民的自由のエロス、その「情熱」のもとに婚姻関係を破ろうとする「選択」は、古い法規約を破棄しようとする自由の行為のように見える。しかしその行為は、そのエロスを追いもとめながら、そこにひそむ死の欲動に支配される。エロスは、反復強迫的な恐れ、不安のなかで自由を選択しつつ、ついには「憂鬱」の深みへと陥ってしまう。そもそも「選択」という行為は反復強迫的な不安のなかでなされるのだから、つまり「選択」という行為そのものが倒錯的な欲望の働きなのだから、「選択」はその倒錯的な欲望から自由になることはない。とすれば、オッティーリエの「憂鬱」の原因が、「選択」という自由な身振りにあるというよりも、オッティーリエの「憂鬱」、その反復強迫的な身振りそのものが、法規約を破る原因となっているのである。

したがって、むしろそこにこそ、すなわち、子供の死という自然的災禍をみずからの罪として引き受けようとするオッティーリエの「憂鬱」にこそ、ロマーンに隠された自由の根源的な身振りがあるということができる。もしも、ロマーンの登場人物たちの市民的自由が、あくまでオッティーリエの「憂鬱」の原因なのだとすれば、自然が運命の執行者として現われてくる理由は理解できない。そのとき、自然はあまりにも神秘的な存在として人間の前にたちはだかり、形而上学的な働きをそこに認めなければならなくなる。オッティーリエの慎ましさは、むしろ自己が因果の鎖から逃れるための反復強迫的な自由の身振りにほかならない。つまり、オッティーリエがロマーンに秘められたエロスのヒステリー的症候であるとすれば、また同時に、ロマーンがもとめる「宥和」の可能性は、まさにオッティーリエの「憂鬱」にこそ、ロマーンを支配するエロスの倒錯性を暴き、それによってエロスの拘束から逃れようとするオッティーリエのその身振りにこそ託されている。

市民的自由と宥和の仮象

運命とはそもそも神話の世界を規定する概念にほかならない。神話では、運命は英雄の生の「規範的なkanonisch形式」をしめすものであると考えることができる。英雄の超人間的な生のもとでは、その行為は象徴的な意味を担い、英雄の形姿はその内実に一致している。「そこでは、本質はデーモンであり、生は運命であり、この両者に唯一明確なかたちをあたえる作品は、生きた形姿Gestaltとなっている(81)」。神話のなかの英雄は、人類の「代理者Stellvertreter」、その「類型Typus」であって、規範性が英雄を人間の本来の個体的なあり方から区別しているのである。たしかに「人間の生の象徴的表現」が、ひとつの形姿として出現することはあるかもしれない。「愛国的な〈万人のための一者〉から救済者の犠牲死にいたるまで、道徳の領域における代理者はすべて神話的な性質をもっている(82)」。しかし、ベンヤミンによるなら、それはけっして人間の生の本質をなすものではない。そもそも人間の生は、英雄の生のもとに隠された象徴表現とは、根本的にその性質を異にしている。「というのも、この本来の人間的な生の隠された象徴表現は、生あるものの個体的なあり方にも、人間的なあり方にも同じように拘束的に依存しているのにたいして、英雄の生のあからさまな象徴表現は、個体という特異性Sonderartの領域にも、道徳的な唯一性Einzigkeitの領域にも到達することはないからである(83)」。ベンヤミンにとって倫理的な問題は、「個体的な特異性の領域」、「道徳的な唯一性の領域」にこそ見いだされなければならない。ヘルダーリン論のなかでも、詩人の「死」や「運命」は、神話学的な死、運命とは対立するものとして論じられていた。類型的な「死」、回帰的な「運命」にたいする、唯一的な「死」、繰り返されることのない「運命」が、人間の生を英雄の生からへだてているのである。

ベンヤミンは、歴史こそがそのような「人間的な生の隠された象徴表現」の場であることを、「体験」と「機会」という概念を区別することによって説明している。ベンヤミンによるなら、ゲーテの文学は一般に「機会詩」といわれてきたが、それが意味しているのは「体験文学」にほかならない。「体験 Erlebnis」ということばは、ディルタイの『体験と文学』の成功によって二十世紀初頭の文学批評の流行語となっている。その影響下に、グンドルフの『ゲーテ』が書かれ、また文学史におけるいわゆる「精神史学派」が登場することにもなる。ベンヤミンもまたディルタイと同様に、伝統的理性と自然的存在論からなるカントの理性批判が没歴史的であることの批判から出発し、「経験 Erfahrung」の概念を救出しようとする。しかし、ディルタイが人間の創造的能力に訴えることによって、経験は内的感覚の総合ではなく、意識そのものが歴史的、経験的であること——すなわち、ディルタイのことばでいえば「体験」であるということ——を主張し、「歴史的理性批判」を構想したのにたいして、ベンヤミンはディルタイのそのような構想が心理主義的であり、歴史を「世界観 Weltanschauung」に還元してしまっていると見なすのである。「体験」によって詩を書くことは、主観的感情にしたがって詩を書くことにすぎない。「なぜなら、機会 Gelegenheit は内実をあたえるのに、体験 Erlebnis は感情を残すだけだからである(84)」。歴史はディルタイの主張するような主観的なものではなく、「機会 Gelegenheit」を見いだすことによってしか、すなわち、他者の呼びかけに応え、「眠っている責任 Verantwortung を呼び覚ますこと(85)」によってしか、現われてくることはない。ベンヤミンによるなら、歴史こそがまさに個体の特異性とその道徳的な唯一性を問いうる場なのである。

『親和力』全体を構成するロマーンが神話的な運命に支配されているのにたいして、いかに個体がその特異性と道徳的な唯一性において問われることになるか、その可能性を、ベンヤミンは『親和力』に挿入された一篇の「ノヴェレ Novelle」つまり短篇「隣り同士の不思議な子供たち」に見いだしている。ノヴェレはあらゆる意味でロマーンとは対照的な関係にある。ロマーンの「神話的モチーフ」には、ノヴェレの「救済のモチーフ」が対応する。[86]オッティーリエの死装束や呪われた湖水の小舟といった死の象徴表現には、恋人の婚礼衣装や祝福をもたらす恋人たちの船などの象徴表現が対立する。隠遁生活をいとなむロマーンの登場人物たちの生は、社会的な制約を完全にまぬがれているという意味で自由を確保しているのにたいして、ノヴェレの人物たちは、あらゆる面から周囲の世界に拘束されて、さまざまな制約を課せられて登場する。ロマーンでは両親との関係よりもつねに愛がエロスが優位にあるのに、ノヴェレでは愛しあう二人は両親の祝福を受けなければならないと感じている。ロマーンの人物たちは、犠牲が奉じられるまで平和な人々の共同社会からますます締めだされていくのにたいして、ノヴェレの恋人たちは、彼らの平和を犠牲によって贖いはしないし、けっしてその家族や仲間から追放されることはない。ロマーンの登場人物たちはどこまでも「曖昧な、不決断の無名性」にあるとすれば、このノヴェレを支配する明るい光は、「ロマーンの薄暗い冥界へと射し込む決断Entscheidung の昼」である、とベンヤミンは説明する。「ロマーンの人物たちの上に運命を呼び覚ますのは、キメラ的な自由志向 Freiheitsstreben である。ノヴェレのなかの恋人たちは、運命と自由の彼岸に立ち、彼らの勇気ある決断は、彼らの上に暗雲のように立ちこめる運命を引き裂き、彼らを選択 Wahl の無へと陥れようとする自由の正体を見破るのに十分なのである」。[87]「決断 Entscheidung」とは、運命に身をゆだねることを意味するのでも、あるいは他者と没交渉的に、因襲から自由であることを意味するのでもない。ベンヤミンの語る「決断」は、ハイデガーの、他者との関係を拒絶しつつ、しかもなにか共通の運命へと、全体的な意志へと自己を帰属させようとするあの「決意性 Entschlossenheit」とは異なっている。むしろそこでは、他者との関係のなかで、同時にそのような全体化から逃れるべく行為することが要請されている。人間の生は、その特異性において、その道徳的な唯一性において、あらゆる運命の拘束から逃れたところに、あらゆる同一化を逃れたところに現われるべく、たがいの関係をつくりだすよう行為することがもとめられているのである。

ベンヤミンにしたがうなら、宥和の「仮象」をもとめるエロスは、つねに倒錯的である。まさに何が自由であるかは、そのつど自由を「選択」するという行為の偶然性によって決定されるしかなく、自由の観念は、みずからの行為が受け入れられないこと、あるいは他者の行為がどうしても受け入れがたいことを経験することによってあたえられるほかない。そもそも宗教にしろ、善の観念にしろ、純粋に個人的な目的や価値などといったものは存在しない。目的や価値は共同体のなかでしか発生しえないのに、あたかも自分が特殊な目的、特殊な価値にしたがっているのではないかと疑い、そのことに不安をいだくことから、近代的な自由の観念はある意味で生まれてくるのだといえる。寛容さ、他者へと歩みよる準備、公平さの感覚といった近代の自由主義的な原理は、それぞれの個人がみずからの特殊な意向や愛着にしたがって目的を追求しようとするなら、かならず不合理な盲目性へと陥るという強迫観念にある側面で依存している。市民的自由には、さまざまな対立や軋轢を生みだすであろう問題を私的な領域に制限し、否認しようとする傾向がつねに隠されている。

近代市民社会における自由は、異なる道徳的、宗教的構想の調停にたえず失敗することをつうじて、つねに心的外傷《トラウマ》として経験される可能性をつうじて形成されてきた。したがって近代市民社会は、いかなる歴史的な事象であろうとも、その象徴化に失敗するように構造化されている。それが歴史的悲惨を反復させるのであり、しかしまたそれによってはじめて社会は宥和への「希望」をいだくことも可能になる。『ゲーテの親和力』は、「希望なき人々のためにのみ、希望はわれわれにあたえられている」(88)、ということばで閉じられている。象徴化の失敗が自由の観念を生みだすのだとすれば、自由の観念は、その観念のもとに構成される諸原理や諸価値、諸規範のもとに抑圧された対立や軋轢を、またそこにある排他性をつねに考慮しなければならない。自由な社会はみずからを実現するために、克服されたとして忘れ去られようとするものにたいしてこそ、「眠っている責任」をたえず呼び覚まさなければならないのである。

3　芸術批評の理論

〈反省＝反射〉の概念

『ゲーテの親和力』(一九二二年)では、芸術作品が近代市民社会のなかでどのように象徴的な、倒錯的な機構のなかで形成されてきたかが問題にされたとすれば、一九一九年に博士論文として書かれた『ドイツ・ロマン主義における芸術批評の概念』で展開されているのは、その機構の構造を問うための形式と方法にほかならない。

ベンヤミンは『古代の人間の幸福』(一九一六年)という初期のエッセイのなかで、近代人の無垢を苦悩につつまれたもの、狂気にみちたものとして想いえがいている。それは、いわゆる〈反省＝反射 Reflexion〉をつうじて、自然からきりはなされた個人の内面の奥深くに秘められたものとして、自然との対立のなかで微少なまでに縮小されたホムンクルスの無垢として見いだされるものだというのだが、そのとき〈反省＝反射〉の概念はいまだ限定された意味でもちいられている。近代人の幸福は、魂の「ささやかな慎ましさ」、「あえて自己自身より前にみずからの状態を認識しようとしない魂の形式」のなかにある。(89) ベンヤミンは、ゲオルク・ビュヒナーの『レンツ』のなかの描写、ゲーテにうばわれた恋人フリーデリケへの想いを語るレンツの姿を引用する。レンツは、その恋人、自己のなかにひきこもり慎ましく家のかたすみにたたずんでいるフリーデリケの姿を想いうかべ、そこにささやかな幸福を認める。恥じいるばかりのその子供のような無邪気さにこそ、魂の素朴さ、純真さが秘められていると、レンツは語るのである。それにたいして、古代ギリシア人のいだいていた無垢のイメージは近代人のものとはまったく異なっていた、とベンヤミンはいう。ギリシア人にとって、自己、内面をもった個人を幸福の担い手と考えることは、「狂った高慢という罪、傲慢《ヒュブリス》」にほかならない。幸福は神々の贈り物として勝利の祝祭のなかにあたえられる。ギリシア人にとって魂の幸福は、人間からいわゆる〈反省＝反射〉というものが遠ざけられているところに、人間が宇宙とのあらゆる力と直接的に触れあい、その諸力のなかにみずからの形姿をつくりだすところに見いだされるべきものなのである。レンツもまたそのよき牧師、既成の宗教と社会的な生活との宥和を説く牧師オーバーリンの家から一歩足を踏みだせば、アルプスの空や星、石や草花との交流のなかに、自然のあらゆる形態の生との深い触れあいのなかに至福の感情を見いだしている。そこにはもはや内部も外部もなく、自然のいっさいの諸形態はレンツの身体をつらぬいている。しかし、自然のなかにいるときのレンツのその姿は、むしろ狂気のふちをさまよう分裂病患者のものにほかならない。「やすらぎに憧れる病者の夢想」と「感じやすい魂の小さな幸福」。レンツがその恋人の子供のような無邪気さのうちに想いうかべる幸福は、狂気につつまれている。

他方、ベンヤミンが『ドイツ・ロマン主義における芸術批評の概念』のなかで展開する〈反省＝反射〉という概念は、もっぱら〈反省＝反射〉の形式的側面が強調されるがゆえに、その内容は謎めいている。〈反省＝反射〉は、自然との対立のなかで人間性の統一を自己の内部で再現しようとするものであるより、むしろ自然とのかかわりのなかでその分裂を表現するものとしてとらえられているからである。ロマン主義の〈反省＝反射〉は、レンツのささやかな幸福にではなく、むしろその狂気に関係している。ベンヤミンはロマン主義の〈反省＝反射〉を「思惟 Denken の様式」として理解する。しかし、ベンヤミンが「思惟の思惟そのものへの関係」、「思惟の直観的性格」を強調するのは、ヴィンフリート・メニングハウスが主張するような、そこに疑いようのない自己の確実性、あるいは自己の存在論的根拠を見いだしているという理由からではない(90)。ベンヤミンはそもそも初期ロマン主義の「自己思惟」には、はじめからフィヒテに認められるような〈反省＝反射〉と「存在」を結びつける「定立 Setzung のうちに存するあの特別な存在論的規定」が欠けていることを認めている(91)。それではなぜベンヤミンは「思惟の反省＝反射的な本性」を強調するのだろうか。ベンヤミンが、まずカントとフィヒテの知的直観をめぐる議論の批判から「認識の直接性」をみちびきだしているとすれば、そこにはどのような意味があるのだろうか。

カントにとって、認識とは対象を対象として表象することにほかならない。つまり、対象を認識することと、対象を表象することは同じことを意味している。この可能的経験の対象を表象することが「直観」であり、このとき思惟は「直観」に従属する。すなわち、思惟は「直観」において対象をある概念のうちで表象するように制限をうける。カントは『純粋理性批判』の冒頭で、つぎのように述べている。「いかなる仕方で、またいかなる手段によって認識が諸対象に関係しうるにしても、認識が直接に諸対象に関係するときのその様式、またすべての思惟が手段としてその目的とさだめている様式は直観である(92)」。ベンヤミンのいうように、カントにとって、「直観のみが、直接的認識をあたえる(93)」ものと考えられているのである。それにたいして、ベンヤミンが思惟のうちに〈反省＝反射〉的な本性を見いだそうとするとき、その意図はまず、思惟を「直観」から、そうした対象への従属から解放するということにある。ベンヤミンが「反省＝反射のうちにあたえられている認識の直接性(94)」を強調するのも、認識が思惟の〈反省＝反射〉、すなわち思惟の自己関係性にあることを明らかにするためにほかならない。認識の機能とは、対象を表象することではなく、対象における「自己認識」、つまり対象を構成する諸連関を明るみにだすことにある。ベンヤミンがフィヒテの初期の論文にかぎって肯定的に引用するのも、そこにはいまだ精神の自由な行為とともに、思惟のそのような〈反省＝反射〉的な性格を見いだすことができるからである。『知識学といわゆる哲学の概念について(95)』（一七九四年）のなかでは、「〈知性の必然的な行為〉、あらゆる対象的なものに先立って精神のうちにある、この精神のもつ純粋な形式にほかならない、かの行為(96)」、つまり精神のもとに表象される対象に先立ち、その対象を表象する純粋な形式としての精神の行為が問題となっている。ベンヤミンが主張する「認識の直接性」とは、対象の認識がなにか実体的な、自己現前的な内容のうちにではなく、諸形式の諸連関のなかにあることを、つまり諸対象の「直観」はこの諸形式に媒介されていることを意味しているのである。そもそもカントは、すべてを普遍的な主体として出現する「精神」の諸能力の問題として、つまり「精神」の対象への働きかけの問題として理解しようとしている。「直観による制限」とは、対象を複数のひとびとにとって共有しうるもの、接近可能なものにすることを意味する。したがってカントのばあい、そこに見いだされる対象、同一的概念によって表象される対象には、特殊な社会的諸条件と結びついた経験的、心理的な内容がふくまれている。ベンヤミンは認識を同一的概念の表象から解放することによって、対象を潜在的にそのような社会的諸関係のなかにあるものとしてしめそうとするのである。認識とは、思惟の自己関係性のうちに、さらに対象を構成する思惟の潜在的な諸連関のうちに見いだされるべきものだというのである。

さらに、ベンヤミンがその後のフィヒテの思想的展開との対立のもとに、ロマン主義の「思惟の直接性」を強調することになるのは、フィヒテが〈反省＝反射〉を、もっぱら「自我」の循環的な構造へと制限しはじめるようになるからである。フィヒテにとって〈反省＝反射〉とは「精神」の自由、その自律性の問題と結びついている。「精神」はつねに自由を獲得するために、対象がすべての人間にとって近づきうるものとなるように、「自我」の自律性と対象の同一性とを獲得すべく活動しなければならない。「フィヒテの〈反省＝反射〉は絶対的措定のうちにあり、絶対的措定の内部での〈反省＝反射〉であって、その外部では空虚なものになってしまうためにいかなる意味ももたない(97)」。フィヒテもまた「思惟の直接性」を主張するとしても、それは「無意識的」なものであり、「思惟する自我」と

「この自我の思惟において思惟される自我」との無限の分裂を回避するためにもとめられるのである。フィヒテにおいては「自我における非我の形成が自我のある無意識的な機能によっている」(98)、あるいは、「他方、フィヒテにおいては周知のように自我は非我によって自己を限局する——ただし無意識的に」(99)というとき、無限な〈反省＝反射〉はあくまで「無意識的」な自我の「定立活動 Setzungstätigkeit」へと制限されなければならないものと理解されている。無限な〈反省＝反射〉をつねに「定立活動」のもとで制限することをつうじて、対象は接近可能なものとして見いだされる。「だからフィヒテは自己意識がすでに直接そこによこたわっているような、原理的に終わりのない〈反省＝反射〉によってはじめて喚起される必要がないようなある精神態度をもとめ、そして発見する。このような精神態度が思惟である。……思惟の直接的な意識は自己意識と同一である。それはその直接性のゆえに直観 Anschauung と呼ばれる」(100)。ベンヤミンの引用する新カント派のヴィルヘルム・ヴィンデルバントのことばにしたがえば、フィヒテにとって「知的直観」とは、「ただ自己自身とその諸活動とを眺める知性の機能」にほかならない。「知的直観」は現象を統一しつつ、さまざまな能力との関係において対象の同一性を構成するとともに、諸能力の総合として「自我」の同一性を保証する。「自我」はその無限の活動のなかで、自己の確実性をともなった表象作用となる。「自我」の自律性は、「表象者の表象」をつうじて完成されるのである。

カントが〈反省＝反射〉を対象の表象へと、フィヒテが絶対的自我の自由な活動へと従属させようとするのにたいして、ロマン主義は〈反省＝反射〉を「自我」の循環的な構造から、対象を同一的な観念から解放しようとする。〈反省＝反射〉において、自我はふたたび他者へと、対象はふたたび非対象的な存在へと乗り越えられるのである。もはや実体的統一も、絶対的自我による統合も必要ではない。ロマン主義では、「存在」は無限の〈反省＝反射〉によって語られることになる。「あるまさに空想的な断章のなかで、ノヴァーリスは地上の存在全体を諸精神＝霊 Geist の自己自身への反省＝反射として、そしてこの地上に生きる人間を〈かの原始的反省＝反射〉の部分的な解消 Auflösung ないし〈突破 Durchbrechen〉として理解しようとしている」[101]。「存在」とは、屈折であり反射である。すべてのものが競合し、対立しあい、反映しあうことが「存在」なのであり、それが「原始的反省＝反射」にほかならない。自然は、たがいに指示しあい制限しあいながらなんらかの統一をつくりだすことがないかぎりで、「象徴のカオス」である。自然は根源的な二重化のなかにあり、おのずとみずからを反映し、そして連鎖をつくりだしている。「存在」とはこの反映と連鎖をくりかえす二重化を意味しているのである。反映は、自己を反復すると同時に、外に触発されることを、連鎖とは、外の触発を自己の反復する力に従属させると同時に、その従属をふたたび外の反復へと解体し解放することを意味する。そして人間は、「存在」のこの「原始的反省＝反射」を部分的に「解消」することによって、つまり外の触発を自己の反復する力に従属させることによって、その多様な分裂的な「存在」の位相を縮限することによって、また外を同一的なものとして対象化し、世界を「突破」することによって、この世を生きることになる。

したがって、ベンヤミンは〈反省＝反射〉が空虚な無限性へと消えさっていくようなものではなく、それ自身において「実体的であり、充実している」ことを強調する[102]。〈反省＝反射〉は無限にくりかえされうる。しかし、その無限性はシュレーゲルやノヴァーリスにとって、まず第一に「連関の無限性」

であって、それは「進行の無限性」の空虚な非完結性に先行するのである。あらゆるものは、まず「無限に多様なしかたで」反映しあい、無限に多様な連鎖をつくりだしている。(103) この「連関によって充たされた無限性」こそが、ロマン主義の構想する「絶対者」にほかならない。「反省＝反射は絶対者を構成する。しかもひとつの媒質 Medium として構成する」。(104)〈反省＝反射〉そのものは方法論的には第一のものではあっても、存在論的には空虚である。しかし、ベンヤミンによるなら、〈反省＝反射〉の「媒質」は内在的であり充実しているという意味で、「存在論的な絶対者」なのである。〈反省＝反射〉の「媒質」は徹底的に内在的であり、けっして超越を存在論的に規定することはできない。フィヒテの「定立」は、それが絶対的自我による「定立」という意味で超越論的な規定をふくんでいるかぎり、ロマン主義にとって受け入れることはできない。しかし、〈反省＝反射〉の「媒質」が存在論的規定を欠いているとしても、それが「媒質」として内在的であるかぎり「絶対者」として存在論的に充実している、とロマン主義は主張するのである。ベンヤミンはこの「絶対者」としての「媒質」について、「もろもろの直接性による媒介」と「媒介された直接性」といった一見矛盾した言い方をしている。(105) それは、「媒質」が〈反省＝反射〉の自発性によってつねに媒介されていると同時に、しかもなお、どこまでも内在的であることを意味している。「もろもろの直接性による媒介」とこの連関を内在的に生き生きとしたものにする「媒介された直接性」、すべてのものは形式の産出、その直接性によって媒介されていると同時に、その直接性は媒介され展開された連関そのものに内在するものでもある。〈反省＝反射〉は、まずそれが「たえまなく連関をつくりだす力によって」「媒質」であると同時に、「そこで反省＝反射が運動する場である」という意味で「媒質」なのである。ロマン主義は、みずからの連関をつくりだす力であり場であるという〈反省＝反射〉からなる「絶対者の媒質としての性格 Medialität」を、「勢位＝累乗化 Potenzieren」、「ロマン化 Romantisieren」といったことばで表現する。またノヴァーリスは、それを「自己触発」と「自己透徹」ということばによって特徴づけている。ノヴァーリスによるなら、〈反省＝反射〉とは「けっして終わることのない精神の真の自己透徹のはじまり」であり、未来の世界は「自己透徹したカオス」なのである。[106]

ベンヤミンは、〈反省＝反射〉は「論理的に第一のもの」、「絶対的に創造的なもの」、「芸術およびあらゆる精神的なものにおいて根源的なものであり、構築的なもの das Aufbauende」であると主張する。[107]他方、ベンヤミンは感情における「反省の無差別点 Indifferenzpunkt」、〈反省＝反射〉そのものが無から生じるような「無差別点」について言及し、それを「詩的感情 das poetische Gefühl」と呼んでいる。[108]ベンヤミンが感情における〈反省＝反射〉の「無差別点」に触れながら、しかしそれ以上議論していないことについて、メニングハウスは、「〈反省＝反射〉の先行性と構成性」が主張できなくなることを恐れているからだとその理由を説明し、ロマン主義において〈反省＝反射〉の起源を「感情」におくことは「無意識」の契機をそこにふくんでいることを意味するはずであるにもかかわらず、ベンヤミンはロマン主義に認められる「無意識」の契機を排除しようとしているのだと批判している。[109]しかし、はじめて思惟を発現させる〈反省＝反射〉の無差別点、あるいは無差別点における〈反省＝反射〉こそが「詩的感情」であるからといって、「詩的感情」は、思惟の形式としての〈反省＝反射〉の論理的な先行性と構成性を否定することにはならない。「思惟の直観的な性格」が自己意識の疑いようのない確実さを意味するのではなく、思惟が〈反省＝反射〉によって媒介されていることを意味するのだと、また〈反省＝反射〉の媒質はどこまでも内在的なのだと主張するとき、術語上は対立しているように見えるとしても、むしろベンヤミンは、メニングハウスが主張するのとは異なり、「無意識」の契機を排除しようとしているのではなく、あくまで「〈反省＝反射〉の先行性と構成性」を主張することによって、「無意識」が構成的なものであり構造的なものであることをしめそうとしているのである。フロイトの用語で言い換えるなら、〈反省＝反射〉の「媒質」こそが「無意識」であり、それを制限し対象へと向ける能力にほかならない「意識的な意志」[110]が「意識」なのである。たしかにベンヤミンはロマン主義の用語法にしたがい、「無意識」を〈反省＝反射〉の制限を意味することばとしてもちいてはいるが、しかしロマン主義が、〈反省＝反射〉を対象へと制限し拘束するものの背後にあるものを、〈反省＝反射〉の「媒質」としてとらえていることをしめすことによって、すでにフロイトの「無意識」とその機構を見いだしていたことを明らかにしているのである。

認識することとは表象することではなく、認識されるものは観念ではない。むしろ認識することはさまざまな表象を逸脱することであり、認識とは表象あるいは観念の交替であり、変容である。「対象のどのような認識とも、この対象自身の本来的な生成は同時に起こる[111]」。認識とは、「認識されるべきものを、それがそのものとして認識されるところのものに、はじめてなす過程」にほかならない。ベンヤミンは思惟の〈反省＝反射〉的な本性に認識の直接性を見ようとしているのは、認識というものは対象を表象することではなく、対象を構成する形式の諸連関、その社会的構造を明らかにすることのうちにしかありえないからである。認識するものと認識されるものとは、〈反省＝反射〉の相対的な構成要素であり、実際に主体による客体の認識というものは存在しない。認識とはすべて、「絶対者」におけるひとつの「内在的連関」である。人間にとって、ある存在者についての認識であると記述されるものはすべて、「その存在者における思惟の自己認識が人間のなかに反映したもの Reflex」にすぎない。「客体という術語は、認識におけるある関係ではなく、関係の欠如を言い表わしているのであって、いずれにせよ認識関係が明らかになれば、その意味を失うことになる」[112]。ある存在者が他の存在者によって認識されることは、「認識されるものの自己認識、認識するものの自己認識、そして認識するものがみずから認識する存在者によって認識されること」と同じことを意味する。

ベンヤミンは、ロマン主義の思想がしばしば問題にされるように断片的であり、〈体系《システム》〉的でないという批判にたいして、ある思想が〈体系〉的であるかどうかを問題にする以前に、〈体系〉とはまず「諸概念の〈反省＝反射〉媒質」として理解されなければならないと主張する。そもそも思惟とは、「絶対的に概念的な、すなわち言語的な思惟」であり、「〈反省＝反射〉とは、体系が絶対的な把握を志向するさいの活動であって、この活動に適合する表現形式が概念なのである」[113]。シュレーゲルは、〈体系〉に「個体的自然」を見いだそうとしているが、むしろベンヤミンは、ロマン主義が「機知 Witz」と呼ぶ〈概念〉の運動にこそ、「個体的自然」の特徴が現われていると説明するのである。〈体系〉とは「叙述 Darstellung」の形式であり、「言語 Sprache」であって、「個体」は〈概念〉によってさまざまな〈体系〉のなかで構成され「叙述」される。〈概念〉は、〈体系〉というその媒質のもとで、世界を包括し、ふたたび世界を拡大するべく「稲妻」のように運動する。〈体系〉とは、無意識の潜在性にほかならない。〈体系〉は無意識が〈概念〉の運動をつうじて構造化されていることをしめしている。〈体系〉が〈概念〉を規定するのではなく、〈概念〉がもろもろの可能な〈体系〉のなかで運動し、意識を、認識の諸対象を現象させているのである。その意味で、ロマン主義は〈体系〉が断片として特徴づけられることをむしろ肯定するのである。(114)

作品の概念と〈批判＝批評〉

そもそもベンヤミンがその博士論文『ドイツ・ロマン主義における芸術批評の概念』のなかで展開しているのは、ロマン主義の芸術理論とその〈批判＝批評〉の概念である。ベンヤミンが「芸術批評」を構想するのに、とりわけ初期ロマン主義の理論に注目した背景にはなにがあるのだろうか。

まず第一に、ロマン主義論のなかでもしばしば引用されるヴィンデルバントや、またベンヤミン自身その講義に出ていたハインリヒ・リッカートなどの新カント派による議論を考慮する必要がある。ベンヤミンは、当時の〈批判＝批評〉は、前提としなければならない認識論が啓蒙主義以来、いまだある種の不毛な形而上学的な片鱗をとどめているために、どこまでも恣意的なものにとどまっていると考えている。カントから新カント派にいたるまで継承されてきた認識論の「形而上学的残滓」については、『来たるべき哲学のプログラム』（一九一六年）のなかで、それはまず、認識を「なんらかの諸主観と諸客観、なんらかの主観と客観の関連」として把握しようというところに、さらに「認識と経験を人間の経験的 empirisch 意識に関連づけようとする」ところに認められる、と論じている。たしかに、認識や経験をもろもろの感覚の原因としての「客観的自然 Objektnatur」へと還元しようとする考え方は、カントや新カント派によって克服された、ということができるとしても、認識する意識という「主観的自然 Subjekt-Natur」は依然として残存している。このような観念、「感官によってもろもろの感覚を受けとり、その感覚にもとづいてみずからの表象を形成する個体的 individuell、肉体 - 精神 leibgeistig 的自我」という観念は、みずからを動植物と同一視する未開民族や、自分の知覚とその対象との対立をうまく実現できない神経症患者、自分の肉体的感覚をなにかべつのものに関連づける精神病者、あるいは他人の知覚を自己の知覚のように感受しうると主張する透視者、などの幻想と同様に、まさに「神話 Mythologie」にほかならない。「感性的（ならびに精神的）認識という人類共通 gemeinmenschlich の観念」そのものが、ベンヤミンにいわせれば神話なのであり、狂気の産物なのである。ベンヤミンによるなら、「認識する人間、認識する経験的意識」は、「一種の狂気の意識」なのである。

(115)(116)

第二に、ディルタイによって完成され、とくに文学研究の領域では、ゲオルゲ派のグンドルフなどによって継承され、いわゆる「精神史学派」を生みだすことになる、この時代の美学的、哲学的潮流を考慮しなければならない。いわゆる「精神」を探求するとされる「精神科学」は、十九世紀にフンボルトやフィヒテ、ヘーゲル、ディルタイなどによって、自然科学にたいして独自の意義を担う領域として展開されてきた。創造の過程を精神の形成過程として追構成することが、つまり創造を統一的な行為と見なし、そこに「人類 Menschengeschlecht」、「人間性 Menschheit」の共通の関係を見いだすことが、探求されるべきものとして考えられてきたのである。みずからを客体化すると同時に、みずからの生の表出を反省する「精神」というモデルは、現代ではたとえばチョムスキーの言語理論などにも認められるが、ベンヤミンはそのような無限なもののなかで自己を実現する「精神」というモデルを拒絶するのである。そこには、ゲオルゲをつうじてディルタイなどの影響下にあった青年期の思考にたいする、決別の意味がこめられているのかもしれない。いずれにせよ、〈反省＝反射〉の二つの根本的な契機、「自己活動性と認識作用」の中心は、自己形成する精神というモデルには認めることはできない。とりわけ〈批判＝批評〉の課題は、ディルタイが『体験と文学』（一九〇六年）のなかで試みているような、芸術家の「精神」の形成過程を追構成することにあるのではない。さらに、そのような「自己創造」への傾倒は、ちょうどロマン主義論が書かれた戦時下の高揚したいわゆる「ロマン主義」と呼ばれる運動の時代的風潮でもあったことを考慮するなら、ベンヤミンは、初期ロマン主義の芸術理論と「芸術批評」に、むしろそのような時代的風潮に対抗するものを認めたのである。ベンヤミンの引用するエルヴィン・キルヒャーによるなら、「これらのロマン主義者たちは、まさに——当時そして現在でも一般に理解されているような——〈ロマン的なもの〉を自分自身から遠ざけようとした」(117)（『ロマン主義の哲学』一九〇六年）のである。

ベンヤミンにしたがうなら芸術もまた、〈反省＝反射〉のひとつの媒質にほかならない。芸術とは、ノヴァーリスによるなら、いわば「自己自身を観照し、自己自身を模倣し、自己自身を形成していく自然」(118)なのである。「詩的感情」は、「反省＝反射の無差別点」として自然のなかに埋めこまれている。したがって、芸術作品とは、ヘルダーやモーリッツが構想したような「調和や有機体」などではなく、〈反省＝反射〉の中心をなすものと見なさなければならない。作品とは、なにか規範に照らして評価されるべき対象でも、主観的な趣味判断の対象でもなければ、またゲーテが、さらにはのちにディルタイやグンドルフが考えたような、「精神」の「象徴《シンボル》」による客体化などといったものでもない。ロマン主義は、「作品自身のもつ確固たる内在的な構造という基準」をうちたてることによって、「それまでは理論的にはけっして導入されえなかった根本概念、すなわち作品の概念」を見いだした。[119]「かつてカントが『判断力批判』において判断力にたいしてあたえていた、芸術の領域における自律性」[120]を、シュレーゲルが客体あるいは形成物に認めたのだとすれば、ロマン主義ははじめて、作品が対象化された思考形態として構造をもつことを発見したのである。したがって、ロマン主義が「芸術の統一性」について語るとき、芸術が「諸形式の反省＝反射媒質」であることを考慮するなら、その意味は逆説的である。ロマン主義は、芸術の理念が、芸術作品から経験的に抽象されるようなものではないことを強調する。つまり芸術という理念が、むしろ権利上、偶然的に見いだされる作品に先行するものでなければならないことを意味するというだけでなく、「芸術の統一性」とは、作品をつねに「生成」のうちにあり、「永遠に生成しつづけ、けっして完成されない」ものへと送りかえすものだと理解するのである。[121]

作品は素材においてかならずさまざまな外的な制限のなかにおかれている。素材もまた〈反省＝反射〉の媒質であるとはいえ、それは外的に、偶然的に制限されているためにどこまでも恣意的なものにとどまらざるをえない。しかしもし、作品がたんなる恣意的な素材の集積にすぎないのなら、作品はそもそもなんらかの「形成物」と呼ばれることはない。ベンヤミンによるなら、作品における素材の制限を〈反省＝反射〉の「自由な自己制限」へと「変容 Modifikation」させているものこそが、ロマン主義が「叙述形式 Darstellungsform」と呼ぶものにほかならない。〈反省＝反射〉は、「判断力のような、主観的に反省する態度」にではなく、作品の「叙述形式」のなかに内包されている。[122]作品の〈反省＝反射〉媒質としての潜在性をつくりだしているのは、「叙述形式」である。「叙述形式」は、「作品に固有な反省＝反射の対象的な表現」であると同時に、「反省＝反射の可能性」そのものを意味している。シュレーゲルは、作品が形成されるのは、「それがいたるところで明確に制限され、他方、その制限の内部では無制限なものであるときである」、と述べている。[123] つまり、「叙述形式」は、作品を統一的なもの、完結したものとしてしめすとしても、その統一性は「相対的な」ものにすぎず、作品は「反省＝反射の生き生きとした中心」として、絶対的な「芸術の統一性」へと開かれていなければならない、というのである。[124]

ロマン主義において芸術の理念は、まず「諸形式の連続体」ということのうちに、さらにその永遠の「生成」のうちにしめされる。これらの理念の性格を具現する形式であると同時にその概念そのものを、ロマン主義は、あらゆるジャンルの制限が解消され、あらゆる「文学《ポエジー》」形式の混ざりあう「ロマーン」という形式に見いだす。「ロマーン」とは、作品の形式が相対的な統一と〈反省＝反射〉の可能性からなることとそのものを象徴的に表明する「文学」形式にほかならない。「ロマーン」のなかで、諸形式の「外面上の無拘束性と無規則性」、その多様性は「その形式の純粋さ」においてしめされている。そこには、「反省＝反射的な自己制限と自己拡大」とがきわめて決定的に形成されている形式が見いだされる。その意味で、「ロマーン」とはロマン主義にとって、他のジャンルにならぶひとつのジャンルといったようなものではなく、「あらゆる文学的《ポエーティシュ》なものの総和」、「文学的絶対者の名称」なのである。[125] それにたいして、「ロマーン」という諸形式の総体の「規範的な創造的基盤」、その無拘束性と無規則性をその純粋な形式においてしめす潜在的な「叙述形式」を、ロマン主義は「散文《プローザ》」と呼んでいる。「散文」という「叙述形式」をとおして、「ロマーン」は諸形式の連続体の把握可能な現象となる。「散文の結合的 vereinigend 機能」について、ベンヤミンは、それは「諸形式の結合 Vereinigung」と「諸形式の多様性 Mannigfaltigkeit」を発展させることにあると述べつつ、「文学的形式の反省＝反射の媒質は、散文のなかに現われる」と、その意味で「散文」は「文学の理念」なのだと説明している。[126]「芸術および芸術作品は、本質的には美の現象でも、直接的で熱狂的な興奮の表明でもなく」、芸術とは、「諸形式がみずからのうちにやすらう媒質」にほかならない。[127] ベンヤミンは、ロマン主義がもとめた芸術の理念を、ヘルダーリンの「冷徹な＝醒めた nüchtern」ということばによって表現する。「というのも作品は、いずれ解体される陶酔 Ekstase のなかにではなく、おかすことのできない冷徹な散文的形姿のなかに根ざしているのだから。メカニックな理性をつうじて、作品はなお無限なもののなかで――制限された諸形式の限界値のなかで――冷徹なものとして構成されている」。[128] 規範としての美、満足や趣味の対象としての美ではなく、思惟のうちにある冷静な態度として、「陶酔」とは、プラトンの「熱狂《マニア》」とは対照的な「冷徹さ」こそが芸術の本質を規定するものにほかならない、というのである。

したがって、〈批判＝批評〉がなすべきことは、まず「作品そのものの秘められた構造を発見し、その隠された意図を執行すること」[129] にある。「芸術という〈反省＝反射〉媒質における認識が、芸術批評の課題である」[130]。〈批判＝批評〉が芸術作品の認識であるかぎり、それは「芸術作品の自己認識」であり、〈批判＝批評〉が芸術作品の判定であるかぎり、それは「芸術作品の自己判定」であると考えられる。作品を理解することは、芸術家の「象徴化《シンボル》」された生を追構成することではない。作品は構造をもち、その意味で潜在性を担っている。そしてこの構造と潜在性が〈批判＝批評〉を可能にするのであり、そこにこそ〈批判＝批評〉の可能性がある。作品の価値はもっぱら「その作品がそもそも内在批評を可能にするかどうか」にかかっている。「批判＝批評は、今日の理解ではもっとも主観的なものとされているが、ロマン主義者たちにとっては、作品が成立するときのあらゆる主観性、偶然性、恣意性を規制するものであった」[131]。ロマン主義は、〈反省＝反射〉の媒質の内在性に訴えることによって、〈批判＝批評〉を構想する。それは、あらゆる超越論的な議論を疑問に付すために要請されるのであり、すなわち、思惟を直観の対象認識から、その世界観、神話的世界から解放するために、さらにそこに見いだされた諸対象を「自我」から解放すると同時に、その諸対象を社会的構造のうちにとらえなおすために要請されるのである。

さらにベンヤミンは、ロマン主義にとって〈批判＝批評〉の役割は、作品それぞれのなかにある「散文《プローザ》」的核心を「叙述＝析出する darstellen」ことにあると説明する。芸術作品は、〈批判＝批評〉をつうじてその「散文」的核心が「叙述」されるとき「ローマーン」となる。その意味で「散文」とは、作品の潜在的な「叙述形式」なのであり、芸術という〈反省＝反射〉へと展開された「叙述形式」なのである。作品をその〈反省＝反射〉「媒質」である「叙述形式」へと展開すること、それが作品の「隠された意図」だというのである。ベンヤミンによるなら、「散文的なもの」は、二つの意味において〈批判＝批評〉をつうじて把握されることになる。すなわち、「散文的なもの」は、まず〈批判＝批評〉が展開されるその無拘束な表現形式をつうじて、そして作品が〈批判＝批評〉により「永遠の冷徹な持続」として対象化されるときのその形態をつうじて。したがって〈批判＝批評〉は、ロマン主義にとって、「プロセス」であると同時に「形成物」として、作品の「必然的な機能」と見なされるのである。[132]

無意識の創造性

しかし、作品が必然的に構造をもつことが、そして〈批判＝批評〉が作品の「必然的な機能」であることが認められるとしても、はたしてロマン主義は、作品の「隠された意図」を執行することに、どのような意味を見いだしているのだろうか。ロマン主義は、「芸術の無限性と統一の表現」を「理念《イデー》」というカテゴリーのもとに理解し、「方法のアプリオリ」を追求することによって、そこに〈反省＝反射〉の媒質という、超越論的なものを回避する創造的な契機を見いだす。ベンヤミンは、ロマン主義論の最後に付された「初期ロマン主義の芸術理論とゲーテ」という文章のなかでつぎのように述べている。「創造された作品の絶対化、つまり批判＝批評的な手続きがシュレーゲルにとって最高のものである。それはあるイメージによって具象化するなら、作品のなかに眩耀《げんよう》を発生させることにほかならない。この眩耀――冷徹な光――が作品の多数性を消滅させる。この光が理念なのである[133]」。しかし、ロマン主義が作品の多数性を解消することによって、そこに「あの詩的な絶対者を覆うもの」として倫理、宗教を見いだそうとするなら、ベンヤミンのいうように、結局、「理想の仮象」を手に入れているにすぎない。ベンヤミンは、ロマン主義には「形式についての把握とは対照的に、芸術に特有なものへのあらゆるより厳密な関係が欠けている[134]」と述べている。ロマン主義は、みずからはじめて作品を思考形態として見いだしたのだとしても、その思考形態がどのようにして形成されたのか、作品の「隠された意図」を執行するとしても、そこに意図されているものがどのような関係のなかで構築されたかについて明らかにすることができない。

それにたいしてベンヤミンは、ゲーテの芸術哲学にこそ、それが批判的に読まれるなら、作品がどのように構造化されるのかその機構を読みとることができると説明する。ゲーテの芸術哲学は、「方法のアプリオリ」ではなく「内容のアプリオリ」から芸術の「理想《イデアール》」を追求することによって、その「理想」を「もろもろの純粋な内容の限定された、調和のとれた不連続性」のうちに、その「多数性」のうちに見いだそうとする。[135] ゲーテの追求した「芸術の純粋な内容」を、ベンヤミンは「詩神的なもの das Musische」と呼んでいるが、問題になっているのは「真なる自然」という概念であるという。ベンヤミンにしたがうなら、「芸術作品の内容をなすべきこの〈真の〉目に見える自然」と「たんにこの世界に現象する目に見える自然」とのあいだの同一性という問題を提起することができるとすれば、そこにはある「屈折 Brechung」が、「逆説的」な関係がある。「直観しうる anschaubar 原現象的 urphänomenal な真なる自然」は、「世界の自然」においてではなく芸術のうちにのみその姿を現わすのであり、自然はあくまで「詩神的なもの」としてはじめて人間にとって対象化されうるのである。ここで「詩神的なもの」との関係で論じられているのは、『親和力論』や『ドイツ悲劇の根源』においてエロスとの関係で論じられることになるものにほかならない。つまり、「真なる自然」が自然のうちに「二重写し」となって現われてくるとすれば、それは「詩神的なもの」を追いもとめるエロスをつうじて、エロスの対象として、欲望の対象であると同時にその原因としてである。たしかに欲望の原因は自然のうちにあるとしても、「真なる自然」、すなわち現実は、あくまで欲望の対象として、他者との関係、社会的諸関係の反映として構成されるはずだというのである。

ロマン主義にとって芸術とは、「制約されたものと無制約的なものとの直接的な和解をもっとも純粋に遂行しようと努力した領域[136]」である。「芸術作品はその形式においてみずからを制限することによって、偶然的な形姿においては自己をはかない vergänglich ものとしながら、移ろいゆく形姿においては批判＝批評をつうじてみずからを永遠のものとする[137]」。ベンヤミンは、ロマン主義が、典型として自律しそれだけで完結した形成物といったものを承認しないという点でロマン主義を支持するが、他方、ロマン主義がそのような偶然的なものの契機、作品という契機を、芸術の絶対性、その統一性のうちに解消しうると考えている点で、むしろ作品の還元不可能性を訴えるゲーテを評価している。ゲーテにおける「様式 Stil」とは、「多かれ少なかれ歴史的に限定された様式」、「類型化する作法の提示」にほかならない。しかし、そこにこそ、歴史的に限定されたかたちで真実が、現実の構造化の機構がしめされている。ロマン主義は、作品が構造をもつことを明らかにする。しかし、作品がどのように構造化されているか、その機構をしめすことができない。ゲーテはみずからの欲望の対象をあくまで「直観」の対象のうちに見いだすことによって、作品がどのように構造化されるかをしめすのである。だが、それゆえにこそ、ゲーテが「原像 Urbild」あるいは「原現象 Urphänomen」という概念をつうじて、芸術のうちに倫理的なものの完成された姿を見いだそうとするとき、そこにはゲーテみずからのエロス、倒錯した欲望が反映されざるをえない。ゲーテは、どこまでも自然のうちに「必然的な知覚可能性」を、「感情においてみずからを純粋だと告げる内容が、完全に知覚可能となる必然性」を見いだそうとするが、それによって芸術作品は「典型」あるいは「類型」へとゆがめられてしまうのである。(138)ロマン主義は芸術を永遠の生成のなかに、「諸形式の媒質の創造的な運動」のなかに解消しようとするのにたいして、ゲーテは「芸術が創造ではなく自然であるような芸術の領域」を認め、倫理的な問題をもふくめたすべての問題を、対象として知覚される領域へと還元しようとする。ゲーテが作品の構造化の機構をしめすことができるのは、象徴的なものの領域を近代社会の根源的な倒錯的な特性においてえがきだす、そのような病理的な身振りをつうじてなのである。

十八世紀のドイツ啓蒙主義においては、フランス古典主義のさまざまな影響をうけつつ、美は市民社会が形成されるなかで、その全体の調和を模倣するもの、市民としての「良き趣味」を養う社会的教育の装置と考えられてきた。たとえばフリードリヒ・シラーは『カリアス書簡』(一七九三年)のなかで、模倣のうちに見いだされる自然とは「みずからに規則をあたえるもの、すなわちそれみずからの規則にしたがうもの」、つまり「自由」であると述べている。(139)「現象における自由」、まったく必然的にみずからによって規定されている自然のその姿には、美のもとに表現された「自由」を認めることができる。つまり、芸術とは自然のうちに映しだされる市民的「自由」を模倣するものと考えられているのである。ゲーテにおいてもまた、作品は感覚的なイメージが自己を失うことなく無限な全体性を表現するものとして見いだされるのだが、市民的「自由」がその感覚的なイメージのもとで、どのような倒錯的な構造のなかで表現されるかを明らかにするのである。

ゲーテやシラーにおいては、美的判断力が、つまりみずからしたがっている規則を産出する市民的「自由」の構想力が問題になっているのにたいして、初期ロマン主義においては、つかのまの、相対的な総合のなかに世界を現実的なものとして出現させる構想力がもとめられている。初期ロマン主義にとって、美は生を個体的な宥和のうちにえがきだすものではなく、また〈反省＝反射〉の形式ももっぱら人間性を形成するための統合的な役割を担うものではない。しかし、作品は恣意的でつかのまのものでしかないとしても、ゲーテのばあいと同様に無限なものを暗示している。作品は全体性を形成するものではなく、無限なものがつねに開かれたものであることを表現するものとして見いだされるのである。初期ロマン主義は「超越論的なもの」を、カントのようにいわゆる超越論的主観性にもとめるのではなく、思考の外に実現された思考形態、つまり〈作品〉のなかに見いだす。初期ロマン主義が「批判＝批評 Kritik」と呼ぶのは、かの超越論的主観性のアプリオリな諸条件を問うことではない。それは、実現された思考形態がその思考の内容ではなく、思考そのものの諸特性をいかに表現しているかを問うことなのである。シラーのばあいには個別的な趣味判断は、判断力の普遍性を形成するのに、いずれ偶然的な障害でしかなかった。そのような障害は、たとえ根絶されるのではないにしても、反省的に、普遍的な意識を形成することによって乗りこえられなければならない。またゲーテは、個別的な趣味判断の偶然性にこそ象徴的に市民的自由が表現されていることを、市民社会の諸関係のなかでは自由が倒錯的な形姿をとって現われてくることを見いだすのだが、形姿の象徴的な構造に固執するあまり、社会的諸関係のなかに形成された形姿のその意味を問うことができない。他方、初期ロマン主義は、市民社会において判断力の普遍性に訴えることによって近代的な自我が形成されるなかで、個別的な社会的諸関係は思考の外に、すなわち対象化された思考形態のうちに、のちのフロイト的な意味における無意識として構成されることを見いだす。つまり初期ロマン主義にとって〈作品〉とは、思考そのものの外にある思考形態として無意識を構成するものとして見いだされるのである。

近代の成立とともに、〈作品〉という概念は二つの意味において形成される。まず〈作品〉はその匿名性から、モニュメントとしての価値から引きはなされ、人間という滅びゆくものに永遠の真理をあたえるもの、起源をもたないものにその固有性を刻印するものとして出現する。ゲーテやシラーにとって〈作品〉とは、有限なものに、満たされたものとしての全体性と統一性を——それぞれ調和的にあるいは倒錯的にという相違はあるものの——約束するものなのである。他方、〈作品〉はまた開かれたもの、みずからの存在そのものを相対化するものとして、滅びゆくものをふたたび思考へと送りかえすもの、思考がたえず外に触発されていることを明かすものとして、すなわち構造をもつものとしてとらえられることになる。つまり〈作品〉は「文学の文学」として、そこに〈批評〉という近代におけるもう一つの言説を形成する可能性を秘めたものとして見いだされる。啓蒙主義以来のさまざまな趣味判断から、そしてさらに市民社会の共通感覚を形成する美的意識から、はじめて近代的な〈批評〉を解放することになるのは初期ロマン主義である。初期ロマン主義は、〈作品〉が構造をもつことを、つまり〈作品〉がつねに外部によって、無意識によって浸透されていることを見いだす。しかも、すでに無意識を、思考をさまたげるものではなく思考を解放するものとして、障害としてではなく社会的諸関係の潜在性を開示するものとして発見するのである。いまだ「自然」という概念によって展開されてはいるものの、この無意識の創造性こそ、ベンヤミンが初期ロマン主義に見いだしたものなのである。

第二章　法の概念と近代悲劇《トラウアーシュピール》

一九二三年、パレスチナへの移住を決意し旅立つショーレムに、餞別にと手渡したベンヤミンのエッセイ、四年後、「ドイツのインフレーションをめぐる旅」と題され、『一方通行路』のなかに収められることになるそのエッセイには、敗戦後のインフレーションのために窮地に陥っていたドイツの状況が暗い陰鬱な調子でえがかれている。第一次大戦後のドイツを見舞った破壊的なインフレーションのなかでは、貨幣はその価値を失い、貨幣共同体は解体し商品世界も崩壊する。貨幣の信用が失われ、貨幣に将来を保証する価値を見いだすことができなくなったとき顕わになってくるのは、中世にすら存在していた自由移住権をも失った「不自然な共同体」であるという。(140) 交換によって剰余価値を生みだせなくなり、必要なものだけがかろうじて交換されるのみで、剰余価値によってその生命をえていた商品が死滅するとき、事物は人間をそっと、だがかたくなに突き放しはじめる。かつて都市は、城壁によってそのなかにある者をまもり、地平線の景観によって「いつも目覚めている根元的な諸力の意識」を奪ってきたが、都市の城壁はいたるところ「侵入する大地」によって突破される。侵入してくるのは、風景ではなく、街灯やネオンの消滅した夜空なのだが、それが都市民を不透明で恐ろしい不安に陥れる。

だが、ベンヤミンによるなら、何よりも恐ろしいのはそのような状況のなかで陥っているドイツ市民全体の「知性の凋落」であるという。ドイツ人からは、「あらゆる富のうちでもっともヨーロッパ的な富」、すなわち「イロニー」が失われてしまっている。そうした「イロニー」をもって、「人間はそれぞれ、いかなる共同体の存在 Dasein とも一致することなく、みずからの生を営もうとする[141]」ものなのだが、「イロニー」の欠如が「事物の頽廃 Entartung」をより救いようのないものにしているというのである。世の中に、とりわけドイツで溢れかえっている「生の理論」や「世界観」は、そのひとつの徴候にほかならない。しかし、そうした理論や観念はむしろ、個人的な実存の威信を救いだそうとするごくつまらない私的状況にかかわるものにすぎない。むしろ、ベンヤミンによるなら、個人がどれだけ無力であり、どれだけまわりの状況にかかわり合っているかを見きわめることこそが重要なのである。

そうであるなら、とベンヤミンは問いかける。むしろ、安定した状況はかならずしも快適な状況ではなく、「凋落 Verfall」こそがまさに安定した状況であると認識すべきなのではないか。実際に戦前においても、ある階層では、安定した状況とは安定した悲惨だったのだから、むしろ没落にこそ「現状の唯一の道理」があると考えるべきなのではないか。戦前の幸福な生活に慣れてきた人々にとって、当時のドイツの状況は耐えがたいものであるとしても、目前に「破局 Katastrophe」が迫っていながらしばしば口にする、「もはや事態はこれ以上進むことはあるまい」という言い回しは、何よりもドイツ市民の愚かさと臆病さをしめすものにほかならない。ベンヤミンが危険だと感じているのは、大戦後のドイツの経済的に悲惨な状況を愚かにも認識しようとせず、「かつて慣れ親しんでいた、もうとっくのむかしに失われてしまっている生」にしがみつこうとする人々の意識が、無意識のうちに人々を共同体の「神話的」な力へと隷属させてしまっているということにある。(142) そこには、「部外者にはまったく理解不可能な、とらわれている者にとってはまったく意識されない暴力」、すなわち「生活状況、悲惨と愚昧がこの舞台で人々を共同体の力へと隷属させるときの暴力」がある。もはやこのような「破局」は永くはつづかないだろうという期待にたいして、むしろ「個々の人間の苦しみ」、ないし「共同体の苦しみ」にとって、もはや事態が進まなくなる唯一の限界があるとすれば、それは「殲滅状態 Vernichtung」しかない。しかし、「嘆くこともできず極度に注意力を緊張させるべくしいられたこの状態」において、われわれは、われわれに敵対し、われわれを包囲する諸力と密かに接触しているのだから、むしろそこにこそ実際に奇跡がもたらされる可能性を見いだすべきなのではないか。破壊的インフレーションはたしかに「事物の頽廃」をもたらしてはいるが、そうしたあらゆる「正当化」を留保する力にこそ、まさに「メシア的な力」が隠されていると認識すべきではないか。

第一次世界大戦後、一九二〇年に、ベンヤミンは政治論を構想している。当初、表現主義の月刊誌に依頼され、結局、社会科学関係の雑誌に掲載されることになる『暴力批判論』(一九二一年)は、この政治論のなかの一章となるはずのものだった。ヴィネケンとの絶縁以来、青年運動からも距離をとり、政治の時事的な問題や具体的な戦況を話題にすることすら嫌悪するほど、政治から遠のいていたベンヤミンが、ふたたび政治的な問題に関心を向けるようになるのは、徴兵検査を逃れるために滞在していたスイスのベルンで、当時、反戦運動のグループが編集する『自由新聞』や『平和の見張り』などで論陣を張っていたフーゴー・バルやエルンスト・ブロッホと知り合ったことがきっかけだったと考えられる。『暴力批判論』のなかで重要な文献として参照されるジョルジュ・ソレルの『暴力についての省察』も、おそらくはバルとブロッホをつうじて知ることになる。(143)

ベンヤミンの政治論は、書簡から判断するかぎり、パウル・シェーアバルトの『レザベンディオ』(一九一三年)についての書評をふくむ「真の政治家」――「真の政治家」は書かれたもののその後すぐに紛失している(144)――と、「真の政治」の二部構成からなり、さらに第二部は「暴力の解体 Abbau」と「最終目的なき目的論」という章立てをもつはずだった。(145)結局、完成されることはなかったが、『暴力批判論』はこの「暴力の解体」の章にあたるものではないかと考えられている。最後の章となるはずの「最終目的なき目的論」は書かれてはいないが、この時期に記されたとされる「神学的・政治的断章」からその内容をうかがい知ることができる。(146)『レザベンディオ』の舞台である小惑星「パラス」の世界は、法も国家も私的所有も存在しないユートピア社会としてえがかれている。ベンヤミンはショーレム宛の手紙のなかで、「パラス」を「あらゆる世界で最善の世界」であると述べているが、(147)ベンヤミンはそうしたユートピアをけっして歴史の目的として想定することはないとしても、『暴力批判論』のなかで展開されるのは、国家と法的な暴力との関係とその「廃棄」というテーマにほかならない。マックス・ヴェーバーが国家とは秩序を貫徹するためにあらゆる暴力を、あらゆる法的強制を独占するものであると述べているとすれば、(148)ベンヤミンは、近代国家に内在する暴力を、近代法の性格を明らかにすることによって明るみにだそうとするのである。啓蒙主義以来、人間の権利や自由を普遍的理性によって基礎づけようとするヨーロッパの自由主義、民主主義にひそむ矛盾は、ドイツ革命の挫折、ヴァイマール共和国の成立とその崩壊という時代状況のなかでドラスティックなかたちでしめされることになる。ベンヤミンは、議会の機能停止と戦後ますます巨大化する官僚機構のもとに発生する暴力の要因を、近代的な「法＝権利」のあり方そのものに認めるのである。その目的は、暴力の「批判」、すなわち暴力が近代社会のなかでどのような構造をもって現われてくるかを明らかにすることにある。ベンヤミンが問うのは、近代社会の内部に隠された暴力の構造、ベンヤミンが「神話的」と呼ぶ暴力の内的な発生の原理である。

すでに一九一七年あるいは一八年に、ベンヤミンはシュティフターについて論じたメモのなかで、運命と自然について、さらにそれらと「人間が世界にたいしてもつ根本的な関係」、つまり「正義」とのかかわりについて論じているが、運命と神話と正義は、ベンヤミンが二〇年代に繰り返し展開するテーマにほかならない。ベンヤミンはヴィネケンとの絶縁後、ベルンへと出国する以前に、一九一五年冬学期から一七年夏学期にかけてミュンヘン大学に在籍している。そこでモーリッツ・ガイガーの現象学のゼミ、アステカ文明とマヤ人、アズテク人の宗教をテーマにしたヴァルター・レーマンの講義で知り合ったフェーリクス・ネゲラートをつうじて、神話やアニミズムへの関心を深めることになる。また、「ゲオルゲ・クライス」に属し、当時、「宇宙論サークル」を結成していたカール・ヴォルフスケールやアルフレート・シューラーにも、ネゲラートをつうじて接触している。もともとベンヤミンがミュンヘンの大学に移ったのも、「宇宙論サークル」の中心をなしていたルートヴィヒ・クラーゲスに会うという目的もあった(149)。しかし、クラーゲス自身は、すでに戦争に反対しスイスへと去ってしまっていた。ベンヤミンのその後の思考、とくに二〇年代前半の思考を支配することになる〈神話的なもの〉という概念は、このころ、すなわち第一次大戦をへて、ヴィルヘルム帝国の崩壊、ドイツ革命、ヴァイマール共和国の成立と解体のなかで形成されることになる。

一九一九年、ドイツ革命の渦中、マックス・ヴェーバーは『職業としての政治』という講演のなかで革命の興奮に駆られている青年たちを戒めているが、むしろベンヤミンは、ミュンヘン革命のリーダーで同年、獄中で死をとげるグスタフ・ランダウアーや、やはり同じ年、社会民主党左派の理論家でスパルタクス・ブントを組織しベルリンで暗殺されるローザ・ルクセンブルクに共感をよせている。ヴェーバーのサークルに出入りしていたブロッホやさらにその友人のゲオルク・ルカーチは、ヴェーバーの大戦への熱狂をいぶかしがり、そのころヘーゲル、マルクスへと傾倒しはじめている。彼らは、「鉄の檻」というヴェーバーの時代診断を踏襲しつつ、弁証法的な構図のなかにそれぞれの芸術理論、社会理論を展開することになる。ルカーチは、古代ギリシアを宥和的な世界として想定し、機械技術、分業による専門化、官僚化によって脱魔術化されていくこの世界にたいして、マルクスの影響のもとに疎外論を展開していく。他方、ブロッホは、古代ギリシアをあくまで美の仮象であると見なし、したがって古代ギリシア的世界はヴェーバーのとなえるような形式的で無機的なエジプト的世界との対立をへて、たえずわたしといずれわたしになるであろう自我との出会いのもとに織りなされる無限の装飾からなるゴシック的世界へと克服されなければならないことを説いている。(150) ベンヤミンもまた、ルカーチやブロッホと同様に、というよりもおそらく彼らの影響のもとに、政治論を弁証法的な構図のなかに構想する。ベンヤミンは、ギリシアをルカーチのように宥和的な世界として思いえがくのではなく、むしろ神話との関係において、つねに「デモーニシュ（魔神的）なもの」としてとらえると同時に、この世界をまず〈神話的なもの〉として理解することからはじめている。ベンヤミンにとって近代社会は、つねにアリアドネーの迷宮のなかにある。したがって、ベンヤミンはこの世界を、ルカーチのように「先験的な故郷喪失(151)」と規定し、全体性への回復を希求するようなことはないとすれば、またブロッホのように自我によって克服されるべきものとして論じることもない。そもそもブロッホの「ユートピアの精神」、「神の国」の待望にはどこかシュペングラーに似て、現世への呪詛が、この世界を誤謬だと、没価値だと見なそうとする欲望がまといついている。ベンヤミンは、現世を没落だと認識することはあっても、没落すべきもの、終焉すべきものだと断じることはない。ベンヤミンにとって「暴力の終焉」、「国家の廃棄」という理念は、あくまで法的暴力や国家の構造を明らかにし、この世界をふたたび歴史的なものとして位置づけるために要請されるのである。

1 法と法の力

法と法の力とのあいだの行為遂行的矛盾

ヨーロッパの近代法には、個人の合目的的に追求される自然目的を、いかなるばあいにも許容しないという傾向が認められる、とベンヤミンはいう。「すなわちこの法秩序は、個人の目的が暴力をもって合目的的に追求されうるようなすべての領域に、まさに法的暴力のみが合目的的に暴力をもちいて実現しうる法的目的を設定するようせまるのだ」[152]。このとき、「法 Recht」は個人の手にある暴力を、法秩序を崩壊させかねない危険と見なしている。この点にベンヤミンは法の奇妙な性格を認める。法が個人の手にある暴力を危険だと見なすのは、法の目的や法の執行を犯すという理由からではない。もしそうであれば、暴力全般ではなく違法な暴力だけを断罪すればすむはずである。ベンヤミンはつぎのように主張する。「個人にたいして暴力を独占しようという法の関心は、法的目的をまもろうとする意図によってではなく、むしろ法そのものをまもろうとする意図によって説明される」[153]。たとえば大犯罪者が、その目的が反感を引き起こすばあいでも民衆の共感を誘うのは、その行為のためではなく、その行為が証拠だてる暴力のためである。大犯罪者は、個人にたいして暴力を独占しようとする法の関心を暴きだすがゆえに、民衆の共感を喚起するのである。神授権や君主の専制に対抗するために、近代法はさまざまな自然状態（ホッブス、ロック、ルソー）を想定しつつ、個人の自然目的を法的目的として確立しようとしてきた。しかし、まさにその過程で、個人の「諸権利 Rechte」を実現しようとする法の関心が、あらゆる領域で個人の暴力を奪おうとするひとつの専制的な暴力として現われてくるところに、ベンヤミンは近代法に内在する矛盾を、さらにその倒錯的な性格を認めるのである。

ベンヤミンは、まずこの矛盾が、「法に内在する論理的な矛盾」ではなく「法的状況に内在する実際的な sachlich 矛盾」であることを強調する。近代の法秩序では、個人の権利は法の自然目的と結びついている。しかし、権利の行使は同時に、個人の自然目的でもある。したがって、「法＝権利主体 Rechtssubjekt が承認する暴力の目的が、承認する者にとってはあくまで自然目的であり、その結果、事態が深刻化したばあいにはみずからの法的目的あるいは自然目的と衝突することが起こりうる」ということに法的状況に内在する矛盾がある。[154] この矛盾が「論理的」なものではなく「実際的」なものであるとすれば、ベンヤミンは法を、法規則としてそれにしたがって演繹的に適用される論理的な形式というよりも、法あるいは法規範と「法の力（権威）＝権力 Macht」とのあいだの行為遂行的な関係において理解しているのである。法には法関係そのものを効力あるものにするとともに壊乱させる「暴力のある機能」がひそんでいる。とりわけ、法が自然目的のために行使される暴力を攻撃するのは、法の起源にある暴力のまさにその機能のためである。たとえば、ストライキ権は労働者に保証された法的な権利であり、組織労働者は法＝権利主体として暴力を行使する権利を認められた者たちである。「組織労働者は、こんにちおそらく国家をのぞいて、暴力の行使権をあたえられた唯一の法＝権利主体である」。[155] にもかかわらず、国家がストライキにたいして脅威をいだいているとすれば、それはストライキが暴力のある機能、「法関係を措定し、変更することができる」という、法の起源にあって法を脅かす機能をもっているからである。あるいはまた、当時、主権国家の権利として承認されていた交戦権にも、ほとんど国法らしきもののない原始状態から戦争の終結には「講和＝平和 Friede」が儀式的にどうしても不可欠なものであるとされてきたとすれば、そこにも、ベンヤミンが「法措定的暴力 rechtsetzende Gewalt」と呼ぶそのような暴力を認めることができる。というのも「講和＝平和」は、それぞれの国家の既存の法関係とは独立した法の承認を要求するからである。

ベンヤミンが「法措定的暴力」と呼ぶこの暴力は、法を実現する暴力として法にとって不可欠なものであるにもかかわらず、その暴力が行使されるとついには法そのものを不可能にしてしまうことにもなる。法と法の力とのあいだにある、あるいは法の力そのものに内在するこの行為遂行的な矛盾、「不確定性 Unbestimmtheit」は、法が法であるためにはそもそも解消不可能なものである。にもかかわらず、この矛盾を脅威と見なし、法秩序を維持すべく暴力を独占することによって矛盾を解消しようとするなら、法をまもろうとするその暴力はかならず倒錯的なものにならざるをえない。というのも、そこでは、法的目的のための手段として適用される暴力――この暴力をベンヤミンは「法維持的暴力 rechtserhaltende Gewalt」と呼んでいる――は、違法を罰するという個別的な制裁以上の意味をもつことになるからである。ベンヤミンがたとえばミリタリズムに認めるのは、そのような法の行為遂行的矛盾を調停しようとするひとつの倒錯的な暴力である。合法性の暴力が法と法の力との行為遂行的な一貫性のもとに行使される暴力であるかぎり、ベンヤミンによるならこのような暴力の問題は、たんにミリタリズムにとどまるものではなく、「あらゆる法的暴力の批判、合法的ないし行政的暴力の批判」につうじるものである。[156]ベンヤミンが「正しい gerecht 目的は、正当な berechtigt 手段によって達成されうる、正当な手段は正しい目的へと適用されうる」[157]という考え方をドグマだと批判するのは、そこにはつねに行為遂行的矛盾を調停しようとする倒錯的な暴力がつきまとうからである。ベンヤミンによるなら、そもそも「君の人格のなかと同じように、それぞれの他の人々の人格のなかにある人間性 Menschheit をつねに同時に目的として、けっしてたんに手段としてではなくもちいるべく行為せよ」というカントの定言命法にも、そのような倒錯的な性格がつきまとっている。「なぜなら、実定法は、みずからの根幹を自覚しているなら、どこまでも人間性の関心をあらゆる個々人の人格のうちに承認し促進するように要求するであろうからである。実定法はこの関心を、ひとつの運命的な秩序を表現し維持することのうちに認めている」[158]。カントが、あらゆる個々人の人格のうちにある「人間性」を認め促進せよと命じるとき、その法の目的とされる「人間性」には、理性的意志としての、みずからに法則をあたえる立法者としての「関心」が、すなわち、立法者である能力を、みずからに法則をあたえるべきであるという行為遂行的な責務へと、負債へとかえる暴力性がひそんでいる。このような負債は、神話の英雄が神々によって負わされる苦悩のように、法を「運命的」なものにする。そしてそれは、法を維持するための暴力に、制裁以上の意味をあたえているのである。実際に、個々の法律や法的慣例を保護しているのは、「法の力（権威）＝権力 Macht」であるとすれば、この「力（権威）＝権力」の実質は、「ただひとつの運命しか存在しないこと、まさに存続するもの das Bestehende、とりわけ脅迫的なもの das Bedrohende が、犯しがたくその秩序に属していること」[159]にある。法維持的暴力は、法と法の力との行為遂行的な一貫性のもとに行使されるとき、法の力を「脅迫的なもの」、運命的なものにするのである。

法的目的のための手段として適用される法維持的暴力ばかりでなく、そもそも法措定的暴力そのものに、ベンヤミンによるなら「神話的」な、「運命的」な性格がまといついている。ベンヤミンは、法措定的暴力のつぎのような二重の機能のうちに、「あらゆるケースにおいて法的暴力の根底にある運命」が明らかになると説明する。「すなわち、法措定における暴力の機能はつぎの意味において二重である。たしかに法措定は、法として制定されるものをみずからの目的として、暴力という手段をもちいて追求するのだが、その目的とされたものが法として制定された瞬間に暴力を解任するわけではなく、暴力をいまこそ厳密な意味で、しかも直接的に、法措定的暴力にする。つまり、暴力から自由でも独立でもなく、必然的にかつ緊密に暴力と結びついた目的を法として力（権威）＝権力の名のもとに設定することによって。法措定は力（権威）＝権力の措定であり、そのかぎりで暴力の直接的な顕現＝宣言 Manifestation の行為なのである」[160]。法は、あらゆる自然目的を否定することによって内面化される。あらゆる自然目的を否定し暴力を内面化することによってのみ、緊密に内面的に暴力と結びついた目的を「力（権威）＝権力」のもとに設定することができる。法の「力（権威）＝権力」が暴力を内面化する暴力として作用するかぎり、それはあらかじめあたえられているかのように作用する可能的なものの力として、法を可能にするはずの諸権利を拘束する暴力として作用するのである。そのとき法措定的暴力は遂行的暴力として、認識される以前にすでに法関係を実現してしまっている暴力として、法のルールのもとに遡及的に見いだされる。法そのものに内在するこの過剰にこそ、ベンヤミンは神話的暴力との類縁性を認めるのである。

「境界＝限界」侵犯と神話的暴力

ベンヤミンによるなら、法措定的暴力と法維持的暴力、すなわち近代の法的暴力には、いずれにせよ「神話的」な「運命的」な性格がまといついている。神話の世界では、「傲慢 Hybris」とは狂気であり、ホメロスの叙事詩、その「英雄伝説」のなかに登場する「英雄」は運命を挑発し神々によって狂わされる。神話的暴力は、いかなる目的のための手段でもない、いわば無関心の直接的な「憤激 Zorn」となって伝説の「英雄」の上にふりかかる。「神話的な暴力は、その原像的 urbildlich な形態においては神々 Götter のたんなる顕現＝宣言である。神々のいだく目的のための手段ではなく、その意志の顕現＝宣言でもなく、第一に神々の現存 Dasein の顕現＝宣言にほかならない」[161]。「現存の顕現＝宣言」ということばには、二重の意味があると考えられる。まず、運命となって英雄たちの上にふりかかる神々の暴力は、法を犯すことによって下される処罰とは異なっている。法的に「目的のための手段」として適用される暴力は、犯罪、違法行為をあくまで特別なもの、奇異なものと見なし制裁することによって、法そのものを脅かす矛盾から法を遠ざけようとするのにたいして、英雄がその侵犯行為によってまねく「贖罪 Sühne」はたんなる制裁以上の意味を担っているのである。ベンヤミンによるなら、贖罪とは法そのものをもたらす根源的な身振りなのであり、そこでは神々の圧倒的な、直接的な暴力が「法規＝掟 Gesetz」を、英雄たちの贖罪的行為の前提となっている象徴的な契約の場を到来させるのである。「たしかに、アポロとアルテミスの行為はたんなる処罰のように見えるかもしれない。しかし、この行為の暴力は、ある既存の法を犯したことを罰するというよりも、むしろあるひとつの法をうち立てるものなのだ。ニオベの高慢 Hochmut がみずからの上に宿命 Verhängnis を呼び覚ますのは、その高慢が法に違反するからではなく、運命 Schicksal をある戦いへと、すなわち、そこでは運命がかならず勝利し、しかも勝利していよいよひとつの法を出現させる、そのような戦いへと挑発するからである」[162]。他方、英雄は運命を挑発し、命運をかけて闘争をくりかえすのだが、ついに運命の前にみずからの行為がまねきよせた罪を贖うべく滅ぼされる。そのさい、運命となって英雄たちの上にふりかかる神々の暴力、すなわち法は、「その現存の顕現＝宣言」として、英雄たちの贖罪の身振りのもとにあくまで遡及的に認められる。つまり、神話的な暴力が神々の「意志の顕現＝宣言」ではないということは、英雄の贖罪の身振り以前に暴力があるわけではなく、その暴力は遡及的にしか確認されない、ということを意味している。

したがって、贖罪という行為、「境界＝限界 Grenze」を踏み越えその罪を贖うという行為にこそ、「法措定的暴力一般の根源現象」があり、ベンヤミンによれば、それはなにより「神話時代のあらゆる戦争の〈講和＝平和〉によってなされる境界＝限界措定 Grenzsetzung」にこそ認められるものにほかならない。「境界＝限界が確定されるところでは、敵は完全に滅ぼされる vernichtet ことはない。それどころか、圧倒的に勝者の暴力が優位にあるばあいでも、敵の諸権利 Rechte が認められる。しかもデモーニシュで二義的なかたちで〈同じ〉諸権利が認められる。契約＝協定 Vertrag を結ぶ当事者たちにとって、踏み越えてはならない線は同じなのだ[163]」。「講和＝平和」のもとで敵が滅ぼされないことが保証されているばあい、すなわち自力救済が断念されているばあい、結果として勝者とともに敗者の権利を保証するのは、「契約＝協定」によってなされる「境界＝限界措定」にほかならない[164]。ベンヤミンは、「法律は富者にも貧者にも同じように橋の下で寝るのを禁じる」というアナトール・フランスのことばを引用しているが、「境界＝限界」は、両当事者のあいだではなく、「諸権利」および正当性をあたえるものとそれらをあたえられるものとのあいだにある。神話の世界では、英雄は神々を挑発し、つまり限界を超え、そのために負わされた罪を贖うという身振りによって、みずからの生を正当化しようとする。英雄の生の正当化は、「境界＝限界」の効果として、越境し「境界＝限界」を変更する可能性の帰結としてなされ、その効果のもとに神々の力、正当化するものの力が遡及的に確認される。「講和＝平和」における条約の両当事者にとって「踏み越えてはならない線は同じ」であり、その「境界＝限界」の効果として両者の諸権利と正当性があたえられるのである。英雄が「境界＝限界」を踏み越える身振りによって神々の憤怒を引き起こすのとちょうど同じように、「講和＝平和」において「境界＝限界」を措定するその身振りによって両当事者の権利があたえられ、それと同時に両者をつらぬく「権力＝力（権威）」、法の権威が遡及的に認められる。神話では神々の直接的な暴力が英雄たちの越境という挑発的な行為によって、その「境界＝限界」の効果として遡及的に見いだされるのと同様に、法においてはそのものにまといついている「力（権威）＝権力」が「境界＝限界」の効果として確認されるのである。

神話において踏み越えてはならない「境界＝限界」として現われてくる「法規＝掟 Gesetze」は、踏み越えられてはじめて「法規＝掟」として、しかも贖わねばならない罪、すなわちあらかじめ書き込まれた逸脱として認識される。神話における贖罪の登場、「書かれも知られもしない法規＝掟が破れることによって引き起こされる法の介入」は、偶然ではなく運命、「その策略に満ちた二義性」にもとづいている。(165) したがって、英雄たちが運命をある戦いへと駆り立てるとき、はじめから運命は勝利するべくさだめられている。ベンヤミンはヘルマン・コーエンのことばを引用しつつ、つぎのように述べている。『『このような逸脱、離反を引き起こし招きよせるように見えるものは、運命のもろもろの秩序そのもの』にほかならない(166)』。英雄の挑発的行為はあくまで運命がまねきよせたものとされ、戦いにおいて運命はかならず勝利しなければならない。勝利することによってはじめてそこに法が出現することになる。それは戦争の「講和＝平和」において、復讐や報復が、すなわち自力救済が断念されるとき、そこに勝者として姿を現わすのが、当事者ではなく法であるのと同じである。したがって、運命のもとでは、生とは苦悩の能力、忍耐しうる能力となる。運命は、生にたいしていつもすでに逸脱を、さらに逸脱による負債、苦悩を招きよせながら、遡及的にしか確認されない。生の振舞いにたいして、あとから遡及的にその振舞いを正当化する根拠を生みだしているものこそが、むしろ「運命」なのだといえる。「運命」は、生の振舞い、その「諸権利」を正当化する根拠、つまり法の「力(権威)＝権力」を、あたかもはじめからその生に書きこまれているかのようにつくりだす。成文法は、書かれざる「法規＝掟」にたいする抵抗という物語をつうじて、その闘争のなかで獲得されたものと見なされる。近代法が書かれざる「法規＝掟」という起源を必要とするのは、それが構造的にそのような起源における黙示的合意を必要とするからである。(167) 法の無知は処罰をさまたげないという根本則は、最終的な結果であるべきものを前提として要請しているのである。逸脱され、侵犯されることをつうじて、運命はその力を発揮することができる。法の無知は処罰をさまたげない、という根本則に認められる社会契約の黙示的合意は、すでに実現されている法に内在する運命が紡ぎあげた起源の物語にほかならない。古代共同体の初期における成文法をめぐる闘争は、神話的な「規約 Satzung」の精神にたいする反乱なのである。

ベンヤミンは、近代法のうちにひそむ成文化されざる法、「法規＝掟」のこのような「神話的な二義性」を強調する。神話の世界に出現する「法規＝掟」は二重の性格をもっている。それは知らぬまに侵され、それによって神々の「憤怒」を招きよせる。踏み越えてはならない「境界＝限界」を設定するものとしての「法規＝掟」は、踏み越えられてはじめてそれとして認識される。しかも「法規＝掟」は、また同時に贖わねばならない罪として意識されるかぎりにおいて、そのかぎりにおいてのみ存在し、この贖罪的な性格によって神々の「現存」、その「権力＝力（権威）」がしめされるのである。つまり、「法規＝掟」とは、すでに現実の振舞いにおいて知らぬまに踏み越えられてしまっているものであると同時に、またその踏み越えられた罪を贖うという振舞いによってのみ根拠づけられるものだとすれば、ベンヤミンによるならそこにこそ法の力の「根源 Ursprung」がある。したがって法は、法＝権利主体の可能性の条件であると同時に、不可能性の条件でもある。(168) なぜなら法＝権利主体は、法のもとにはじめて法＝権利主体そのものになりうるのだが、つねにその行為にたいする贖いをもとめつつ、にもかかわらずその行為のなかにしかみずからの根拠を見いだすことができない法の要請を、けっして満たすことができないからである。かつて自力救済によって解決するしかなかったことがらが、法の侵犯という行為とその贖いととらえられることによってはじめて、法と法＝権利主体という観念が獲得されるのだが、しかしそれによって法＝権利主体は法の要請をけっして満たすことができない存在として姿を現わすことになる。法＝権利主体は永遠に法の要請を満たすことができない。しかし、法はけっしてみずからの行為にたいする贖いを要請すること、法＝権利主体に行為遂行的一貫性を要請することをやめない。法は、行為遂行的一貫性というけっして到達しえない要請によって、法＝権利主体を拘束する。法は、法＝権利主体を永遠にみずからに一致しえないものにしながら、一致することを要請するのである。そこに法の力が存在し、その要請がそもそも法を可能にするはずの暴力を拘束し、法を維持するために適用される暴力を「脅迫的」なものに、それらの暴力を運命的なものにするのである。(169)

行為遂行的トートロジーの暴力

法を神話的なものとしてとらえるベンヤミンの近代批判は、具体的には、戦後の混乱のなかで思うように機能しない議会制民主主義と、ビスマルク体制のなかで強大化し、大戦の混乱のなかでますます無気味な存在となっていく官僚機構に向けられる。議会主義にたいする批判は、当時、プロイセン主義を標榜する右翼からばかりでなく、ボルシェヴィキやサンディカリストたちからもあがっていた。ジョルジュ・ソレルは『暴力についての省察』のなかで、議会制民主主義を、ブルジョア的「権力force」とプロレタリア的「暴力violence」との対立のなかで、ブルジョア的「権力」が現状維持のために生みだした道具と見なしている。他方、マックス・ヴェーバーは、近代化にともない合理化された官僚制と財政制度が整備されるなか、社会主義者による議会主義批判にたいして、議会のない民主主義はいずれにせよ「統制されない官僚支配」へと結びつくと主張し、むしろ官僚に行政の公開をせまるだけの権力をもった独立した機関として議会が必要であると説いている。[170] さらに、ヴェーバーのサークルに出入りしていたブロッホは、『ユートピアの精神』のなかでヴェーバーの議論を前提にしつつ、むしろソレルの影響下に法と議会を批判している。橋の下に寝ることを、法は金持ちにも貧乏人にも禁じるというアナトール・フランスのことばを引用しつつ、ブロッホがそこからみちびきだすのは「法は現実の不平等を制限するというより、いよいよもって保護している[171]」という見解である。ブロッホにとって法は、さらに議会もまた、それが支配者階級の利益、ブルジョアの利益をまもる道具として機能しているかぎり、もはや階級的でない共同体を、しかも牧歌的なユートピア主義的ではない共同体を共産主義的な社会経済の「純粋な」管理機構のもとに実現するために、打破されなければならない。こうした議論のなかで、ベンヤミンの議会制民主主義にたいする批判は、議会の立法機能のうちに、また官僚機構のうちにひそむ暴力に向けられるのである。

ベンヤミンにしたがうなら、法がみずからのうちに内在する行為遂行的矛盾を解消しようとするなら、かならずそこには倒錯的な、運命的な暴力が生じる。したがって、法的契約もまた、契約にかかわる当事者たちによってどんなに平穏に結ばれようと、結局は暴力の可能性につながる。なぜなら、契約の当事者はどちらも相手が契約をまもることを要請し、ばあいによってはそのためになんらかの暴力をふるう権利をも要求することになるからである。さらに契約は、結果としてだけではなくその起源においても暴力を「表象＝代理」する。「暴力は、たしかに法措定的暴力として、契約のなかに直接的に現前しているとはかぎらないが、契約には暴力を表象＝代理するものがある。つまり、法的契約を保証する力（権威）＝権力が、まさにその契約そのものにおいて暴力をつうじて合法的に確立されるのではないにしても、その力（権威）＝権力が暴力的な起源をもつかぎり、暴力は契約において表象＝代理されている」[172]。ドイツの議会制民主主義には暴力的な起源がひそんでいる、とベンヤミンはいう。議会は革命の暴力をつうじて、それまで法と正義を象徴的に媒介していた君主の「力（権威）＝権力」を打破すると同時に「表象＝代理」することになる。しかし、その「表象＝代理」において、革命が担っていた「根源」としての暴力が、この行為遂行的矛盾のなかにつかのま現われてきた暴力の「根源」が忘れさられてしまう。ドイツの議会制度は、一九一九年に失敗に終わった革命的な力を、

「みずからの現存を成立させてくれた革命的な諸力を自覚しつづけることができなかった[173]」がゆえに、みじめな見せ物になってしまった。カール・シュミットは、第一次大戦後の混乱のなか、一九二二年に書かれ、のちにベンヤミンも『ドイツ悲劇の根源』のなかで参照することになる『政治神学』において、議会制民主主義を決定を引き延ばすシステムと見なし、それが社会の危機的な状況を生みだしていると批判している[174]。さらにシュミットは、法的に判断を留保せざるをえない「例外状況」において決定を下す者こそが主権者であると主張し、一九三〇年代には「独裁」という構想へと向かうことになる。ベンヤミンもまた、たしかに議会が法措定的暴力への感覚を失うとき議会はみじめな見せ物になると主張し、「議会主義 Parlamentarismus」を批判する。他方、ベンヤミンはまた、議会を徹底的に批判し廃絶しようというボルシェヴィキやサンディカリストの主張にたいして、比較的すぐれた議会があることは望ましいことかもしれない――ベンヤミンの強調点は逆ではあるが、しかし批判の矛先は議会ではなく「議会主義」にある――とも述べている。ベンヤミンにとって問題は、議会がそのような危機的状況を誘発せざるをえないのは、たしかに議会制民主主義のシステムにその原因があるとしても、なにより議会がみずから担っているはずの暴力の可能性を自覚していないということ、「そこに表象＝代理されている法措定的暴力への感覚」を失っているということにある。いかなる契約にも、いかなる法にも運命的な「力（権威）＝権力」がまといついている、そして議会制民主主義の「根源」にもまたそうした暴力の可能性がひそんでいる、というベンヤミンの主張と、むしろ法をつくるものこそが「力（権威）＝権力」である、とするシュミットの主張には大きな違いがある。ベンヤミンはまた、議会制度がけっして原理的に非暴力的ではありえないことを、エーリヒ・ウンガーの『政治と形而上学』(一九二一年)を参照しつつ強調している。[175] ウンガーにしたがうなら、ジンメルが「人類のもっとも偉大なる発明」と呼んだ「妥協」は、あくまで「力 Kraft の調整」、その「均質化」にほかならない。したがって「妥協」は、けっして非暴力的な手段などではなく、それがもろもろの力の配分の表現であるかぎり、神話的暴力をまといつかせている。議会が議決を回避するためにこととする「妥協」ですら、政治問題を処理するひとつの暴力的な手段なのである。そのことを、議会における暴力の「表象＝代理」はつねに二重の意味を担っていることを忘れてはならないと、ベンヤミンは主張するのである。

他方、死刑制度と警察組織は、ベンヤミンによるなら近代法の担っている倒錯的な性格と運命的な性格をよくしめしている。ベンヤミンは、官僚制のひとつの機関である警察組織と、その行政機構のひとつである死刑制度に、法措定的暴力と法維持的暴力とを「亡霊的に gespenstisch」混合させた暴力を認め、そこに「法におけるなにか腐ったもの etwas Morsches im Recht」、「恥ずべきもの das Schmachvolle」を感じとっている。[176] ドイツにおいて死刑は、オランダで廃止される一八七〇年に激論のすえ刑法典に取り入れられる。その後、二十世紀初頭には、ノルウェーが一九〇五年に、スウェーデンが実質上一九一〇年から、また実際には一九二一年に死刑を廃止するなかで、ドイツでもモーリッツ・リープマンなどを中心に死刑廃止論が展開されることになる。そうした社会状況のなかで、ベンヤミンは死刑制度について言及するのである。ベンヤミンによるなら、死刑制度にはそもそも違法を罰するということ以上の意味が認められる。死刑は、近代法を構成するはずの法＝権利主体としての個人を抹消しようとするのだから、何よりも「法＝権利そのものをその根源において攻撃し」脅かすものにほかならない。君主制では、死刑は君主の権力の誇示として儀式的な意味を担っていたとすれば、契約説のもとでは、死刑は契約に違反した者に処罰として課せられるのだとしても、契約説の根拠が法＝権利主体の諸権利にあり、死刑がその法＝権利主体を決定的に脅かすものであるかぎり、けっして根拠づけられることはない。ベッカリーアが死刑を残忍な行為として非難するのも、社会契約において、だれもみずからの生命を奪う権利を他人にあたえようと欲することはないということにその論拠がある。死刑はいかなる権利によっても根拠づけられることはないし、そもそも社会契約とは矛盾するものにほかならない。カントは、刑罰はあくまで君主の権利であって、社会契約とは無関係であることを強調することによってベッカリーアを批判する。しかし、死刑を肯定する論拠をあげるのに、結局、カントは応報説に訴えることしかできない。むしろ、刑罰は君主の権利であるとするカントの反論は、問題の所在を明らかにしている。死刑は、いかなる処罰よりもその脅迫的な役割を効果的に達成してみせることによって、法そのものを強化し確実なものにする。それが死刑に処罰以上の意味をあたえ、死刑制度を運命的なものにしているのである。

またベンヤミンによるなら、「警察 Polizei」には、死刑制度以上に、法措定暴力と法維持暴力とを「亡霊的」に混合させた暴力性が認められる。警察暴力は、法的な効力をもつとするあらゆる命令をみずから発動するのだから法措定的であり、また同時に、法を保持するために行使され、もっぱら法的目的のために奉仕するのだから法維持的でもある。法措定的暴力と法維持的暴力を無差別に行使するがゆえに、「警察制度は、文明国家の生活においてどこでもとらえどころなく、いたるところに遍在する亡霊のような現象であって、同様にその暴力も無形姿である」(177)。ベンヤミンはそこに、法にひそむ暴力の運命的な、「亡霊的」な二重の性格、全能であると同時に偏在的であるという二重の性格を認めるのである。警察暴力は、「もはや法秩序によって保証しえない」、判断を留保せざるをえなくなった地点をめざして介入する。また警察暴力は、生活のすみずみまで法令によって規制し、市民につきまとい監視する。とすれば、支配者の暴力が「立法権 Legislative」と「執行権（行政権）Exekutive」の全権力を統合し、警察がこれを代理する絶対君主制よりも、民主制における警察の「霊＝精神 Geist」のほうが暴力の形態が見分けられないだけにむしろ脅威だといえる。民主主義社会において、警察はいわゆる「例外状況」を決定する機能を代理するがゆえに、考えられうるもっとも頽廃した暴力を顕わにする。ベンヤミンは、警察暴力に秘められたこの機能を「恥ずべきもの das Schmachvolle」と見なし、あくまでその暴力を告発すべきものと主張するのである。

　ジャック・デリダは『法の力』[178]のなかで、とりわけベンヤミンが呈示する法措定的暴力と法維持的暴力とを「亡霊的」に混合する暴力について、この「亡霊」ということばを強調することによって問題にしている。デリダは、これらの暴力がどちらもけっして純粋なかたちで現われてくることはなく、かならず他方の暴力を内包し、両者の暴力を分離することはできないことを、法の力に内在する「反復可能性 l'itérabilité」のパラドックスとして説明するのである。法とはルールであり、社会的な約束であるかぎり、法を設立しようとする行為が約束という一回的な「行為遂行的 performatif 発言」に依存すると同時に、法そのものが恒常性を約束する「事実確認的 constatif 発言」と分離できなくなる。

　根拠づけの fondatrice 暴力の構造のなかには、みずからを反復することを要求するものがあり、維持され維持できるものを根拠づけること、相続され、受け継がれ、分与されるべく約束されたものを根拠づけるということが、その構造のなかにふくまれている。根拠づけとは約束なのだ。あらゆる措定Setzungは、認可し、約束し＝前におきpro-met、おくmettreこと、そして約束するpromettreことによって措定する。そして、たとえ約束が現実に保持されないとしても、その反復可能性l'itérabilitéは根拠づけのまったく突然の介入の瞬間のなかに、保持の約束を書き込んでいる。そのようにして、根拠づけは起源の中心において反復の可能性を書き込んでいる。しかも、あるいは都合の悪いことに、根拠づけは反復可能性の法のもとに書き込まれ、その法のもとにあるいはその法の前にある。その結果、純粋な法の根拠づけあるいは純粋な法の措定などはなく、したがって純粋な根拠づけの暴力などはありえず、同様に純粋な維持的暴力もありえない。措定はすでに反復可能なものであり、自己－維持的反復への呼びかけなのだ。他方、維持もまた再－根拠づけ的であり、それによってみずから根拠づけようとするものを維持することができるのである。(179)

デリダは、起源における「反復可能性」を、起源が起源であることを維持するためにその起源においてみずからを反復しなければならないこの矛盾を、「差延化された汚染une contamination différantielle」と呼んでいる。警察は、法を維持するために暴力を行使しながら、とりわけ法的状況が明らかでないところではもろもろの行政命令を公布しつつ法を措定することによって介入し、安全を保障しようとする。警察は「国家の亡霊spectre」、国家の分身としていたるところにとり憑いて権力をふるうのだが、あたかも民主主義の原理を保障しているかのように振る舞うがゆえに、われわれの前により無気味な存在として現われてくる。デリダはそこに、警察の「亡霊」たるゆえんを見いだし、ベンヤミンのテクストのテーマは民主主義社会がつねにそうした「亡霊」にとり憑かれてしまう可能性、「頽廃 Entartung」の可能性に曝されているということにあると論じる。

そもそも「亡霊」は、ベンヤミンにしたがうなら、行為遂行的一貫性の要請から生じてくるものであるとすれば、デリダもまた、行為遂行的一貫性の暴力について、「行為遂行的トートロジー tautologie performative」の暴力について言及している。デリダは行為遂行的トートロジーに、「法＝権利から一定の暴力が現象する構造」を認める。法＝権利から現象するこの暴力は、「自分を承認しないすべてのものを暴力的だ（ここではアウトローという意味において）と宣言することによって、自分自身を定立する」のである。「この行為遂行的なトートロジー、あるいはア・プリオリな総合が、法＝掟 loi のすべての根拠づけ fondation を構造化するのだが、この根拠づけにもとづいて、慣習 convention（あるいは前に述べた〈信用 crédit〉）が行為遂行的に産出されるのである。この行為遂行的に産出される慣習が、行為遂行的行為の妥当性を保証してくれるのだが、それによってはじめて、合法的な暴力か非合法的な暴力かを決定する décider もろもろの手段があたえられる(180)」。ベンヤミンが問題にしているのはあくまでヨーロッパの近代法である。ヨーロッパの近代法にはその根底に、法＝権利主体が承認する暴力の目的は法そのものと衝突することがありうる、という法に内在する行為遂行的矛盾と同時に、法はみずからを承認しないすべてのものを暴力的だと宣言することによってみずからを定立する、という法の行為遂行的なトートロジーがある。つまりそこには、立法権と執行権に内在する矛盾とトートロジーの問題があるのだが、デリダは、警察がとりわけ民主主義社会において、君主制社会とは異なり立法権と執行権がひとつに結ばれていないがゆえに、「亡霊的」に振る舞うのだと説明する。したがって「亡霊」とは、デリダのいうように、あたかも全能であるかのように立法権と執行権とをひとつに結びあわせようとするところに生まれてくるものだとすれば、立法権と執行権を構成する近代的な「主権 Souveränität」のあり方にこそ「亡霊」が生みだされる要因がある。法＝権利主体が近代君主から引き継がれることになる主権という形態にこそ、「亡霊」がとり憑いているのである。

2　ギリシア悲劇と近代悲劇における運命の概念

ギリシア悲劇における罪と贖い

一九二五年に教授資格論文としてフランクフルト大学に提出され、最終的に受理されることなくとり下げられることになる『ドイツ悲劇の根源』のテーマのひとつは、まさに主権という概念にほかならない。ベンヤミンは第一部で、バロック以降の「近代悲劇 Trauerspiel《トラウアーシュピール》」を「ギリシア悲劇 Tragödie《トラゲーディエ》」と対比的に論じつつ、その相違点を明らかにしようとしているが、そこで問題となっているのは、主権者としての近代的主体の性格である。

ベンヤミンはまず、「ギリシア悲劇」とバロック悲劇以降の「近代悲劇」について、それらはまったく異なる「理念」のもとに形成されてきたものであることを主張する。ギリシア悲劇はそもそもホメロスの叙事詩における英雄「伝説 Sage」との対立のなかで生まれてきたものであり、近代的な自然観や美的形而上学、心理学などによってギリシア悲劇を基礎づけることはできない。フォルケルトに代表されるような十九世紀の哲学あるいは美学は、ベンヤミンによるなら、ギリシア悲劇の世界秩序を自然的な因果関係によって説明しようとしたり、その悲劇的運命を心理的なものとして解釈しようとすることによって、ギリシア悲劇の担っている意味を決定的にゆがめてしまっている。まして悲劇的なるものを徹底的に発展させることができるのは、ほんらい近代的な世界観なのだと論じたりすることはけっして許されない。また、『悲劇の誕生』におけるニーチェの試みも、その唯美主義的な思考態度のゆえに、悲劇と伝説とのあいだの密接な関係をとりにがしてしまっている。『暴力批判論』ではもっぱらホメロスの叙事詩のなかの英雄伝説に登場する英雄と神々との関係、さらにそこに運命として現われてくる法が問題になっていたが、ギリシア悲劇とはそうした「法のもつ魔力 Dämonie にたいする戦い」であり、そこで展開される世界は、オリンポスの神々のデモーニシュな世界秩序にたいする、すなわち占星術的な「運命」にたいする古代ギリシア人の対決として「歴史哲学的」に考察されなければならない[181]。したがって、ギリシア悲劇は、近代悲劇との相違のなかで読まれると同時に、英雄伝説のたんなる劇化ではないという意味で、伝説との対立のなかで理解されなければならない。神話やホメロスなどの叙事詩が、さまざまな伝説をさまざまな観点から収集し叙述したものであるとすれば、悲劇は伝説をはっきりとした方向性をしめすことによって「再構築」する。その方向性は、伝説や民族の太古の歴史を題材にしながら、悲劇のなかで一回限りのものとしてしめすことにある。

ベンヤミンにしたがうなら、ギリシア悲劇はとりわけ「犠牲」の観念の上に成り立っている。しかもそれは、犠牲に捧げられるのが「英雄」であるという点で、最初にして最後の犠牲であることを意味し、他のあらゆる犠牲とも区別される。つまり、「古き法をまもる神々に捧げられる贖罪の犠牲」という意味で最後の犠牲であり、「民族の生の新しい内容が告知される代表的行為」という意味で最初の犠牲なのである。オリンポスの神々にたいして告知される世界は、英雄の生そのものから生じてくるものなのだが、個人の意志とは関係なく、まだ生まれていない「民族共同体の生」にしか祝福をあたえないがゆえに、英雄を滅ぼしてしまう。「悲劇的《トラーギシュ》死は、オリンポスの神々の古き法を失効させるという意味と、新しい人類の収穫の初穂として英雄を未知の神に捧げるという、二重の意味をもつ」[182]。すなわち悲劇《トラゲーディエ》は、英雄を未知の神に捧げる供犠の場であると同時に、古き法を失効させる審理の場なのである。この悲劇《トラゲーディエ》がもつ二重の性格を、ベンヤミンは「競技的《アゴーン》なもの」と呼んでいる。悲劇《トラゲーディエ》が供犠の場となる条件は、死をめぐってなされること、その死があくまで共同体にかかわるものであること、解決や救済が保証されていないことにある。それらの特徴は、英雄にたいする裁きというかたちをとりながらオリンポスの神々の古き法にたいする審理へと変貌する。ベンヤミンによるなら、ギリシア悲劇のテーマは、まさにオリンポスの神々にたいする戦い、その古き法にたいする戦いなのである。

そもそもギリシア悲劇が「競技的《アゴーン》」といわれる根拠を、ベンヤミンは、アッティカの演劇が競演という形をとっておこなわれたという形式的な側面のほかに、さらに「断末魔《アゴニー》の苦しみ」との語源的な関連にもとめている。なによりも悲劇《トラゲーディエ》が遂げられるさいの重苦しい沈黙に「競技的なもの《アゴーン》」の意味があるというのである。「沈黙」は、とりわけ英雄に認められる顕著な特徴である。英雄の「沈黙」を支配しているのは反抗ではなく、そこには個人の決意や意志といったものを認めることはできない。英雄の存在の内実は言語同様、共同体のものであるにもかかわらず、共同体がこの内実を否定するので、その内実は英雄の口から語られはしない。まさしくそこに、英雄の悲劇《トラゲーディエ》性がある。「悲劇的《トラーギシュ》せりふ」が状況の背後にとり残されていればいるほど——せりふが状況に追いついてしまえば、そのせりふはもはや悲劇的であるとはいえない——英雄はそれだけ古き法の手から逃れているのであり、この古き法が最後に英雄の身におよぶとき、彼は自分の本質の無言の影、つまりあの自我を犠牲に供し、いっぽう魂は遠くの共同体のことばへと救いとられているのである(183)」。英雄のことばは状況からとり残され、英雄は自己をますます「身体 Physis」的境界へと閉じこめていく。英雄にとって死は終焉ではなく、「みずからの形式」であって、「悲劇的《トラーギシュ》存在 Dasein」には、はじめから言語的および身体的生の限界がつきまとっている。ベンヤミンによるなら、犠牲となる英雄の存在は、悲劇《トラゲーディエ》を成就するための「枠 Rahmen」にすぎない。ギリシア悲劇の神託もまた、「悲劇的生がその枠のなかへとらえられなければ存在しえないという確信の現われ」以上のなにものでもない(184)。

こうして英雄は弁明することなく沈黙し、その「無言の苦悩の証言」によって追求する者へと嫌疑をはねかえすことによって、英雄にたいする裁きはオリンポスの神々にたいする審理へと変貌する。「英雄の生を代償に沈黙の権利を獲得する悲劇的傲慢 Hybris は、太古にしか存在しえなかった。神々の前で弁明するのをいさぎよしとしない英雄は、いわゆる契約的な調停手続き Sühneverfahren をとることで神々と合意に達することになるのだが、この手続きはその二重の意味において、生まれ変わった共同体の言語意識における古い法制度の更新のためばかりではなく、とりわけ古い法制度の転覆のためになされるのである[185]」。ベンヤミンは、古代ギリシアにおける法の形態と悲劇との親縁性について検討するために、クルト・ラッテの『聖なる法[186]』（一九二〇年）を参照している。ラッテは、ハインリヒ・ブルンナーやリヒャルト・シュレーダーによる当時の中世ドイツ法制史研究をギリシア社会史の研究へと反映させ[187]、古代ギリシアの訴訟はゲルマン法と同様に、有罪か無罪かを問題にするのではなく、「私闘 Fehde の回避」と「当事者 Partei の和解 Aussöhnung」を目的とするものであったと論じている。

私闘権 Fehderecht や自力救済 Selbsthilfe にたいする闘いのうちに、古代ギリシア《ヘラス》における立法と訴訟手続きが形成されたのである。自力 Eigenmacht への傾向が弱まるか、国家がそれを制限することに成功したときでも、訴訟はさしあたり裁判官による判決を求めるという性格ではなく、調停審理 Sühneverhandlung という性格を担うことになった。いつの時代でも、国家による司法とともに仲裁裁判所が存在したが、古代ギリシア《ヘレニズム》社会ではそれが新たな花を咲かせることになる。絶対的な法を見いだすのではなく、侵害された者が復讐をあきらめるようにうながすことをおもな目的とする訴訟手続きの枠内では、証拠と判決のための聖なる形態が、敗訴者にも不当でないという印象をあたえるために、特別に高い意味を獲得しなければならなかった[188]。

ラッテは、古代ギリシアの立法や訴訟手続きもまた「私闘権」や「自力救済」にたいする戦いから発達していったと考えているが、しかし、「自力救済」の傾向が弱まったり、国家が「自力救済」を断念させることに成功したばあいでも、古代ギリシアでは、いまだ訴訟は裁判官による判決というよりも「調停審理」という性格が強かったと論じている。なぜなら、古代ギリシアでは絶対的な正義をもとめるよりも、被害者に復讐を断念させることが第一の目的とされたからだというのである。古代ギリシアの訴訟、とくに刑事訴訟が、「対話 Dialog」という形式をとったのも、どちらも原告と被告の二重の役割を担い、「裁判官による手続き Offizialverfahren」が欠けていたからにほかならない。ベンヤミンはラッテを参照しつつ、ギリシア悲劇の「競技《アゴーン》」において展開されるのもまた、英雄と神々とのあいだの「調停審理」なのだと説明する。悲劇《トラゲーディエ》における合唱隊は、あるときは宣誓の保証人、あるときは裁判にたいして慈悲を請う被告の仲間たち、あるときは裁きをおこなう人民集会という役割を担うことになる。そこでは、所の統一は「法廷」であり、時の統一は「公判の一日に限定された時間」、そして筋の統一は「審理の統一」なのである。[189]

ギリシア悲劇における「競技《アゴーン》」のもつ意味については、古代ギリシアにおける悲劇が占星術的な運命、その閉ざされた世界からの解放を意味していたこと、英雄の沈黙とディオニュソスの陶酔のことばは「競技《アゴーン》」の循環を打ち破るためのものであったこと、ギリシア悲劇の形式とアテナイの訴訟手続きとのあいだに親縁性があることなど、その議論の多くをフローレンス・クリスティアン・ラング──当時、ラングとは以前からの友人エーリヒ・グートキントをつうじて知り合い、またラングの紹介でホフマンスタールの編集する雑誌に『ゲーテの親和力』を掲載している──に負っている。[190] しかし、ラングがギリシア悲劇に、星辰による運命の呪縛から解放された人間性の勝利という啓蒙的な契機を読みとろうとするのにたいして、ベンヤミンは、たしかにギリシア悲劇においてはじめて「創造的精神《ゲーニウス》」が、「道徳的人間《モラーリシュ》」が、つかのま登場することになるが、そこで成就されるのはあくまで英雄という存在に固有なものであると見なしている。ギリシア悲劇の英雄は、何世代にもわたってふりかかってきた呪いをみずからの犠牲によってとり払う。「悲劇的《トラーギシュ》なるもの」は、英雄へと集中的にもたらされるデモーニシュな運命との関係においてとらえられなければならない。「悲劇的なるものとデモーニシュなものとの関係は、逆説性《パラドックス》 Paradoxie と二義性との関係にひとしい。ギリシア悲劇のあらゆる逆説性において――つまり古い法にしたがいながら新しい法をつくりだす犠牲において、贖いでありながらもっぱら自我を奪いさっていく死において、人間に、さらに神にも勝利する結末において――デーモンの刻印である二義性は死に瀕している[191]」。ギリシア悲劇において、デモーニシュな運命、「罪と罰の異教的な測りがたい連鎖」、すなわち、贖いが復讐であり、新たな罪を呼び覚ますものであるような、罪を犯すことがすでに贖いであるような二義性は打破される。ギリシア悲劇の英雄は、あらゆる行為を罪と贖いの連鎖へとおとしいれる運命の犠牲となると同時に、その運命を支配する神々に勝利することによって、古き法の力を失効させる。しかしそれは一時的なものであり、「罪を贖い、けがれなき神と和解した人間の無垢」にとってかわることによるのではない。ギリシア悲劇の「逆説性」は、罪をとり払う罪、贖いの要求を消滅させる贖いという点にある。古き法は失効するとしても、そこに展開されるのはどこまでも罪と贖いの供儀にほかならない。ギリシア悲劇の結末はつねに証拠不十分に終わる。解決はたしかに救済ではあるとしても、それはあくまで「その場かぎりの、問題をはらんだ、条件つきの救済」なのであり、英雄は「未成熟な」まま、「道徳的人間」として「個体化 Individualisation」をいまだとげることがない。[192] というのも、ギリシア悲劇のテーマは、あくまで運命との対決に、法の根底にある神話的な二義性との対決にあるからにほかならない。

近代悲劇における「亡霊的なもの」

「ギリシア悲劇 Tragödie」を近代的な理念、すなわち自然的な因果関係や登場人物の心理、あるいは美的形而上学などによって解釈することが許されないとすれば、反対に「近代悲劇 Trauerspiel」もまた、ギリシア悲劇の類似物として理解することは許されない。ドイツの近代悲劇は、十七世紀のバロック悲劇から発展し、その後、啓蒙主義以降は運命劇というかたちでうけつがれていく。まずベンヤミンは、十七世紀、反宗教改革期のバロック演劇をルネサンス的と位置づけてきた二十世紀初頭までの文学研究には偏見があることを指摘している。すなわち、これまでアリストテレスの教義がバロック演劇にあたえた影響をあまりに過大評価してきた、というのである。オランダの古典やイエズス会の学校劇からその多くを学んだバロック演劇は、みずからの演劇の正当性を主張するために、イタリア・ルネサンスの美学者ユーリウス・カエサル・スカーリゲルの『詩学七書』（一五六一年）を手本とし、その演劇がアリストテレスの理論にもとづいていることを強調する。しかし、ベンヤミンにしたがうなら、バロック悲劇はアリストテレスの理論をほとんど理解していない。ギリシア悲劇を構成するはずの「三一致の法則」については、時の統一や筋の統一はしばしば破られ、所の統一にいたってはほとんど問題にされていない。またギリシア悲劇の効果についても、バロックの解釈はこのアリストテレスの理論とその意図をほとんどねじまげてしまっている。アリストテレスが『詩学』のなかでギリシア悲劇の効果としてあげる「憐れみ」と「恐れ」は、事件全体へではなく、もっとも際立った登場人物の運命へと関与するものと見なされる。ジークムント・フォン・ビルケンにいたっては、「憐れみ」と「恐れ」にかわって、「神の栄誉」と「市民の教化」というまさに反宗教改革期の理念が「近代悲劇」の効果の担う目的とされる。これらの解釈は、アリストテレスの悲劇《トラゲーディエ》論とはまったく異質なものである。したがって、王が主人公であるという唯一の事実だけが、近代悲劇とギリシア悲劇を結びつけているにすぎない。

しかし、ギリシア悲劇の登場人物が王家の出であることは、前史としてその起源が英雄時代にあることをしめすもので、英雄的自我の特徴も性格上の特徴ではなく、身分からくるものであるのにたいして、王がバロック悲劇の主人公であるべくさだめられているのは、神々や運命と対決するからでも、対決すべき神話を現前化するからでもない。ベンヤミンは、ギリシア悲劇の英雄にたいして、近代悲劇の主人公の性格を端的にしめすのは「殉教者」にほかならないと述べている。「近代悲劇は、聖者悲劇の形式として殉教者劇によってその真価が保証された[193]」。反宗教改革期の時代にあって、登場人物は被造物の弱さをなによりもドラスティックにしめすことが要求され、ふりかかる運命にたいして畏怖の念をいだかせるために、その権力や権威はできるかぎり大きなものであることがよいとされたのだという。そのためにまた王は歴史を代表し具現する者として、「外交的な営みを見抜き、政治的な陰謀をたくらみ」、王にふさわしい美徳や悪徳をしめさなければならない。バロックの時代には、

「悲劇《トラウアーシュピール》」は歴史の経過そのもののなかで明らかにすることができると信じられていた。「悲劇《トラウアーシュピール》」ということばは、十七世紀では戯曲にも歴史的事件にも同じようにもちいられ、たとえば、国家の陰謀が文学論争の題材になるというのではなく、文学論争そのものを利用し介入するという奇妙な事態も生じている。

ベンヤミンによるなら、とりわけ近代悲劇を特徴づける性格が「殉教」にあるとすれば、その過去をさかのぼっていくと、ギリシア精神史における転機としてのソクラテスの死にいきあたるという。「死にゆくソクラテスのうちに、ギリシア悲劇のパロディとしての殉教者劇が生まれる[194]」。ベンヤミンはソクラテスの死に、ギリシア悲劇の末路と同時に、近代悲劇の端緒を特徴づけるものを見いだしている。外面的には、ソクラテスの死は、ギリシア悲劇の英雄の死とまったく変わらないようにも見える。ソクラテスの死は古き法から見れば「贖罪の犠牲 Sühnetod」を意味し、また来たるべき正義からすればそれはまさに「犠牲の死 Opfertod」にほかならない。しかし、そこにはギリシア悲劇の「競技的なもの」、あの英雄の無言の苦悩と格闘が欠けている。沈黙の闘争は対話にとってかわられ、英雄の死は殉教者の死に変わる。「ソクラテスはみずから進んで死んだのであり、沈黙したのも、名状しがたい優越をもって無抵抗なままに口を閉じたのである[195]」。とりわけソクラテスの死をギリシア悲劇的な死と決定的にへだてているのは、「不死」というテーマであり、「魂の浄化」というテーマである。「ソクラテスは死すべき者として――死すべき者のうちの最良の、もっとも道徳的な人間として、といってもいい――死を直視したが、彼は死をなにか異質なものとしてしか見ず、その彼方では、つまり不死においてはふたたびみずからをとり戻せるものと期待していた[196]」。プラトンにとって死は恐れるべきものではない。死によって魂は肉体の牢獄から逃れ、共同体のもとに「不死」を獲得しイデアの観照へといたる。ギリシア悲劇では、犠牲になるものの魂そのものが問題となることはない。英雄の死は、そもそも「魂の浄化」とはまったく無関係だった。ソクラテスの死において、はじめて共同体への忠誠としての死と、「魂の浄化」としての死が結びつく。死をとおして共同体のなかで魂は浄化されるのである。ベンヤミンはニーチェとともに、そこにキリスト教的な殉教というテーマが隠されていることを認める。ソクラテスの死は、文字どおりの意味で殉教者の死なのである。

ギリシア悲劇においても近代悲劇においてもその中心には運命があり、運命を中心に劇が組みたてられている。ギリシア悲劇では、悲劇的《トラーギシュ》出来事が経過していくなかでその運命をひとりの英雄が引き受け、何世代にもわたってふりかかってきた呪いを英雄みずからの犠牲において消しさり、とり払う。それにたいして、バロック悲劇から発展する近代悲劇の運命の概念は、「反宗教改革期の復古神学の精神における自然史的カテゴリー」として考えることからはじめなければならない。「自然史Naturgeschichte」とは、「被造物」としての自然と、キリスト教的な罪という観念からなる。近代悲劇における運命は、純粋な自然現象でもなければ、ギリシア的自然でもない。自然そのものに秘められた力を罪としてとらえることが近代悲劇の特徴なのである。世界の存在が自然法則的な事実性としてではなく、「被造物」として、罪を担うものとして認識されることに、近代悲劇における運命の意味がある。「それが明かされるのはたとえかりそめであるとしても、因果関係をたえずくりひろげられるもろもろの宿命の道具として呼び覚ますのは、むしろ罪、このばあい行為者の倫理的な過失ではなく、つねに被造物の罪――つまりキリスト教的にいえば原罪――である、という確信が、運命観念の中核をなしているのである。運命とは罪の場に生起する事象の円現《エンテレヒー》である」[197]。運命とは「歴史的な出来事にひそむ根源的な自然力」であり、それは「罪」という形態をとる歴史的な出来事を形成するのである。

したがって、ギリシア悲劇のなかで英雄のもとにふりかかる運命と、近代悲劇のなかで被造物としての君主の上にふりかかる運命とは、どちらも圧倒的な威力で彼らを打ち負かしていくという点では、つまりそこには無媒介的な「権力 Macht」が秘められているという点では共通しているとしても、その構造的な意味はまったく異なっている。英雄は運命を挑発することはできるが、近代悲劇の登場人物は運命に翻弄されるだけである。ギリシア悲劇では運命は英雄のもとに集中的に現われるが、近代悲劇では被造物としての君主たちの上をさまよえる「亡霊 Geist, Gespenst (spectrum)」のごとく彷徨する。「運命の主体は規定しがたい[198]」。だからこそ、近代悲劇には英雄にあたるような「悲劇《トラゲーディエ》」を構成する人物は登場せず、ただきまざまな「配置 Konstellation」だけがある。したがって、ギリシア悲劇では世俗的な「事物の世界 Dingwelt」がでる幕はなく、事物の世界から完全に解放されているのにたいして、近代悲劇では事物の世界はむしろ重要な意味を担っている。宿命は登場人物たちに分けあたえられているばかりでなく、それは事物をも支配している。小道具をつうじて、何世代にもわたって呪いや罪がうけつがれる。また小道具のほかに近代悲劇の不可欠の構成要素として、夢や幽霊や死の恐怖が登場する。中世では機械から神を呼びだしたのにたいして、われわれは墓から亡霊を呼びだす、とグリューフィウスは述べている。ギリシア悲劇においては「調停審理」がテーマとなっているのであり、審理はすべて昼間におこなわれるのにたいして、近代悲劇では、「永遠回帰の真の秩序としての運命」が出現するのは丑三つ時である。「この時間とともに、時が秤の針のように平衡にいたりとまってしまう」、というイメージはその当時ひろくゆきわたっていたという。[199] 亡霊の世界は歴史のない世界、つまり、結末のない世界である。ギリシア悲劇では、英雄の個体的身体をつうじて歴史的に一時期が画されることになるのにたいして、近代悲劇にはそのような結末がない。死者は、その役の生命力においていささかも力を減じることなく霊の世界で息を吹きかえす。ベンヤミンはこうした点に、つまり「被造物」としての自然と原罪の観念からなる「自然史」の概念、その最高の地位にある君主にふりかかる「殉教者」としての運命といった観念に、近代悲劇における「主権」の亡霊的な性格が生みだされる要因を認めるのである。

主権論

ベンヤミンは、とりわけ近代悲劇における王位にある者の運命を規定している要因を、「政体 politia」にかかわる議論とプロテスタンティズムの理念のあいだにあるアポリアのうちに見いだしている。ボダンが『国家論』（一五七六年）のなかで、それまでの王権と諸身分とのあいだでなされてきた混合政体を批判し、「主権 Souveränität」という絶対的な、分割不可能で永続的な権力なくして国家はありえないと主張してから、十七世紀には、「主権」をめぐる議論がさかんに展開されることになる。それと同時に、教会を中心とする法秩序の維持や正義の実現にかわって、王の権力の運用、国家自身の利益のためのそのより広い活動を問題にする「国家理性 raison d'Etat（Ratio Status）」の議論が展開される。

ベンヤミンはとくに、中世以来もっぱら王位の「簒奪者 Usurpator」を意味してきた「暴君 Tyrann」にたいして、その殺害の指令を下すのは対立王なのか、人民なのか、それともただひとり教皇庁のみなのかという問題をとりあげているが、空位期間における王国の連続性と王位を奪われたさいの政治体制の連続性は、後期中世以来法学者のあいだでさかんに議論された問題であったという。(200) そもそもボダンの『国家論』は、内乱に苦しむフランスが平和と秩序を回復すべく書かれたものだが、ドイツは三十年戦争の舞台となったこともあって、十七世紀にいたっても戦争や内乱による荒廃にさいなまれていた。反宗教改革の時代、教会は「神政主義 Theokratie」的国家論を主張したのにたいして、プロテスタントはこれに抵抗し、一六八二年には、ルイ十四世がガリカニズム四箇条(神父ボシュエが起草)によって教皇権を制限することに成功すると、実質上、教皇庁にたいする「主権者の絶対的不可侵性」が勝ちとられることになる。他方、十七世紀のヨーロッパでは、カトリックによる失地回復のための反宗教改革が遂行されるなかで、三十年にわたる宗教戦争をへてウェストファリア条約では、かろうじて神聖ローマ帝国の存立はまもられたものの、カトリック教会の庇護者たる皇帝の権力は著しく弱められ、その結果として帝国内でのカトリックとプロテスタントのあいだの宗派同権体制が生まれる。そのような政治的背景のもとに、プロテスタントが善行を否定し、教会や秘蹟による救済を徹底的に廃棄しようとするのにたいして、反宗教改革の運動もまた、イエズス会を中心に、中世以来の修道士的な禁欲的徳行を説くことによってカトリック教会を改革し世俗的な生活への浸透をはかろうとしている。そもそも、アンドレーアス・グリューフィウスやダニエル・カスパー・フォン・ローエンシュタインなど、ドイツ・バロック期のおもな劇作家はルター派の新教徒だったことから、宗教改革の試練をまぬがれえたスペインのバロック演劇とちがって、とりわけドイツのバロック演劇は現世における恩寵や宥和を拒まれた重苦しい雰囲気につつまれることになる。

ベンヤミンは、ドイツのバロック演劇に特有なこの禁欲的なプロテスタンティズムに、マックス・ヴェーバーのように近代的合理主義の精神を見いだすのではなく、むしろゲルマン的な異教性と新ストア主義的な運命への信仰を認めている。「ついに善業の功績や贖罪的性格のみならず、善業そのものをも撃退してしまったあの過剰の反動のうちには、ゲルマン的異教性と運命的没落への暗い信仰の片鱗がうかがわれる。人間の行為からはあらゆる価値が奪われていった。それにかわって新しいもの、空虚な世界が生まれた」[201]。ヴェーバーが、罪、悔い改め、懺悔、赦免、新たな罪という循環に支配された無計画で無組織な生活態度から人間を解放し、倫理的な実践のもとに合理的に組織された現世の生活をいとなむことによって地上における神の栄光をえる、ということに禁欲的プロテスタンティズムの意義を認める[202]のにたいして、ベンヤミンはむしろそのような実践が人間にたいしておよぼす荒廃を強調するのである。バロックのストア主義にとって問題となったのも、その「合理的なペシミズムの受容よりも、ストア主義的実践が人間にたいしておよぼす荒廃[203]」だった、とベンヤミンは述べている。そのような情動をあらわすことばが「悲しみ Trauer」であり「近代悲劇 Trauerspiel」の秘められた意味もまさにそこにあるというのである。ベンヤミンは、ショーペンハウアーがストア派の「平静」にたいするキリスト教の「諦念 Resignation」の意味の相違に触れた箇所を引用している。前者が、「もっぱらどうしようもない必然悪を平然と耐え、覚悟して待ちのぞむことを教える」のにたいして、後者は「断念、意欲 Wollen の放棄」を教える。ギリシア悲劇の主人公は、「避けがたい運命の打撃をうけながら毅然としたがう姿勢」をしめすのにたいして、キリスト教悲劇では主人公は「生へのすべての意志を放棄し、世の無価値とむなしさを悟って喜んで世を捨てる」のである。(204)

とりわけ主権者としての君主、この決定的な決定機関の唯一性が、バロックでは問題となる。その国政上の理性とは相容れない、バロックの「神政主義的な情熱 Passion」が、主権をめぐる矛盾を形成するのである。「近代の主権概念が、至高の、君主の執行権を目ざすものだとすれば、バロックの主権概念は、例外状況 Ausnahmezustand をめぐる議論から発展したものであり、例外状況を除去することが、君主のもっとも重要な機能だとしている。支配する者は、戦争や反乱、あるいはその他の破局 Katastrophe が契機となってもたらされる例外状況において、独裁的権力の保持者であるべく、すでにあらかじめ定められているのである(205)」。ベンヤミンが主権概念を「例外状況」と結びつけて論じているこの箇所は、カール・シュミットの『政治神学』を参照していることから、また第二次大戦後に、みずから『ドイツ悲劇の根源』を贈呈し感謝の意を表明しているシュミット宛の手紙が発見されたこともあって、シュミットの理論がベンヤミンを惹きつけたのはなにか、またベンヤミンのバロック研究にどのような影響をおよぼしているのかが、しばしば議論の的になってきた。『政治神学』におけるシュミットの定義にしたがえば、「主権者とは、例外状況について決定を下す者である(206)」。サミュエル・ウェーバーは、ベンヤミンがこの箇所で「例外状況を除去する」と述べていることを強調し、そのことによってベンヤミンが例外状況について決定することを問題にしているのではなく、むしろ「決定」そのものに異議を申し立てているのだと主張している。(207) しかし、ベンヤミンはまた他の箇所で、「例外状況についての決定 Entscheidung は君主の手にかかっているのだとしても、その君主は、どんな状況においても、決断 Entschluß を下す能力がほとんどないことが明らかとなる」[208]とも述べている。ベンヤミンにとって問題はむしろ、君主は例外状況において決定を下さなければならないのだが、そしてその決定はたしかにウェーバーのいうように例外状況の除去であるかもしれないが、君主はその決定にたいして決定的に無能力である、ということにある。シュミットが例外状況における決定から独裁者を要請するとすれば、ベンヤミンの論点は、そのような要請にたいして主権者は、さらに近代における主体は決定的に無能力だということにある。ギリシア悲劇が運命との戦いであるとすれば、近代悲劇を支配しているのはまさに運命にほかならない。ギリシア悲劇は罪と贖いの連鎖を断ち切るべく、たとえその場かぎりの条件つきのものであろうとも救済をもたらそうとする。それにたいして、近代悲劇では、主権者は例外状況をつうじてまさに運命に支配されるのである。

　このような主権の理論は、サミュエル・ウェーバーが回避しようとする以上に、君主を「独裁的な diktatorisch 決定機関」として、「暴君 Tyrann」のイメージのうちに完成しようとするものである。ただし、「支配者の権力と支配能力とのあいだの対立 Antithese」が、「暴君の優柔不断＝決定不能性 Entschlußunfähigkeit」を帰結するかぎりにおいて[209]。バロック悲劇の主人公たちのたえず変転する決断、その激情の突発性は、すべてこの対立にもとづいている。君主は例外状況を除去すべく行動しなければならないが、決定的にその能力を欠いていることから、結局、破滅せざるをえない。暴君と殉教者は、バロックにおいては王位にある者の二つの側面にほかならない。それは、君主の本質の、必然的に極端な現われなのである。「暴君という人格の無力さ、邪悪さと、暴君の役割には神聖なる暴力がそなわっているという時代感情にひそむ確信とのあいだの抗争」[210]が、暴君の滅亡におけるバロック悲劇の特徴にほかならない。暴君は支配者として歴史上の人類の名において破滅するのだから、その没落はひとつの裁きとして演じられ、その判決は臣下をも狼狽させる。「主権者 Souverän は、歴史を表象＝代理する repräsentieren。主権者は歴史上の出来事を、王笏《しゃく》のように手中にしている」(211)。たとえば、狂った独裁者として気のふれた人間の寓意画となる以前から、初期キリスト教徒のあいだでもアンチクリストとして恐れられていたヘロデ像は、王の不遜の表現にもっとも感動的な特徴をあたえている。とくにヘロデ像がバロックの人間の興味をそそったのは、被造物の頂点としての主権者が、火山のように突如として荒れ狂い、周りの廷臣もろともみずから破滅していくところにあった。二人の嬰児を打ち殺そうと両手にかかえたまま狂気に襲われるという、この典型的なユダヤ王のモチーフは当時の画家の得意としたものでもあったが、そこには「神によってあたえられた無制約な階層上の高位と、あわれな人間という存在とのあいだの、不均衡の犠牲(212)」となって死ぬというバロックの時代の暴君劇の精神が明確に表現されている。ヘロデ王とともに、貞節を固持し、肉体的禁欲のもとに殉教する「貞淑な女王」もまた、バロック悲劇における殉教者の典型をなしている。

したがって、ベンヤミンがバロック以降の近代悲劇の特徴として見いだそうとしているのは、主権者の無能力、近代的主体の無能力にほかならない。「亡霊」は、象徴的な死を遂げることができないところに徘徊する。ハムレットの父親の「亡霊」は、ハムレットにみずからの不名誉な死の復讐をしてほしいと墓場から戻ってくる。バロックの時代は、教皇と皇帝から諸侯へと権力の担い手が移っていく時代である。全能なるものの介入は、宗教改革以降、無限に延期されたものと見なされるようになる。教皇と皇帝は、象徴的儀礼の遂行的効果として生じるはずのそのカリスマ性を奪われ、キリスト教は教皇庁の権力の直接的属性として経験されえなくなる。それにかわって、諸侯はみずからの君主としての権力を創設し維持するために、象徴的儀礼の遂行的効果をつくりださなければならない。バロックは、まさに古い権力の物神的性格がはぎとられようとする時代に位置する。バロックにおいて主権者としての君主は、国家理性を「代表＝代理」するのだが、しかし主権者はもはや全能ではありえない。主権者の絶対的不可侵性は、教皇庁にたいして戦いとられたものであり、もとより主権者の全能性を保証するものではない。主権者は教皇庁にたいする国家理性の「表象＝代理」者にすぎない。そもそもグリューフィウスやローエンシュタインなどのバロック悲劇の劇作家は、カトリックを代表する皇帝にたいしてプロテスタントの都市共和国の利益を代表する政治家、法律家でもあった。彼らは宗教的対立と、帝国と都市共和国との対立のなかで、国家理性にもとづく政治を追求し、君主の絶対的権力の倒錯性を君主の殉教や「憂鬱《メランコリー》」といったテーマのうちにえがきだすのである。グリューフィウスの『カーロルス・ストゥアルドゥス』（一六五七年）では、教皇と皇帝の権威がゆらぎつつあるなか、キリストの地上における代理司祭であるはずの暴君カーロルスすなわちチャールズ一世が、プロテスタンティズムの「信仰による義」にもとづきやはり神のもとにある人民の代表者クロムウェルとの対立のなかで殉教者として処刑されることになるが、暴君のもとでは王冠のもとにあるはずの政治的安定性が絶対君主の身体的供犠によってしか維持されえないことがしめされる。またローエンシュタインの『クレオパトラ』（一六六一年）や『アグリッピーナ』（一六六五年）では、近親相姦や母親殺しといったモティーフによって血統的限界というテーマが、また簒奪者といったモティーフによって身分的限界というテーマが展開されるが、そこではその倒錯的な表現によって君主の絶対的権力のはらむ限界がえがきだされるのである。[213] こうして絶対君主としての主権者は、みずからの象徴的儀礼の遂行的効果をつくりださなければならないその倒錯的な身振りによって、むしろみずからの無能さをさらけだすことになる。そして主権者は、立法権と執行権とをあたかも全能であるかのように結びつけながらその無能さをあらわにするがゆえに、まさにそこに「亡霊的」なものをまといつかせている。とりわけ啓蒙主義以降の君主制では、執行権は官僚機構のなかで発展し、君主の立法権は一般意志として、すなわち君主の意志は人民の意志として解釈されるようになる。そして近代社会における法＝権利主体は、けっしてその象徴的な死を遂げることのできない主体としての、はじめからその属性をはぎとられた主権者としての地位をみずから引き受けることになる。こうして近代の民主主義社会では、法＝権利主体が主権者としての王の位置を「表象＝代理」するのだが、警察がとりわけ民主主義社会で「亡霊的」に振る舞うのは、そもそも主権者としての法＝権利主体にこそ「亡霊的」なものを、みずからの分身を生みだす要因があるからだといえる。

バロックの時代において、主権者はそもそも無能力であるとすれば、なによりその「亡霊」の、分身の地位を担うことになるのは顧問官にほかならない。ベンヤミンは、スペイン・バロック演劇における顧問官の地位について、その「精神＝霊的 geistig 主権の比類ない二義性」がバロック的な「弁証法」を根拠づけている、と述べている。「精神＝霊 Geist は権力 Macht において自己を証明する、これがこの世紀のテーゼである。つまり、精神＝霊とは独裁 Diktatur を行使しうる能力である。この能力は、内部においては厳格な規律 Disziplin を、また同様に外部に対しては、はばかるところのない行動 Aktion を要求する。この能力の実践は、世の成り行きにたいする冷徹さ Ernüchterung をもたらし、この冷徹さが強度 Intensität において肩をならべることができるのは、権力意志 Machtwillen の激しい病的欲求 Sucht だけである」(214)。つまり主権者たる君主にではなく、顧問官のあり方にこそむしろ「独裁」を行使する可能性が秘められている。「精神＝霊的主権の比類ない二義性」によって、主権者はそもそも「独裁」を行使する能力を欠き、主権者の分身、その「精神＝霊的」存在である顧問官こそが、その「権力意志」において「独裁」という、内部における「厳格な規律」と外部にたいする「はばかるところのない行動」を実践する可能性を内在させているのである。主権の弁証法とは、主権とは法秩序の源泉をなすものなのだが、主権者は原理的に全能ではありえない、ということにある。「フランス人権宣言（人間と市民の権利の宣言）」以降、「市民」としての「人間」が主権者の地位を引き受けることになるが、「人間」は「構成的権力 pouvoir constituant」として法秩序を構築する源泉でありながら、立法権と執行権の分離、すなわち立法・司法・行政の「権力の分立」のもとでしか、つまり「市民」としてしかその権利を実現することができない。そしてまたそこに、主権者の分身が、その「精神＝霊的」存在が生みだされる要因がある。法と法の力とのあいだの行為遂行的矛盾を解消しようとする行為遂行的トートロジーへの要請こそが、この要因を構成するものなのである。

3　正義と〈神的なもの〉の概念

「手段の正当性」と「目的の正しさ（正義）」

近代的な法＝権利主体が主権者の地位を引き受けようとするとき、いずれにせよそこには主権者の決定的な無能力の問題と、それゆえに生じてくる行為遂行的トートロジーへの要請がつきまとわざるをえない。近代的主権のこうしたあり方を認識しつつ、法＝権利の行為遂行的トートロジー、法的暴力の倒錯性を回避するために、ベンヤミンは『暴力批判論』のなかでさらに、「非暴力的な手段」の可能性と法の倒錯的暴力を解消する「純粋な暴力」の可能性について検討している。ベンヤミンはそこで、手段と目的という二つの側面から、純粋な、非暴力的な手段としての「政治」と純粋な目的としての「正義」の可能性を問う。つまり、法的契約がかならずなんらかの倒錯的暴力と結びついているとすれば、そもそも「紛争の非暴力的な調停」は可能かという、あるいはまた倒錯的暴力を解消する純粋な暴力は可能かという問題を、「手段の正当性 Berechtigung」と「目的の正しさ（正義）Gerechtigkeit」との関係を問うことによって考察するのである。

ベンヤミンはまず「正当な手段」という観点から、「市民的合意 zivile Übereinkunft の技術としての話し合い Unterredung」とソレルの展開する「プロレタリア・ゼネスト」がそれぞれ、紛争の調停の非暴力的な手段となりうるか、いっさい法的暴力をまぬがれた手段となりうるか、その可能性について検討している。「話し合い」は、たしかに人間相互の紛争を直接的な手段に訴えるのではなく、「言語」という間接的な手段によって調停しようとする点で、非暴力的な解決を追求するものだと考えることができる。ただしベンヤミンは、「話し合い」が純粋な非暴力的な手段でありうるのは、あくまで嘘が罰せられないという条件のもとでのみである——この点については第三章で検討したい——と述べ、近代的法秩序は詐欺を処罰することによって法的暴力をこの領域に侵入させているがゆえに、純粋な非暴力的な手段とはなりえていないと論じている。他方、「プロレタリア・ゼネスト」は、「政治的ゼネスト」が結局は国家を他の国家によって転覆しようとするという点で法措定的であり暴力的であるのにたいして、国家を強化するのではなく「国家暴力の根絶 Vernichtung der Staatsgewalt」を唯一の課題としているという点で、いっさいの法的暴力の彼岸を目指していることを、法＝権利に構造的に現われてくる暴力、法＝権利の行為遂行的トートロジーの暴力に徹底的に対抗するものであることを指摘し評価している。しかし「プロレタリア・ゼネスト」もまた、ある職業階級の非倫理的な暴力として現象することもありうることから、かならずしも非暴力的ではありえないと論じるのである。いずれにせよ純粋な手段もまた手段として論じられているかぎり暴力をまぬがれることは不可能であり、したがって「正当な手段」は非暴力的ではありえない。ベンヤミンはそこで、非暴力的であることよりもむしろ法的暴力とは異なる暴力の可能性について、人間的な「使命＝課題」を解決する「純粋な暴力」の可能性について検討する必要があると主張する。「にもかかわらず、いっさいの暴力の完全な原理的な排除のもとでは、人間的な使命＝課題のおよそ考えうる解決 Lösung を、ましてこれまでのすべての世界史的な現存在 Dasein のあり方の勢力圏からの救済 Erlösung を表象することはどこまでも不可能なままである(215)」。「これまでのすべての世界史的な現存在のあり方」からの「救済」を可能にするような「純粋な暴力 reine Gewalt」、「現存在」につねにまといついている法＝権利の倒錯的暴力を「浄化する reinigen」新たな暴力の可能性を追求しなければならないというのである。

ベンヤミンはそこで、「正しい gerecht 目的は、正当な berechtigt 手段によって達成されうる、正当な手段は正しい目的へと適用されうる」、というドグマから解放される必要性を説く。「正当な手段」がかならず法的暴力をまぬがれないとすれば、正当な手段と正しい目的との関係がそうした「循環 Zirkel」的な関係にあるかぎり、「正しい目的」にもまた法的暴力がつきまとうことになる。純粋な暴力の可能性について問うためには、むしろ正当な手段と正しい目的とのあいだには「調和しえない抗争 unvereinbarer Widerstreit」があると、「そのような目的の正当な手段でも正当でない手段でもありえず、そもそものような目的にたいする手段としてではなく、むしろべつの仕方で目的にかかわるような、別種の暴力」があると想定しなければならない。「いっさいの法的問題の最終的な決定＝決断不可能性 Unentscheidbarkeit という奇異な、さしあたり意気阻喪させるような経験」にたいして解決の可能性を見いだすためには、「目的の正しさ（正義）」とかかわるような暴力の可能性を問うことがもとめられる。「というのも、手段の正当性 Berechtigung と目的の正しさ（正義）Gerechtigkeit について決定＝決断を下す entscheiden のはけっして理性ではなく、それは手段の正当性については運命的な暴力、目的の正しさ（正義）については神なのだから(216)」。ベンヤミンは、「普遍的に妥当する allgemeingültig」ことが正義の特徴であるとしても、それを「普遍化しうる verallgemeinerungs-fähig」ものと考えることは正義の特徴と矛盾すると主張する。なぜなら、「ある状況においては正しく gerecht、一般に承認され、一般に妥当する目的も、他の状況ではそうはいかない」ことがありうるからである。つまり、「正義」はある特定の状況においてのみ「普遍的に妥当する」ものとして到来するものであり、なにか「普遍化しうる」原理や法則のようなものではないというのである。ベンヤミンはこの点に、正しい目的と正しい手段とを区別して議論する可能性を認め、「手段の正当性」について「決定＝決断」を下すのが運命だとすれば、「目的の正しさ（正義）」についてそれをなすのは「神」だと論じるのである。

直接的暴力の神話的な顕現＝宣言は、より純粋な領域を開くどころか、もっとも深いところではあらゆる法的暴力と同一のものであることをみずからしめし、法的暴力が問題性をはらむものであるという予感を、法的暴力の歴史的機能が破滅をもたらすもの Verderblichkeit であるという確信に変える。したがって、その機能を絶滅＝根絶すること Vernichtung が課題となる。まさにこの課題こそ、最終段階においていま一度、神話的暴力を阻止しうるであろう純粋な直接的暴力についての問いを提起するのだ。あらゆる領域において神話に神が対立するように、神話的暴力 mythische Gewalt に神的暴力 göttliche Gewalt が対立する。しかも、神的暴力を神話的暴力にたいして特徴づけるのは、あらゆる点でこの対立なのである。神話的暴力が法措定的であるとすれば、神的暴力は法絶滅＝根絶的 rechtsvernichtend である。前者が境界＝限界を設定するとすれば、後者は境界＝限界を認めることなく絶滅＝根絶する。神話的暴力が罪を負わせると同時に罪を贖うとすれば、神的暴力は罪を浄化する entsühnen。前者が脅かすものであるなら、後者は有無をいわせぬもの schlagend であり、前者が血なまぐさい blutig ものだとすれば、後者は無血的に unblutig 致死的である。(217)

しかし、こうした突然の神への言及は、それがユダヤ教の「怒れる神」を念頭においているのだとしても、そしておそらくはヴェーバーが『古代ユダヤ教』のなかでヤハウェの怒りを犠牲の血を要求するものとして、「デモーニシュで超人的なもの」として叙述していることにたいして論じられているのだとしても、(218)われわれを当惑させる。デリダは『法の力』のなかで、ベンヤミンが「神話的暴力」に対立するものとして登場させる「神的暴力」について読解を試みているが、そこでもやはり「神的暴力」をどのようなものとして理解すべきか、その解釈をめぐり戸惑いが、さらにまた逡巡が認められる。デリダは、ベンヤミンが法的暴力を分析し批判するさいに、法措定的暴力と法維持的暴力という概念を導入しつつ、これらの概念のあいだの「不確定性」について論じ、法の力に内在するパラドックスを問題にしている点を強調し評価する。他方、ベンヤミンがさらにもうひとつの暴力、「神的暴力」について語りはじめるとき、テクストのなかで「神話的暴力」と「神的暴力」という二項対立が最後まで維持されたままで終わることに疑問をなげかけるのである。デリダの批判は、「正義」について論じることはつねにアポリアをはらんでいるということに、したがってベンヤミンが「神的暴力」をどこまでも「神話的暴力」に対立させようとしているが、想定されている「神的暴力」にもまた「神話的暴力」がつきまとっているのではないか、ということにある。ベンヤミンの「神的暴力」は、どのような意味をもつものとして、とりわけデリダの批判との関係においてどのように理解すればよいだろうか。

正義と「最終的解決」に関するデリダの読解

ベンヤミンの『暴力批判論』について論じた、最終的に『法の力』のなかに収められることになるデリダの「ベンヤミンの名前 prénom」というテクストは、二つの講演をへて成立している。テクストは、まず一九八九年十月にニューヨークのカルドーゾ・ロー・スクールで開催されたコロキウム『脱構築と正義の可能性』での講演「正義への権利について、法＝権利から正義へ」のさいに、この講演の原稿とともに配布され、さらに翌年一九九〇年四月、カリフォルニア大学で開催されたコロキウム『表象の限界を検証する――ナチズムと〈最終的解決〉』のオープニングでの講演で口頭発表されている。これら二つの講演は、「カルドーゾ・ロー・レヴュー」第十一巻一九九〇年七・八月号に仏英対訳のかたちで掲載され、その後一九九四年、フランス語の単行本『法の力』として出版されることになる。[219] テクストは、カリフォルニア大学での講演のさいに序文と後記がくわえられ、さらに単行本では「カルドーゾ・ロー・レヴュー」に掲載されたテクストに若干の加筆修正が施され、カリフォルニア・コロキウムでくわえられた序文と後記とともに出版されている。

当初、カルドーゾ・ロー・スクールで配布されたテクストと、その後、カリフォルニア・コロキウムで口頭発表されたテクスト、さらにフランス語で出版されたテクスト、すなわち序文と後記が付され、さらにそれに合わせて若干の加筆修正が施されたテクストのあいだでは、とりわけ「神的暴力」についての解釈に大きな相違があるように思われる。カルドーゾ・ロー・スクールの講演でのテクストでは「正義」が、カルフォルニア大学でのコロキウムのテクストでは「最終的解決」あるいは「絶滅」がテーマになっているが、『暴力批判論』はこの二つの可能性のなかで読解されているのである。これらのテクストを比較すると、デリダ自身がある「誘惑」に「とり憑かれている」ように、すなわち「ナチズムと〈最終的解決〉」をテーマにしたコロキウムでベンヤミンのテクストのあるスキャンダラスな読解を試みたいという誘惑、ベンヤミンのこのテクストを読む者を不安にするものがあるとすればその所在を明らかにしたいという、シュミットやハイデガーとの親縁性が認められるとすればそれはどこにあるのかをつきとめたいという誘惑にとり憑かれているように感じられる。デリダは、当初、このテクストをパスカルの『パンセ』の読解とともに「正義」論の一部として構想しながら、テーマの中心を転換するのである。「カルドーゾ・ロー・レヴュー」版のテーマはあくまで「正義」であり、「最終的解決」についてはいっさい触れられていないのにたいして、カルフォルニア・コロキウム版では「神的暴力」と「最終的解決」との親縁性を論じた序文と後記がつけくわえられることになる。とりわけ「正義」というテーマがアポリアをはらんでいることは、「〈最終的解決〉の唯一性」について考察しようとするとき、もっとも顕著に現われてくる。「最終的解決」はもっとも恐ろしい、おぞましい出来事であるにもかかわらず、その「特異性」、「唯一性」において語られること、想起されることが要求される。「最終的解決」という出来事は、それが「神話的暴力」の最終的な帰結として、すなわち「正義」を絶滅し根絶しようとする過程のなかで生まれてきたものであるにもかかわらず、それがまさに絶滅し根絶しようとしたものをつうじて「証言」されることを要求する。だが、その「証言」は、「法的訴訟、歴史的編纂、法学的概念」から汲み上げられた解釈を経由しようとするなら、ふたたび神話的暴力との共犯関係を問わなければならなくなる。

デリダはまず単行本で、それ以前のテクストに修正を施しているが、そこには、ベンヤミンの「正義」という概念を、みずからの「特異性」という概念と「反復可能性」という概念のなかにどのように位置づけるかをめぐって逡巡が認められる。デリダは、ベンヤミンの議論から、「法＝権利 droit」の「根拠づけ fondation」をなす暴力、「法措定的暴力」そのものが「法維持的暴力」を内包していること、そこには「反復可能性 l'itérabilité」が書き込まれていることを主張し、さらにそこに「差延による汚染 contamination différantielle[220]」があることを、「法＝権利の核心部にあるなにか腐ったもの etwas Morsches im Recht」があることを認めたのちに、つぎのような文章を削除している。「私がとりわけここで考えているのは、特異性 singularité の、唯一性 unicité のパラドックス、特異性における多様性 multiplicité というパラドックスである。反復とは、唯一なるものの唯一性の条件そのもの、そのパラドックスをはらんだ反復可能性にほかならない[221]」。さらにデリダは、「革命的瞬間」――「例外的決定」であると注釈がつけくわえられている――について語りながら、この瞬間に入り込む「汚染作用 contamination」について、法を根拠づける作用こそが、「根源性 originarité のなかに、反復可能性を書き込む[222]」のだと主張する箇所で、さらに「唯一性のなかに、特異性のなかに」という語句を削除している[223]。他方、「正義」について言及する個所では、「特異性」、「唯一性」ということばが、削除されることなく残されている。ベンヤミンは、法的問題の「最終的な決定不可能性」という認識、「正当な手段」にはつねに運命的な暴力がつきまとっているという認識から、「正しい目的」、つまり「正義」は、「正当な手段」とはことごとく対立するものであるとしたら、と問いかける。すなわち、「手段の正当性」について決定を下すのが運命だとすれば、「目的の正しさ（正義）」については「神」だとベンヤミンが論じるのにたいして、デリダは、「理性と普遍性の彼方、法にもとづく一種の啓蒙 Aufklärung の彼方にあるものとしての神への突然の言及は、あらゆる状況の還元不可能な特異性への言及にほかならないと思われる」と、さらに、それはまさしく、「個人の唯一性 unicité にたいして、また人民 peuple、言語、ようするに歴史にたいして」言及しているのだ、と説明する。[224] デリダが「特異性」、「唯一性」ということばを「反復可能性」とともに語るときそれを削除し、しかし「正義」や「個人」とともに語るときそれを残すのは、「特異性」、「唯一性」が「反復可能性」、「差延による汚染」をまぬがれている可能性を否定してしまうことをためらうからだと考えられる。デリダによるなら、いかなる形而上学も根源的な「反復可能性」、その暴力性をはらんでいる。しかし、同時に根源的な暴力性は、その暴力をこうむるものの可能性を前提していなければならない。カルドーゾ・ロー・スクール版の講演原稿と、カルフォルニア・コロキウムの講演をへて出版されることになる単行本のテクストとを比較すると、デリダが、「特異性」、「唯一性」という概念を「反復可能性」という概念との関係で、どのように位置づけようか、揺れ動いているのが読みとられる。そしてデリダはカルドーゾ・ロー・スクール版では、ベンヤミンの「神的暴力」を、「法＝権利」の彼方にある生の「特異性」、「唯一性」をしめすものとして、「正義」の側にあるものとして位置づけようとしていたのにたいして、カルフォルニア・コロキウム版および単行本では、「特異性」、「唯一性」を「反復可能性」をまぬがれているものとして語りはじめると同時に、「神的暴力」にもまた、それが「名前」や「絶滅 Vernichtung」とともに語られようとするところで、「反復可能性」が書き込まれているのではないかという可能性のなかで読解しはじめるのである。

他方、単行本ではテクストの最後にベンヤミンの「名前 prénom」をめぐってそれ以前の講演にはなかった説明がつけくわえられている。「しかし、誰が署名するのか。それはいつものとおり神、まったくの他者であり、それはいつもすべての名前に先行し、しかしそれらをあたえているであろう神的暴力なのである」。[225] 講演ではこう述べてから、デリダはベンヤミンの最後のセンテンス、「神的暴力は、神聖な執行の表章 Insignium であり印章 Siegel であって、けっしてその手段ではないが、それは摂理の waltend 暴力と呼べるかもしれない」[226]、というセンテンスを引用して締めくくる。デリダはそのとき、この「摂理の（暴力）と呼べる die waltende heißen」を「主権的＝至高の（暴力）と呼べる appelée souveraine」と訳している。その後、出版されたテクストでは、この箇所にさらに、「神的暴力が自分の名を呼び s'appeller、それが主権的＝至高の権限をもって自分の名を呼ぶときにひとがそう呼ぶ、という点で」、神的暴力は「主権的＝至高な」のだ、という説明をつけくわえている。[227] そして「神的暴力」はすでに「表章であり印章である」ということにおいて署名されているがゆえに、デリダは「摂理の（暴力）と呼べる」というベンヤミンの記述を、「呼べる heißen, appeler」ということばを強調することによって、神はみずからの名を呼ぶがゆえに「主権的＝至高な」のだと転倒するのである。「それは自分を名づける。主権的＝至高なのは、その根源的な名を呼ぶこと appellation の暴力的な力 puissance なのだ。絶対的な特権、無限の大権。大権は、およそ名を呼ぶことの条件をあたえる。大権は、それ以外のことをいわないし、したがって沈黙のうちに自分の名を呼ぶ。そのとき鳴り響くのは名だけであり、名の以前にある名の純粋な命名作用 nomination である。神による命名作用〔命名作用以前の命名作用 prénomination〕、これこそが、無限の力をそなえた正義なのである。それは署名 signature にはじまり、そして終わる」[228]。すなわち、「神的暴力」は「神による命名作用」として、生の「特異性」、「唯一性」をその「反復可能性」のうちに書き込もうとする暴力として読解されるのである。「神とは、この絶対的換喩の名、みずからがさまざまな名を移し換えることによって名づけるもの、置き換え作用、この置き換え作用のなかでとって代わるものである。神は、まさしく名 nom の以前にあり、名の前〔名－前 pré-nom〕にすでにある」[229]。

　また、デリダが追加した序文では、ベンヤミンのテクストを「最終的解決」とのかかわりのなかで「検討＝尋問する interroger」ことが告げられる。デリダにしたがうなら、ベンヤミンのテクストは、「徹底的な破滅、絶滅 extermination、完全なる廃棄 l'annihilation totale というテーマにとり憑かれて hanté いる」[230]、すなわち「法＝権利の廃棄」にとり憑かれている。デリダはこのテクストが「人間的な法＝権利の廃棄、少なくとも、ギリシア的なモデル、あるいは〈啓蒙主義 Aufklärung モデル〉に属する自然法の伝統のなかで解釈されうるような人間的な法＝権利の廃棄」といった「絶滅の暴力に関するさまざまなテーマ」にとり憑かれていると、それは「とり憑かれていること＝強迫観念そのもの」に、「亡霊 fantôme の疑似論理」にとり憑かれているのだと説明する。この「疑似論理」は、「現前、不在、再－現前化をめぐる存在論の論理よりも強力で、それゆえにそれにとってかわる必要があるかもしれない」ものなのだという。そしてデリダは、「最終的解決」というテーマについて考えようとするなら、「亡霊の法則 loi、幽霊の spectral 経験、亡霊 fantôme の記憶」と、「死んでもいなければ生きているわけでもなく、死んでいるだけでも生きているだけでもないそれ以上のもの、つまりただ生き延びているもの」を「歓待する hospitalière」べきではないかと、「もっとも差し迫ってくる、つまりもっとも控えめな、もっとも消え入りそうであるにもかかわらず、まさしくそれゆえにもっとも多くを要求する記憶の法則」を「歓待する」べきではないか、と論じるのである。[231]

さらにデリダは後記で、ベンヤミンが「最終的解決」についてどのように考えたであろうか、と問いかけている。それは、ベンヤミンがナチズムや反ユダヤ主義についてどのように考えていたか、ベンヤミンなら「最終的解決」についてどのような判断や解釈をしめしたであろうか、ということではなく、「ベンヤミンが、〈最終的解決〉に関してみずからの言説をおそらくは書き込んでしまっていると思われる、問題のある、解釈を要する空間の大まかな特徴」を再構成しようということなのだという。[232] デリダは、ベンヤミンが一方において、〈最終的解決〉をナチズムのひとつの論理の究極的な帰結として、すなわち、「特異性と唯一性にたいする考慮に対抗する暴力」と見なしたであろうと、だが他方において、ベンヤミンにしたがうなら、〈最終的解決〉の「唯一性」について考えることが、すなわち想起することができるとすれば、それはそのような暴力の空間とは別の場所からでなければならないであろうことを、しかしまた、その「唯一性」について語ることはさらなる「名の破壊」に直面することになることにほかならないと論じるのである。

一方ではベンヤミンの議論にしたがうなら、おそらく〈最終的解決〉はナチズムのひとつの論理的な究極的帰結ということになるはずであるという。それは、言語の情報伝達の道具的な機能への堕落と結びついた悪の先鋭化であり、国家のひとつの論理の全体主義的な先鋭化であり、議会制、代表制民主主義の、それと不可分の警察組織による立法権の腐敗の先鋭化、神話的暴力の犠牲を生みだしつつ根拠づけるという契機と、もっとも強力な維持作用という契機の先鋭化にほかならない。ここに見いだされるのは、「群衆 mass 構造にたいして好都合な概念的一般性」として、「特異性と唯一性にたいする考慮に対抗する」暴力の先鋭化である。[233] それこそが、官僚主義的形態、合法化の模擬行為、法万能主義、権限とヒエラルキーにたいする尊重といった、「〈最終的解決〉が技術‐産業的、科学的に実行に移されたことをしるす法的‐国家的組織全体」を説明するものである。ベンヤミンにしたがうなら、当時すでに、法＝権利に関するある特定の神話論が正義にたいして猛威をふるっており、ナチズムとは、「この法＝権利を維持する革命」として理解されることになるはずだというのである。

他方では、法＝権利の神話的な暴力がナチズムに、〈最終的解決〉にいたるとすれば、〈最終的解決〉の「唯一性」を想起することができるのは、法＝権利の神話的な暴力の空間とは別の場所からでしかない。「というのも、ナチズムが神話論的暴力の論理の完成者として行なおうとしていたであろうことは、他の証人を排除すること、他の秩序に属する、すなわち法＝権利には還元できない正義をみずからの正義とする神的暴力に属する、法＝権利（それが人間の法＝権利であろうと）の秩序とも、表象と神話の秩序とも異質なひとつの正義に属する証人を破壊することだからである」。[234]「神話的な暴力と表象的暴力」の極限にまで達した出来事である「最終的解決」という出来事の「唯一性」について、「神話的な暴力と表象的暴力」のその内部から考察することはできない。したがって、「他なるもの」

から、それが排除し破壊しようとしているもの、絶滅させようとしているものから、その出来事を考えてみる必要がある。「その出来事を、特異性の、署名と名の特異性の可能性から考えてみようとする必要がある。というのも、表象の秩序が絶滅させようとしたものは、たんに何百万もの人間の生命だけではなく、正義にたいする要求であり、数々の名だからであり、とりわけ名をあたえ、書き込み、呼び、想起することの可能性だからである[235]」。さらにそれは、「名や名の記憶そのもの、記憶としての名の破壊あるいは破壊の企てがあった」というばかりでなく、「神話的な暴力の体系」がこの出来事のあとにもとどまり、ひとつの体系を産出しているからでもある[236]。デリダにしたがうなら、その体系の論理、客観性の論理こそが、「証言やさまざまな責任＝応答可能性 responsabilité を無効にし、したがって消去すること」を、また「最終的解決の特異性を中性化すること」を可能にするのであり、それが歴史修正主義の論理や、「歴史家論争」の相対主義的客観主義を生みだしているのである。

こうした点からすると、ベンヤミンはおそらくナチズムだけでなく、その責任にたいする法的な解釈をも、歴史的な解釈、さまざまな哲学的、道徳的、社会学的、心理学的または精神分析学的な解釈をも「出来事に釣り合うだけの正当性をもたないもの」として判断したであろう、とデリダは推測する。神話的な暴力のもとで法＝権利の悪しき秩序が生まれる原因は、法＝権利を根拠づける暴力と維持する暴力とを区別することができないという「決定＝決断不可能性 indécidabilité」にある。「反対に、この秩序を立ち去るやいなや、歴史が——そして神的な正義の暴力が——はじまるのだが、われわれ人間はそのための判断を、すなわちまた決定＝決断可能な解釈を計り知ることができない[237]」。つまり「二つの秩序（神話論的秩序と神的な秩序）を一体化し境界線をつくっているもの全体」、「神話的なものと神的なものとのあいだの断絶」、「〈最終的解決〉のような企てに認められる極限的な経験」を計り知ることはできない。「〈最終的解決〉のような企ては、神話的な暴力とはべつのものを、表象＝再‐現前化、すなわち運命 destine とはべつのものを、神的な正義を、そのことについて証言しうるものを消滅させようと、つまり、みずからの名を神から授かることなく、神からは名づける権力 pouvoir と使命 mission、みずから同胞に名をあたえ、事物に名をあたえる権力と使命を授けられた唯一の存在としての人間を消滅させようとするのである[238]」。名づけることは、表象すること、さまざまな記号によって伝達することではない。しかしこれらの言語活動は、それぞれ純粋なかたちで維持することはできないであろうことから「妥協」は必然的であるとすれば、デリダは、「この二つの異質な秩序のあいだの妥協にともなう運命性 fatalité」についてつぎのように指摘する。「妥協」は「正義の名において」なされ、そうであるとすれば「正義」は、「表象＝再‐現前化の法則＝掟（啓蒙 Aufklärung、理性、客観＝対象化 objectivation、比較、説明、多様性を考慮に入れること、したがってもろもろの唯一無比なるもの des uniques を系列化すること）と、表象＝再‐現前化を超越し、唯一無比のもの、すべての唯一性が、一般性のあるいは比較の秩序へと書き込まれることがないようにまもる法則＝掟とに、同時にしたがうことを命じることになるであろう[239]」。

結論として、デリダは、最悪のものとの親縁性を超えたところに、啓蒙にたいする批判、堕落と根源的な真正さに関する理論、根源的な言語活動と堕落した言語活動とのあいだの二極性、表象＝代理と議会制民主主義にたいする批判といった点に見られる親縁性を超えたところに、「テクストのうちにあるもっとも恐ろしいもの、さらに耐えがたいもの」を認めることになる。デリダは、このテクストを読解しようとするとき、われわれはひとつの「誘惑」、「ホロコーストを神的暴力の解釈不可能な顕現 manifestation として考えたいという誘惑」にかられるのだという。ベンヤミンにしたがうなら、「神的暴力は、殲滅させる anéantissant ものであると同時に、浄罪的な expiatrice ものであり、かつ無血の non-sanglant ものであるだろう」[240]。デリダは、ベンヤミンが旧約聖書のコラーの一党にたいする神の裁きを引用しつつ、罪を浄化しつつ襲いかかる神的暴力、法＝権利を破壊する神的暴力について論じる箇所に触れ、つぎのように問いかける。「ガス室や焼却炉のことを考えると、無血であるがゆえに罪を浄化するというような絶滅化作用 extermination をほのめかすこの箇所を、戦慄を覚えることなく聞くことがどうしてできようか。ホロコーストを、ひとつの浄罪作用 expiation、正義にかなった暴力的な神の怒りの読み解くことのできないひとつの署名と考えるような解釈の着想に、われわれは恐怖で震えあがる」[241]。まさしくこの点において、デリダは、テクストの多義性からくる意味の流動性や、意味を反転させる秘められた可能性を考えあわせても、このテクストが「最終的に、幻惑させるにいたるまで、眩暈を起こさせるにいたるまで、反対の態度と考え方をしめし、言動をとらなければならないものそのものにあまりにも類似し ressembler すぎている」ように思われると述べている[242]。デリダは、このテクストが他のベンヤミンのテクストと同様にいまだあまりにもハイデガー的であり、メシア主義的‐マルクス主義的であり、始原‐終末論的であると主張するのである。したがって、われわれはつぎのことを考えなければならないとデリダはいう。それは、「これらすべての言説と最大の悪（ここでは〈最終的解決〉）とのあいだに生じうる共犯関係 complicité を思考し、認識しなければ、それを表象し、形式化し、判断しなければならないということ」である。「このことが、わたしから見るなら、使命や責任＝応答可能性を定義するものなのだが、わたしはそうしたテーマをベンヤミンの〈破壊 destruction〉にもハイデガーの〈破壊 destruktion〉にも読みとることができなかった。このような、一方におけるこれらの破壊と、他方における脱構築的な肯定 affirmation とのあいだの差異 différence の思考が、わたしを今晩この読解へと導いてきたのである。〈最終的解決〉の記憶が吹き込む dicter ように思われるのは、まさにこの差異の思想なのである(243)」。

神話的暴力と神的暴力

デリダのベンヤミンにたいする批判は、ベンヤミンが法＝権利のアポリアについて論じながら、「正義」もまた「神話的暴力」との関係においてアポリアをはらんでいることを考慮していないということにある。「正義」の可能性を「神話的暴力」の彼岸にもとめようとしても、「正義」について語ろうとすることは、つねに「神話的暴力」との、最悪なものとの共犯関係をまぬがれることができない。その点で、ベンヤミンは「使命や責任＝応答可能性」に応じていないというのである。とりわけ、デリダはこうした問題を、ベンヤミンが「神的暴力」を「神話的暴力」との対立のうちに表象＝再－現前化しようとする点に、すなわち「絶滅」を血の象徴との関係において説明し、旧約聖書のコラーの一党にたいする神の裁きを引用する点に、神話のあとにやってくる「歴史」という概念に訴え、したがってその論述があまりにメシア＝ユダヤ主義的、マルクス主義的である点に認めるのである。これらの点については、ベッティーネ・メンケがデリダにたいして反論を試みているが(244)、問題は、ベンヤミンの語る「正義」、「神的暴力」が、デリダの語る「唯一性」、「特異性」、「反復可能性」といった諸概念にたいしてどのような関係にあるか、ということにある。

デリダは、ベンヤミンのテクストのうちに見いだされるもっとも恐ろしいもの、耐えがたいもの、つまりホロコーストこそが「神的暴力」のはかりがたい顕現ではないか、「神的暴力」は殲滅的であると同時に贖罪的であり無血であるとベンヤミンはいうが、あのアウシュヴィッツのガス室と死体焼却炉のことを考えると、無血であるがゆえに贖罪的であるということが、まさにあの「殲滅」を暗示するかのように思えるとすれば、それをどのように理解すればよいのだろうか、もしも個々の暴力にたいする批判的で分析的な態度を可能にするはずの「暴力の歴史の終焉という理念」が、もっとも忌まわしいものと結びついているとすればどうすればよいのだろうか、と語るのにたいして、メンケは、ベンヤミンは「神的暴力」は無血であり罪をとり払うといっているのであって、血を流すことのない殲滅が「神的暴力」だといっているわけではないことを強調する。(245) デリダの懸念のひとつは、「無血である」ということばにある。しかし、明らかにベンヤミンのテクストにおいて「無血である」ことは判断の基準とはなっていない。血を流そうと流すまいと、血を象徴的なものとして解釈することは、ベンヤミンにとってどこまでも神話的な暴力に属するものにほかならない。

またデリダは、法の決定不可能性、腐敗は「弁証法的であり、弁証法的に避けられない」ものであることを、あくまで強調する。しかしデリダが、「反対に、この秩序を立ち去るやいなや、歴史が——そして神的な正義の暴力が——はじまるのだが、われわれ人間は、そのための判断を、すなわちまた決定＝決断可能な解釈を計り知ることができない」というとき、メンケのいうように、デリダはベンヤミンが展開する論理の因果関係を転倒している。[246] デリダは「最終的解決」を「(神話的な秩序と神的な秩序という) 一対の秩序を構成すると同時に、その境界を画定するもの」として、つまりそれは神話的暴力の帰結であると同時に、その神話的な暴力の他者を殲滅する試み、神の正義とそれについて証言することのできる者をも殲滅する試みとしてとらえることによって、ベンヤミンのテクストそのものにひそむ「決定不可能性」を照らしだそうとする。神話的暴力の秩序のあとに「神的暴力」の秩序がはじまるとすれば、そこにもまた、みずからの正義をも、またそれについて証言できる者をも殲滅してしまう暴力の推し量ることのできない「決定不可能性」があると見なすのである。だが実際には、ベンヤミンのテクストでは、神話の秩序のあとに「神的暴力」がやってくるというのではなく、神による正義の暴力は、あくまで神話の秩序を打破するもの、その打破にほかならないものとして論じられている。ベンヤミンは、「暴力に依拠している法を、同様に法に依拠している暴力ともどもに解除＝脱措定すること Entsetzung」、したがって究極的には国家暴力を解除＝脱措定すること」と述べているが、メンケのいうように、神話的暴力のあとに神的な正義の歴史がはじまると主張しているわけではない。ベンヤミンにとって問題なのは、「暴力の歴史の終焉」あるいは「国家を廃棄する aufheben」にいたることではなく、あくまで「国家暴力を解除＝脱措定すること」、その「解除＝脱措定」という理念がはたす「批判」的な役割なのであり、さまざまな現実にたいする「批判的」な態度、「批判＝裁く krinein」の語源的な意味において区別し「決定＝決断」する態度を可能にすることなのである。[247] テロスではなく、現在にたいしてどのような批判的態度をとることができるかが問題なのである。

そもそもベンヤミンは、デリダの読解が指摘している危険に気づいていたようにも思われる。『暴力批判論』のために記されたと考えられる「暴力の適用のための法＝権利」について論じたメモのなかで、ベンヤミンは「倫理的 ethisch アナーキズム」について、それが実際の政治的プログラムとしては、すなわち「新たな世界市民的状態の生成という観点のもとに把握されている行為計画」としては矛盾をはらんではいるが、「個々人 der Einzelne や共同体が、彼らにとって暴力による抵抗 Widerstand が神によって命じられているようには思われないがゆえに、苦悩のうちにあるばあいには、倫理的アナーキズムにかなった行為こそが、その道徳性を最高度に高めることができる」と主張しつつ、つぎのように述べている。「ガリチア地方のユダヤ人共同体がシナゴーグで抵抗すること Gegenwehr なく撲滅されたとすれば、それは政治的プログラムとしての〈倫理的アナーキズム〉とは無関係であり、このばあい、たんなる〈悪にたいする否‐抵抗 Nicht-Widerstehen〉が道徳的行為として聖なる光のなかに現われてきているのである[248]」。ベンヤミンは、「暴力の適用のための法＝権利を個々人 der Einzelne にたいしてのみ承認する」「倫理的アナーキズム」という立場を説明することがみずからの道徳哲学の課題なのだと主張している。その理論は、「倫理的な法＝権利を、暴力そのものにたいしてではなく、もっぱらすべての人間的制度、共同体あるいは個体性 Individualität にたいして否認するような理論であり、それは、暴力を神的な権力の贈与として、個々のケースにおける権力の完全性として崇拝するのではなく、暴力を独占しうることをみずからに認め、あるいは暴力にたいする法＝権利がまた、ただ原理的に一般的にのみなんらかのパースペクティヴにおいて自分自身にあることを認めるような理論[249]」なのである。ベンヤミンは、「法治国家における存在者 Dasein をめぐる戦いが法＝権利をめぐる戦いとなることは、まったくの誤りである」と主張する。経験はまったく逆のことをしめしている。「倫理的アナーキズム」とは、暴力と倫理とのあいだに原理的な矛盾がなく、しかし倫理と国家ないし法＝権利とのあいだの原理的矛盾が見てとれるばあいに、とられなければならない考え方なのだと説明するのである。

それでもなお旧約聖書のコラーの一党にたいする神の裁きが、日常的な「怒り」の感情との類比に訴えることによってもちだされるとすれば、神的暴力の「顕現」について、しかも「神々の顕現 Manifestation der Götter」[250]と同じようにその「顕現」について語られるとすれば、デリダが主張するように、やはり神的暴力にもまた神話的暴力がつきまとうことをはからずもしめしていると考えることもできるかもしれない。ベンヤミンはたしかに、「正義」をひとつの「暴力」の「顕現」として、「正義」を神話的暴力と同じ「顕現」という概念によって語ろうとする。神話的な暴力が神々の、その「力（権威）＝権力」の「顕現」であると、すなわちそもそも神話的暴力とは「境界＝限界措定」によって生みだされるひとつの機能のうちに「顕現」するものであると主張しながら、「正義」についてもひとつの暴力の「顕現」の可能性として、「純粋な暴力の最高の顕現」の可能性として論じる。[251] 他方でベンヤミンは、「純粋な暴力」がほんとうに存在したのか、いつ存在したのかについての「決定＝決断 Entscheidung」は、人間にとってただちにできることでも、しなければならないことでもないと、そもそも「暴力の浄罪的な力は人間にとって明らかではない」とも語る。はたして神的暴力はデリダの主張するように、神話的暴力をはらんでいると理解すべきなのだろうか。デリダの議論は、むしろ転倒されるべきように思われる。神的暴力の「顕現」の可能性が神話的暴力の「顕現」のもとでしか語りえないのは、神的暴力が神話的暴力につねに汚染されているからというよりも――たしかにその可能性について考慮する必要はつねにあるとしても——、そもそも神的暴力が神話的暴力の打破と逸脱の可能性のなかにしか現われようがないからにほかならない。ベンヤミンは、近代社会において現実がさまざまな欲望の象徴的構造のなかに構成されるものであることを、〈神話的なもの〉というテーゼによって表現する。それにたいして〈神的なもの〉というアンチテーゼは、テーゼに二項的に対立するものというよりも、テーゼを構成する行為遂行的トートロジーを逸脱させる内在的な力として理解している。アンチテーゼとしての〈神的なもの〉は、現実が行為遂行的一貫性をつうじて象徴的な構造のなかに安定化されようとするとき、そうした行為の象徴的構造に内在する矛盾を顕わにするのである。あたかも全能であるかのように振る舞うのが「亡霊」であるとすれば、法と法の力とのあいだの行為遂行的矛盾は、法の行為遂行的トートロジーの暴力に還元されない暴力の可能性をしめしている。法はつねにこの可能性へと開かれていなければならないと、この可能性が忘却されるとき、法と法＝権利主体とのあいだの関係が行為遂行的トートロジーへと還元されようとするとき、法措定的暴力と法維持的暴力の汚染がはじまるというのである。

ベンヤミンは、「判決の基準」ではなく、「行為の規範」としての「戒律 Gebot」というユダヤ教的な概念に言及している。「戒律」とは、行為にたいする判決ではなく、そもそも行為以前にあるもの、「なされた行為にたいしては適用できない、共約不可能な inkommensurabel」ものであるという。(252)「戒律」とは、なされた行為に適用されるものではなく、行為以前に行為そのものに課せられる「責任」にほかならない。「行為する個人や共同体は戒律と孤独に対決しなければならず、非常のばあいにはそれを度外視する責任 Verantwortung をみずから引き受けなければならない(253)」。神的暴力は、神話的暴力から逃れるという可能性を意味するというだけでは十分ではない。それは処罰への恐怖ではなく、「課題＝使命 Aufgabe」を課すものとして、人間にたいして神話的暴力との関係においてたえず責任を負うものとしてみずからを構成するようにうながすという意味で、「批判的」な暴力として理解されるのである。ロドルフ・ガシェは、ベンヤミンが『暴力批判論』で「批判」の語源にあたるギリシア語の *κρίνω* には「分ける、区別する」と「決定する、決断する」という意味があることに言及していることをとりあげ、「純粋な暴力」とは「批判的」なものにほかならないと述べている。[254] ガシェによるなら、「純粋な暴力」とは「批判する＝裁く krinein」もの、「区別し scheiden、決断＝決定する entscheiden」ものであり、すべての暴力の「顕現」からみずからを区別し決断＝決定するもの、「それどころか自己自身を自己自身から分離する分離そのものの力として構成する」[255] ものにほかならない。たしかに、すべての暴力は神話的な暴力として「顕現」するものであるとしても、「純粋な暴力」は人間がそうした暴力からみずからの行為をその責任において区別し決定＝決断するべくうながすものとしてとらえられるのである。そのとき〈主体〉は、神話的運命の呪縛からみずからを分離しつつ、みずからの責任において行為する出来事の「倫理的主体 das ethische Subjekt」[256]、晩年の『歴史の概念について』(一九四〇年)では「歴史的主体 das historische Subjekt」と呼ばれる主体として構成される。[257] 責任は、そのような〈倫理的主体〉、〈歴史的主体〉にしか到来することはないし、責任が問われるのはそのような〈倫理的主体〉、〈歴史的主体〉としてなのである。ベンヤミンは、「正義」とはなにか「普遍化しうる」原理や法則のようなものではなく、ある特定の状況においてのみ「普遍的に妥当する」ものとして到来するものであると理解している。神的暴力は、神話的暴力のなかに拘束された「法＝権利主体」を〈倫理的主体〉、〈歴史的主体〉としてその「唯一性」、「特異性」へと位置づける出来事の到来する場を切り開き、開示するのである。

第三章　言語理論と歴史哲学

ベンヤミンは『暴力批判論』(一九二一年)のなかで、紛争を解決するために行使されるいかなる法的な手段も暴力的であることをまぬがれないと強調しつつ、「紛争の非暴力的な調停」の手段があるとすれば、それは「市民的合意の技術としての話し合い Unterredung」にもとめられなければならない、と主張している。ハーバーマスは『近代の哲学的ディスクルス』[258]のなかで、この箇所を引用しつつ、「非暴力的な和解の領域」として言語を参照するとき、ベンヤミンは「相互了解という非暴力的な間主観性」を準拠点としているのだと説明する。しかし、つぎのような条件がつけられていることをハーバーマスは見落として、あるいは故意に無視している。「つまり、話し合いでは非暴力的な和解が可能なだけではない、暴力の原理的な排除が、ある重要な一点で——つまり嘘が罰せられないという点で——はっきりと証明されなければならない。おそらく、はじめから嘘を罰する立法はこの世には存在しない。その点に、暴力がまったく近寄れないほど非暴力的なひとつの領域、〈了解 Verständigung〉のほんらいの領域、言語が存在することがはっきりとしめされている[259]」。ハーバーマスにとって問題は、アドルノがいかなる全体性をも拒絶するのにたいして、間主観的な相互了解、その「反事実的」な「想起 Erinnerung」の能力のもとに、ファシズムへと陥ることなく、いかに全体性を再構築することができるかにある。しかし、実際にはアルブレヒト・ヴェルマーが主張するように、「反事実的」な「想起」の能力のもとに「非暴力的」な全体性を再構築することはおそらくは不可能だろう。いかなる「理想的発話状況」の条件を想定しようと、そこに構築される全体性は暴力性をまぬがれることはできないし、あくまで非暴力的な相互了解というものに固執するなら、それはばかげたことを除去するという、全体性からみれば消極的な効果しか生みだすことはできないであろうから。(260) ベンヤミンはむしろ、「〈了解〉のほんらいの領域」である言語は「嘘が罰せられない」という条件のもとでのみ存在しうる、と主張するとき、非暴力的な領域としての言語をいかなる「間主観性」とも相容れないところに見いだそうとしているように思われる。ハーバーマスはコミュニケーション的行為の理論、さらに討議理論において、コミュニケーション的な相互行為は「真理性 Wahrheit」、「正当性 Richtigkeit」、「誠実性 Wahrhaftigkeit」にかかわる「妥当要求 Geltungsanspruch」の間主観的な承認がえられるかどうかという条件のもとに成立するのだと主張するが、ベンヤミンは言語を「非暴力的な和解」ばかりでなく、「暴力の原理的な排除」をも可能にするはずのものとして、そうした条件の彼方に位置づけようとするのである。

ベンヤミンは、『暴力批判論』が書かれたころに記されたと思われるノートのなかで、「客観的虚偽性 Objektive Verlogenheit」と題された一連のメモを残している。そのなかで、あの有名な嘘つきのパラドックスに言及する。エピメニデスはいう、「すべてのクレタ人は嘘つきであり、自分もクレタ人である」と。ベンヤミンはこの陳述を、「例外なく私のすべての判断は、真理とはまったく反対のことを述べる[261]」という陳述に書き換えて考察している。ベンヤミンによるなら、この判断は「論理学」の領域では解くことのできない「矛盾の連鎖」をつくりだすことになるが、「存在論的」には無意味でも不合理なものでもないのだという。なぜなら、「存在論的」にはそもそも陳述の主体と判断の主体とが一致する必要性はかならずしもないし、ましてその必然性はどこにもないからである。この陳述が矛盾に陥るとすれば、それは論理学においては、「判断の主体 Subjekt に、存在論的に卓越した地位があたえられる[262]」からにほかならない。ベンヤミンは、むしろ逆に「判断の論理的仮象は、その主観性 Subjektivität において構成される[263]」と主張する。すなわち、「判断の主体」に存在論的な地位をあたえ、私の陳述と私の判断を一致させようとすることこそが、まさに存在論的な錯覚を生みだしているというのである。近代の主観性は、パラドックスを回避しようとするところに、「錯覚というあのデカルト的精神＝霊 Geist の効果」として生みだされる。

近代の法秩序は、自己自身については留保することが許されている領域があるとしても、少なくとも世界のすべてのことについて真実をいうことを強制する。嘘をつくことが許されている、嘘をつく権利のある領域は、法の外部、司法権の彼方にある[264]。真実をいうという原理にしたがって権力を行使する法秩序の起源は、超越論的主観性の批判的な能力、世界を共有可能なものとして表象する能力にある。カントは『人倫の形而上学』のなかで、「人間がその諸表象と一致するように行動する力こそ生にほかならない[265]」と述べているが、カントにしたがうなら、みずから表象した諸表象との一致のもとに行動することが自由であり権利であって、そのような権利を保護することが正義を構成するのである。それにたいして、ベンヤミンが「客観的虚偽性」という概念によって主張しようとしているのは、カントが構想する「法＝権利 Recht」の理念、「主観性 Subjektivität」と「誠実さ Ehrlichkeit」からなる法＝権利の理念の、その転倒にある。「真理の要請ではなく、おそらくは誠実さの要請こそが、無力な、したがって不当な権威を代弁するものとして徹底的に疑われねばならないであろう[266]」。「客観的虚偽性」とは意味の回避であり、主体に世界を表象する力と形式とをあたえようとするカントの超越論的論理学への決定的な批判をなすものとして考えられているのである。

さらにベンヤミンは、「客観的虚偽性」とは「実践的な（論理的・ドグマ的というのではなく）カトリックの権威の原理、教会の規律や告解における裁決 Rechtsprechung の原理」である「決定＝裁定 Entscheidung」とは対立するものであると、それは「（イスラム教における kedman）最後の審判（すなわち決定＝裁定）の、カトリック的、悪い意味での引き延ばし Verschiebung」にたいする、「最後の審判のユダヤ的な、良い意味での猶予 Aufschub[267]」であると説明している。カトリック的な「最後の審判」には、「あらゆる猶予に停止を命じ、あらゆる報復 Vergeltung に介入を命じる期日[268]」という考え方がひそんでいる。近代法では「報復」は一世代を超えてはならないとされているが、かつて報復の暴力は何世代にもおよぶことが許されていたことからすれば、法の根底にはまさにカトリック的な「最後の審判」の「報復」へと向かう傾向が認められる。そのような考え方からすれば、「客観的虚偽性」は、それがどこまでも「決定＝裁定」の回避としてしか考えられないかぎり、たんなる「引き延ばし」にすぎない。それにたいして、「決定＝裁定」が延期されるということは「猶予」をあたえられることであり、それはけっして空虚なためらいなどではない、とベンヤミンは主張する。どこまでも到来することのない、「どんな悪行がなされようとたえずその時点から未来へと逃れていく最後の審判」には計り知れない意味があると、その意味は「報復の支配する法＝権利 Recht の世界」ではなく、「この報復に許し Vergebung が対立的に現われてくる」ところでのみ明らかになるものであるというのである。[269] カトリック的な「最後の審判」が「時間」にたいして「無差別的」に対峙するのにたいして、「猶予」は「時間」のなかで、罪を犯した者の不安の叫びをかき消し、悪行の痕跡を消しさりながら、歴史のなかをつらぬき通りすぎる。ベンヤミンによるなら、「猶予」とは「許しの嵐」となって荒れ狂う「神の怒り」にほかならない。

ユダヤ教的な「怒れる神」は、とりわけこの時期のベンヤミンの思考を支配しつづけている。それは、中心的な権威を構成しようとするいかなる正当化をも否認し、転倒しようとするものの観念にほかならない。そこでは、近代的な主観性は仮象であるとして廃棄され、「論理的」判断もまた主観的なものにすぎないとして留保される。法＝権利が意味の領域と罪の領域を一致させようとするのにたいして、「客観的虚偽性」においては、そのような統一はたえず逸脱され、撤回される。意味の伝達は回避され、いかなる法＝権利的な正当化も否認される。そして、まさにそのような意味の伝達の彼方、法＝権利の領域の彼方にこそ、ベンヤミンは言語の可能性を位置づけようとするのである。ベンヤミンにしたがうなら、言語の本質は意味の伝達にあるのではないし、共同主観的な行為の実現にあるのでもない。しかし、言語を可能にするものが主観性や意味の実現にあるのではないとすれば、それはいったいどこにあるというのだろうか。はたして言語とは、どのようなものであると考えればよいのだろうか。非暴力的な和解の領域が言語にあるとはどういうことなのだろうか。

1　伝達可能性の逆説性《パラドックス》と表現の潜在性

言語の伝達可能性の逆説性

ベンヤミンは初期の言語論『言語一般と人間の言語について』（一九一六年）で、言語の本質は意味の伝達にあるのではないとしても、しかし伝達にある、というテーゼからその議論を展開している。問題とされているのは、言語の伝達可能性にひそむ「逆説性《パラドックス》」である。つまり、その「逆説性」とは、言語において伝達されるべきものは、言語そのものではなくその言語とは区別される、にもかかわらずその言語の外には存在しない、ということにある。ベンヤミンは、この伝達されるべきものを「事物の精神的本質」、伝達するものをその「言語的本質」と呼びつつ、つぎのように述べている。

ある事物の精神的本質がまさにその言語のうちにあるという見解、この見解が仮説として理解されるなら、それはあらゆる言語理論の陥りかねない巨大な深淵となる。そしてこの深淵の上に、まさにこの深淵の上に漂うままにみずからを保持することが言語理論の課題なのだ。精神的本質と、その精神的本質がそのもとに伝達される言語的本質との区別は、言語理論の探求においてもっとも根源的な区別であり、この区別は疑いようのないものに見えるため、むしろしばしば主張される精神的本質と言語的本質の同一性は、ロゴスということばの二重の意味のもとに表現されてきたような、理解を超えた深い逆説性《パラドックス》Paradoxie を形成することになるのである。にもかかわらず、この逆説性は解決として言語理論の中心にその位置をしめ、しかし逆説性であることをやめることはなく、そしてこの逆説性がはじまりにあるときには、どこまでも解くことができないままでありつづける。(270)

はじめから伝達されるべきものが伝達するものによって汲み尽くされているなら、すべては語られ伝達されてしまっている。伝達はモノローグに陥り、そもそも伝達という観念は意味をなさなくなる。ベンヤミンはロゴスの同一性という「逆説性《パラドックス》」を、起源においてではなく、歴史哲学的に「解決」をあたえるものとして見いださなければならないと主張する。しかしこの問題は、『言語一般と人間の言語について』のなかでは、いまだ暗示的にしか議論されていない。ここでは、ロゴスの二重の意味にかかわる「逆説性」は、言語の本質が伝達であることからくる「逆説性」として、また同時にその伝達の可能性にかかわる「逆説性」として考察されている。この「逆説性」からベンヤミンは、言語の本質が伝達にあることからまず認められなければならない条件と、そもそも伝達が可能であるための条件を見いだそうとするのである。

ベンヤミンはまず、言語とは「伝達の〈媒質 Medium〉」であって、「たんなる記号 bloßes Zeichen」ではないと説明する。(271) もし言語が一定のコードのもとにメッセージを伝達するための「記号」にすぎないとすれば、すでにメッセージの送り手と受け手は参照されるべきコードを共有していなければならない。しかし、たとえたがいに共通のコードのもとに伝達しあっていると思い込んでいたとしても、コードがほんとうに共有されているかどうかは、「記号」が実際に伝達されることによって確認されるほかない。「記号」は、みずから一定のコードのもとに伝達されていることを確証するためには、まず伝達されねばならないのだから、つねにみずからコードを動揺させてしまうかもしれない可能性に、もはや「記号」ではありえなくなる可能性に訴えることなく、みずから「記号」であるという確証をうることはできない。モノローグであれば、あるいはコードは脅かされることなく伝達が可能であるかもしれない。しかしモノローグ的な伝達とは、もはや伝達とはいえない。言語の本質が伝達にあるかぎり、すでに参照すべきコードをもたない言語的要素を考慮せずに、一定の「記号」のコードといったものはそもそも考えることはできない。むしろ、言語とは実現された伝達にとってつねに潜在的なものなのであり、コードとは伝達が実現されたところに遡及的に想定されてしまうものなのである。ベンヤミンが言語を「伝達の〈媒質〉」と呼ぶとき、まず第一にその意味は言語のこの潜在性にあると考えられる。

いわゆることばによるものばかりでなく、音楽や絵画、彫刻など、さまざまなかたちの伝達、さまざまな言語が考えられる。伝達の「媒質」としての言語は、実現された伝達にとってあくまで潜在的なものである。その潜在性はつねに新たな伝達を実現し、伝達はたえず世界を新たな現実へと到達させる。つまり、世界は伝達において、みずからを新たな現実へと到達させることをつうじて、みずからを「表現 Ausdruck」するのである。「みずからの精神的本質を表現において伝達しないようなものを、われわれは何ひとつ考えることはできない」と、そしてこの「精神的本質」とは「自己 Sich」である、とベンヤミンは述べている。[272] 言語の本質は伝達にあると同時に、すべての事物はみずからを「表現」において伝達するという、すなわち「事物の言語 die Sprache der Dinge」というテーゼのもとに、ベンヤミンは言語論を展開する。「媒質 Medium」としての、「能動的かつ受動的なもの das Mediale」としての「事物の言語」のこの潜在性の特徴は、「直接性」と「無限性」にあるという。「直接性」とはみずからを反復する形式として、「外から限定されたり比較されたりするのではなく」、むしろ外を、世界を限定するものとして反復されることを、「無限性」とはその形式が「同一尺度でははかれない、無比なる[273]」ものとして繰り返し反復されうることを意味する。「伝達の媒質」としての言語ということによってベンヤミンが強調したいのは、言語とはいわゆる「記号」、主観的な伝達の道具ではないということ、それはたえず伝達においてみずからをその反復可能性のもとに、その不活性さのもとに表現し、それによってたえず伝達のコード、その類型化と組織化を動揺させるものであるということにある。したがって、むしろ言語こそが主観性を構成するものなのであり、われわれは、すでに表現あるいは言語の潜在的な全体性のなかにおかれているということができる。さまざまな伝達が、表現あるいは言語のその全体性をつくりだすのだとしても、世界全体は、人々がそれを知りはじめる以前から、何ものかを伝達するものとして、みずからを表現するものとしてあたえられていなければならない。言語の本質が伝達であることから認められなければならない条件は、その潜在性にある。それはまさに事物をみずからを「表現」するものとして、言語を事物の「表現」として見いだすことにほかならない。

言語の本質が伝達であることから認められなければならない条件がその潜在性にあるとすれば、そもそも伝達が可能であるための条件はどこに見いだせばよいのだろうか。伝達ということをまじめに考えるなら、言語は手段ではない。ベンヤミンは、伝達の手段はことば、伝達の対象はことがら、伝達の受け手は人間だとする言語観を、「市民的言語観」として批判する。そのさいベンヤミンは、伝達の手段としてのことばや、伝達の対象としてのことがらという考え方ばかりでなく、最終的に伝達の受け手が人間であるということをも否定するのである。「名において人間の精神的本質はみずからを神へと伝達する」(274)。言語を手段として自己を伝達する者を「話し手」と考えるとき、ベンヤミンがいうように、「言語の話し手」(275)というものは存在しなくなる。なぜなら、そのとき伝達されるべきものは、はじめから可能的なものとしてすでに言語によって汲み尽くされていなければならないからである。言語の話し手は、伝達されるべきメッセージの集積、あるいはメッセージの通過する装置でしかなくなってしまう。そもそも伝達のためのほんらいの契機をもたない者を、「話し手」ということはできない。コミュニケーションがたんなる情報の交換ではなく、モノローグ的なものでもないとすれば、他者との出会いは驚異でなければ、他者は自己にとって絶対的な外部を告知するものでなければならない。絶対的な他者にたいする伝達、絶対的に伝達不可能なものにたいする伝達、ベンヤミンのことばでいえば「神への伝達」こそが、伝達可能性の条件なのである。ここで「神への伝達」とは、他者との出会いの驚異を表現するものにほかならない。

伝達と表現

ベンヤミンの議論にしたがうなら、「事物の言語」が伝達においてどこまでも潜在的なものとしてとらえられるのにたいして、「人間の言語」は伝達の可能性そのものを意味しなければならない。ひとは伝達不可能なものへの伝達の可能性なしに、言語活動をおこなうことはできない。事物の潜在性と伝達不可能なものへの伝達、「事物の言語」と「人間の言語」、表現と伝達。しかしこれらは、いったいどのような関係にあると理解すればいいのだろうか。後年、教授資格論文を拒絶された翌年に、リガ生まれのロシア人革命家であり演出家でもあるアーシャ・ラツィスのあとを追ってモスクワを訪れたさい手記として記され、死後ショーレムによって出版されることになるいわゆる『モスクワ日記』のなかでも、ベンヤミンは「表現」と「伝達」を言語の本質の両極をなす特性であると主張している。あらゆる言語の本質には、「表現であると同時に伝達であるという両極性(276)」がひそんでいる。もしその伝達的な特性をむやみに展開するなら、それは「言語の破壊」へとつながるし、また、言語の表現としての特性を絶対的なものにまで高めようとするなら、神秘的な沈黙に陥る。モスクワ日記のなかでは、伝達は表現にたいしてもっぱら手段としての「記号」的な伝達へと単純化されているようにも見える。実際にデリダは、ベルリンの壁崩壊後、やはりモスクワを訪れたさいに記している『モスクワ往復』のなかで、ベンヤミンのモスクワ日記をとりあげ、初期の言語論にも言及しつつ、表現と伝達のこの両極性をたがいに対立し排除しあう関係として理解している。つまり、「記号の情報的ないし道具的な媒介なしにみずからたち現われてくる」表現あるいは表明の言語と、「コミュニケーションの技術的、道具的、記号的、慣習的、媒介的な言語[277]」、すなわち「堕落」した言語との対立として。たしかに『言語一般と人間の言語について』でもある種の伝達、「たんなる記号」的な伝達は「市民的」とされ、批判の対象となっている。しかし、少なくともこの初期の言語論においては、表現と伝達はかならずしもたがいに対立しあい、排除しあうものだとは考えられていないように思われる。むしろ、伝達は記号として、あたかもあらかじめコードが存在するかのように実現されるものだとしても、そのような伝達にたいして、絶対的に伝達不可能なものへの伝達、絶対的な他者への、「神への伝達」が伝達の可能性の条件をなすものと見なされるとき、同時に伝達はあくまで事物の潜在性を前提とするものだと考えられているのである。可能な伝達の条件と伝達の可能性の条件とは区別されなければならない。対立するのは、可能な伝達すなわち記号あるいはコードにもとづく伝達と、伝達を可能にするもの、絶対的な他者への伝達であって、表現と伝達はかならずしも対立するものではない。伝達可能性は、事物の潜在性を、つまり「事物の言語」を前提としているとすれば、また「事物の言語」が伝達可能なのは、あくまで「人間の言語」による伝達不可能なものへの伝達可能性にもとづいている。事物の潜在性は伝達の可能性を前提とし、伝達の可能性は事物の潜在性を要請する。表現と伝達はどこまでも根源を同じくするものとして理解されなければならない。

伝達の可能性は表現の潜在的な全体性を要請する。もし事物の世界があらかじめ潜在的なものとしてあたえられていなければ、伝達されるべきものはすでに伝達されていて、伝達はモノローグに陥ってしまう。他方、伝達不可能なものへの伝達の可能性なしには、すべての事物は共同主観的な対象として表象されるばかりで、みずからを表現することはない。自然が「事物の言語」においてみずからを伝達されるべきものとして表現するのは、「人間の言語」における伝達の可能性にもとづいている。「あらゆる自然は、自己を伝達するかぎりで言語のうちに自己を伝達し、したがって最終的には人間において自己を伝達する」[278]。さらにベンヤミンは、「人間の言語」は伝達の可能性そのものを意味すると同時に、「語 Wort において語られ」、したがって人間はみずからの「精神的本質」を「あらゆる他の事物を名づけることによって伝達する」、と述べている[279]。ベンヤミンによるなら、「名 Name」とは「叫び」であり「呼びかけ」にほかならない[280]。それは、「絶対的に伝達可能な精神的本質としての言語の内包的全体性」と「普遍的に伝達する（名づける）本質としての言語の外延的全体性」という性格を、すなわち、みずからの「精神的本質」の表現としての潜在性と同時に、外延的な指示という性格を担っているのである。「名を欠いた、非音響的な言語、物質からなる言語」においては、事物のあいだの伝達には、「物質的共同性 stoffliche Gemeinschaft」がはたらいている、とベンヤミンはいう[281]。彫刻や絵画の言語といった「事物の言語」においてベンヤミンがその物質性として把握しているものは、その不活性さである。事物がみずからを表現しながら、そのものでありえないところに事物の物質性があり、他方、伝達においてくりかえし事物をその不活性さへと送りかえしつつみずからを表現するものがその言語にほかならない。そのようにみずからを不活性さに訴えつつ表現するところに、ベンヤミンは「事物の言語」の「媒質」としての性格を認めるのである。それにたいして、「人間の言語」の特性は、名の外延性すなわち指示にある。「名」もまた、伝達において指示を反復するために「記号 Zeichen」の反復可能性、その不活性さに訴えざるをえないかぎりで「伝達の媒質」にほかならない。

ベンヤミンは、「たんなる記号」、コード化された記号を「市民的」と批判するいっぽうで、「名」と「記号」、さらに「文字 Schrift」との関係は「根源的、根本的」であると主張している。[282] 他方、世界は「伝達の媒質」をつうじて、「事物の言語」のもとではみずからを「分化せざる全体」として包括するような「共同性」においてて表現するのにたいして、「名」のもとではみずからを指示によって「分化される」であろう可能性において提示するというのである。

たとえば一九二〇年、おそらくはハイデガーの教授資格論文『ドゥンス・スコトゥスの範疇論と意味論』（一九一五年）について記されたものと考えられるメモ[283]のなかでは、「媒質」はまさに「指示 Hindeutungen」の可能性との関係で触れられている。ハイデガーは、スコトゥスが「存在の様態 Modus essendi」にたいして「表示の様態 Modus significandi」の意義について論じている点を強調し、「中世には、まさしく近代的精神の本質的な特徴をなすもの、環境への束縛からの主体の解放、自己の生の確立が欠落している[284]」のにたいして、スコトゥスの「意味論 Bedeutungslehre」では、そのような超越との関係からの解放が、近代的な「主観性 Subjektivität への接近[285]」が試みられているのだと主張する。ハイデガーが「表示の様態」を「主観的」なもの、すでに「意識」にあたえられているはずのものとして理解しようとするのにたいして、ベンヤミンは「意味するものの領域と意味されるものの領域のあいだの臨界的媒質 kritisches Medium」として、あくまで事物とその指示の可能性との関係においてとらえようとするのである。言語は、「意味されるものの存在の様態」を表示するという性格と、また同時に「意味するものの基盤 Fundament」としての形式、指示を反復するための形式を担うものとして理解されなければならない。指示すると同時に、指示を可能にする形式を担うという二重の性格に、ベンヤミンは「人間の言語」の、「名」の「媒質」としての特徴を認めるのである。

言語の本質が伝達であることからくる言語の条件と、そもそも伝達が可能であるための条件を、ベンヤミンは言語に認められる「逆説性《パラドックス》」から展開する。その「逆説性」とは、伝達されるべきものは言語の外には存在しない、にもかかわらず言語とは区別される、ということにある。まさにこの「逆説性」から、ベンヤミンは言語の「媒質」としての性格をみちびきだす。すなわち、伝達の「媒質」としての言語に、表現の潜在性という性格、さらに「名」すなわち指示を可能にするための形式としての「記号」あるいは「文字」という性格を認めるのである。みずからを表現するものとその表現との関係は、指示の可能性によって、「名」と内包、すなわち指示とその諸条件との関係としてとらえられることになる。したがって、「判決＝判断 Urteil」の抽象性、すなわち命題の論理性が生まれてくるのもまた、ベンヤミンにしたがうなら、まさに指示の可能性によるのである。とすれば、ベンヤミンが言語論を展開するのに、指示の機能、「判決＝判断」の抽象性ではなく、むしろあくまで指示の外延性にこだわるのは、すなわち文ではなく語を中心に言語論を構想するのはどうしてなのだろうか。指示することと、名ざすことに「人間の言語」の可能性を認め、同時に、「人間の言語」こそが伝達、さらに言語そのものを可能にしていると主張するとき、その意味をどのように理解すればよいのだろうか。これらの問いは、「固有名 Eigenname」と翻訳の可能性の問題と結びついている。しかし、初期の言語論ではこれらの問題については、『創世記』のなかの「神の創造」と「楽園からの追放」の物語への注釈というかたちで語られるばかりで、やはり暗示的にしか議論されていない。

2　固有名と翻訳可能性

諸言語の「親縁性」と「語」

『翻訳者の使命』は一九二一年、みずから翻訳したボードレールの『パリ風景』の序文として書かれている。そのなかで展開されているのは、まさに翻訳の可能性と「固有名」の問題にほかならない。『言語一般と人間の言語』のなかで、ベンヤミンは翻訳の概念を言語理論のもっとも深いところに基礎づけなければならないと主張している。『翻訳者の使命』のなかでも、翻訳の可能性は、言語の理論、諸言語の可能性の理論として議論されている。ここでも伝達のばあいと同様に、翻訳の本質をなすものはたんなる言表内容の伝達ではないことが、翻訳の受け手は読者ではないことが強調される。ベンヤミンにしたがうなら、原作の形式や意味を再現することが翻訳の課題ではないし、まして翻訳を可能にするのは翻訳者ではない。ベンヤミンは、原作と翻訳の言語との関係をたとえてつぎのように述べている。「原作ではその内実 Gehalt と言語が果実と外皮のようにある種の統一を形成しているとすれば、翻訳の言語はその内実を、ゆったりとした襞をたたえた王のマントのように包み込む」(286)。もし翻訳の言語が原作の内実を完全に再現できるものであるとすれば、はじめから諸言語は類似的な、交換可能な関係になければならない。しかし、現実には相違する諸言語しかないところに、どのようにして、すべての言語は他の言語によってあますところなく翻訳されうるという確証がえられるのだろうか。翻訳された言語がたしかに原作の内実を再現していると、どのようにして確認すればよいのだろうか。ベンヤミンはむしろ、翻訳不可能なもの、意味の再現を不可能にしているものこそが翻訳を要請し、翻訳を可能にしているのだと主張する。原作の内実と翻訳の言語との「不整合性 Gebrochenheit」にこそ翻訳の可能性があるというのである。したがって、翻訳の可能性があくまで言語の可能性として検討されるべきであるとすれば、「置き換え不可能」であること、翻訳の言語とその内実とのあいだの「不整合性」は、翻訳ばかりでなく言語の本質をなすものとして考察されなければならない。「伝達の範疇の外にあるもの」、「とらえがたいもの、秘密にみちたもの、〈詩的なもの〉」もまた、創作者や翻訳者の主観性ではなく、あくまで言語そのものの問題としてとらえられなければならない。

翻訳の本質は原作の形式や意味を再現することにあるわけではないことを、さらに、諸言語の本質はその類似的な関係にあるわけではないことを、ベンヤミンは主張する。とすれば、翻訳によって明らかになるのは諸言語の「類似性 Ähnlichkeit」ではなく「親縁性 Verwandtschaft」である、とベンヤミンが強調するとき、それは何を意味するのだろうか。

むしろ、諸言語間のあらゆる歴史を超えた親縁性の実質は、それぞれ全体をなしている個々の言語において、そのつどひとつの、しかも同一のものが志向されているという点にある。それにもかかわらずこの同一のものとは、個別的な諸言語には達せられるものではなく、諸言語がたがいに補完しあうもろもろの志向 Intention の総体によってのみ到達しうるものであり、それがすなわち、〈純粋言語 die reine Sprache〉なのである。言い換えれば、諸言語のあらゆる個々の要素、つまり語、文、文脈が互いに排除しあうのにたいして、諸言語はその志向そのものにおいて補完しあう。[287]

諸言語において、「志向されるもの das Gemeinte」と「志向する仕方（様相）die Art des Meinens」とを区別しなければならない。ベンヤミンは、パンを意味するドイツ語の〈Brot〉とフランス語の〈pain〉において、「志向されるもの」は同一だが、それを「志向する仕方（様相）」は同じではないと述べている。「志向されるもの」は、諸言語にたいして同一のものとして、「相対的な自律性において」見いだされるはずのものであり、したがってそれぞれの言語においては、けっして相対的なものでも自律したものでもありえない。その意味で、「志向されるもの」はソシュールのいうような「意味されるもの《シニフィエ》」ではない。ソシュールは「記号《シーニュ》」を、意味の生成と主体の構成において潜在的な働きをする言語の単位として見いだそうとする。[288]それぞれの言語のなかで、連辞的な対立と連合的な対立のもとに見いだされる「記号《シーニュ》」は、諸言語のあいだではたがいに相対的な関係にあり、その価値はとりわけ「意味されるもの《シニフィエ》」が諸言語において自律的であるところに認められる。したがって、「意味されるもの《シニフィエ》」は「志向されるもの」とは異なり、そもそも諸言語にたいして同一であることはない。また、「志向されるもの」は「指向対象《レフェラン》」でもない。「指向対象《レフェラン》」は、共同主観的な対象として「記号《シーニュ》」が世界のなかにみずからその意味を実現するところに見いだされるのにたいして、「志向されるもの」はどこまでも諸言語のなかに隠されている。「……つまり、この志向されるものが、あのさまざまな志向する仕方すべての調和のなかから、純粋言語として現われることができるようになるまでは。そのときまでは、志向されるものは諸言語のなかに隠されたままなのだ」。[289]「志向する仕方（様相）」は、諸言語によって異なり、たがいに「交換不可能なもの」、「排除しあうもの」であるとしても、それらは「志向されるもの」にたいしてたがいに「補完」しあい調和しあう、とベンヤミンは主張する。「志向されるもの」のこのあり方によって、ベンヤミンは諸言語が親縁的な関係にあることを説明しようとする。[290]

しかし、諸言語の類似性を否定してしまうなら、意味の再現がまったく不可能であるなら、そもそも翻訳というものは成立しうるだろうか。むしろ、諸言語の精神構造の共通性を強調することが可能であり、また必要であって、それこそが翻訳を成立させていると考えるべきではないのか。実際に、フンボルトから十九世紀の言語哲学、さらにチョムスキーにいたるまで、諸言語に共通に認められる精神構造が強調されてきたし、それが現代の市民社会を形成する原理ともなってきた。とりわけ十九世紀末から二十世紀初頭、ディルタイなどによって展開される精神科学や、フレーゲやラッセルを中心に発展していく論理学には、そのような傾向が顕著に認められる。ベンヤミンは『暴力批判論』や『ゲーテの親和力』のなかで、市民社会を形成するそのような精神性を〈神話的なもの〉という概念のもとにもっぱらその倒錯的な側面を照らしだすことによって問題にしてきたとすれば、またこのころ記されたと思われるノートのなかで、近現代の論理学が言語をそのような精神構造のなかに位置づけるものであることを明らかにしようと試みている。

ショーレムとのあいだでさかんに議論がかわされているとはいえ[291]、ベンヤミンが当時の論理学にどれだけ精通していたかは明らかではない。しかし、ベンヤミンのノートからは、とりわけフレーゲやラッセルなどによって展開される、「完全な言語」とは分析的でなければならないとする当時の論理学の主張への反発と、カント以来、近現代の論理学が担う特殊な性格についての批判的な認識が読みとられる[292]。ベンヤミンはノートのなかで、まず「意味 Bedeutung 判断」を「表示 Bezeichnung 判断」から区別することによって、意味判断が分析的ではないことを、さらに論理学が対象にするのは分析的判断ではなく総合的判断であることをしめそうとしている。論理学の推論は分析的ではなく総合的だとするこの主張は、論理実証主義者たちが一九二〇年代以降となえた「規約による真理」とは対立するものである。論理実証主義者たちは、ヴィトゲンシュタインの『論理哲学論考』から、われわれの言語活動をあらかじめとり決められた共通の言語規則への関与としてとらえ、そこに見いだされる必然性をそうした規約からの分析的な帰結だと理解しようとしている。ベンヤミンは、言語とは規約ではないことを、したがって論理学に認められるべき論理性もまた「規約による真理」にあるわけではないことを強調するのである。

ベンヤミンはラッセルのパラドックスを問題にする。主語にその意味を述語づけできる語を「述語づけ可能的 prädikabel」と表示するものとし、述語づけできない語を「述語づけ不能的 imprädikabel」と表示するとき、「述語づけ不能的」という語は述語づけ可能的なのかあるいは述語づけ不能的なのか、という問いはパラドックスに陥る。しかしこのパラドックスは、ベンヤミンにしたがうなら、表示判断と意味判断とを混同していることから生じるのである。意味判断は、表示判断から徹底的に区別されなければならない。「述語づけ不能的」という記号はある特定の判断の述語を表示し、「近よりがたい unnahbar」という語は何ものかを意味する。「表示 Bezeichnung」によってあたえられる「記号 Zeichen」は、その語の外延に帰属するための条件、すなわち語の内包があらかじめ決定されているのだから、いかなる述語もつけくわえることはできない。それにたいして、意味判断が対象とする自然言語は、記号とちがって、さまざまな記述によって述語づけされうる。ベンヤミンのことばでいえば、「意味には表象 Repräsentation がひそんでいるのに、表示にはそれがない[293]」。表示は規約によって規定されたものであり、その語の外延に帰属するための必要で十分な条件があたえられているのにたいして、意味にはそのような条件は認められない。事物はさまざまな述語によって説明することができるかもしれないが、ある語の外延に帰属するための必要で十分な条件をあたえることはできない。その意味で「表示というカテゴリーは、ひとつの述語を根拠づける他のあらゆる判断とは、つまり実体や因果性の判断とは異なっている[294]」。このように意味を表示から区別することによって、ベンヤミンは二つのことを主張する。まず、論理学が問題にするのは意味判断であり、それは推論の正しさを問うのではなくその意味を問うのだということ。しかし同時に、意味判断において語の外延に帰属するための必要で十分な条件をあたえることはできないということ。ラッセルは、語が有意味であるのはそれがなんらかの存在者に対応するかぎりであるという「意味論的」原則から、表示 denote と意味 meaning とを区別しようとする。そのとき、ラッセルはいかなる存在者にたいしても、その指示を実現するための十分な記述があたえられうることを前提としている。しかし、しばしば指摘されるように、すべての語を記述に置き換えることはそもそも不可能である。というのも、記述には確定されていない語が、なんらかの存在者を指示するはずの語がかならずふくまれているからである。ベンヤミンは表示から意味を区別することによって、意味判断が対象とする自然言語においては語の必要で十分な内包をあたえることができないことを、つまり語は記述によって確定されえないことを主張する。むしろそこにこそ、すなわち、語は何ものかを指示するにもかかわらず記述によって確定することは不可能であるという点にこそ、まさに意味判断に内在するパラドックスがあるのだといえる。

　論理学が推論の正しさではなくその意味を問うのだということについて、ベンヤミンはさらにつぎのように説明する。「判断の本質的な論理性は、〈……は真である〉という表現にではなく、〈ＳはＰであるということは、ＳはＰであることを意味する〉という意味判断への書き換えにおいて現われてくる[295]」。この書き換えによってベンヤミンが明らかにしようとしているのは、推論が近現代の論理学において担うその特殊な性格である。おそらくはフレーゲにしたがいつつなされているこの「意味判断への書き換え」は、推論の論理性が命題の「言明 Aussage (statement)」そのものにあることをしめしている。アリストテレス以来、論理学の命題における主語・述語の結びつきは、実体とその属性との関係を表わすものとして、帰属的な関係にあるものと考えられてきた。ベンヤミンは、推論は近現代の論理学では、もはや実体とその属性との関係を表わすものとしてではなく、「言明」として、すなわち人間の精神の表出として理解されている、と主張しているのである。論理実証主義者たちが「完全な言語」として追求しているのも、まさにそのような意味で人間の精神性にたいして、すなわち世界を知覚し、その価値を評価し、働きかける人間の行為にたいして、どこまでも透明な言語にほかならない。彼らは語ではなく、文を言語の単位と見なし、語はあくまで文の理解のために寄与するものであると考えようとしている。言語を言語行為へと、行為にとって透明な言語へと還元しようとするとき、命題は行為の対象を指示すると同時に、語の内包は指示を命題の論理性のもとに実現するための条件として理解される。彼らにとって語は、命題の指示、あるいは命題関数の真理値を確定させるための機能をそなえた変数にすぎない。それにたいしてベンヤミンは、あくまで語を中心に言語論を展開しようとすることによって、語は命題の変数ではないことを、指示はかならずしも論理性のもとになされるのではないことを主張するのである。語は普遍者を指示する変数ではなく、つねに不確定なもの、特定しえないものとの関係を担い、担わされている。論理実証主義者たちが主張するような論理学にたいするベンヤミンの批判は、たとえ判断が人間の行為にかかわるものだとしても、それはけっして分析的なものではなく、言語は人間の行為にたいして透明にはなりえない、ということにある。

言語を「言明」において、文という単位において、その主語・述語という単位の生成においてとらえようとすることは、判断の抽象性を言語論の中心におこうとするものにほかならない。主語と主語に従属する述語との関係は、もはや帰属的なものではなく、判断の回帰的な連鎖とその重層性を形成するものとして、あるいは言語使用の潜在的な知識としてとらえられることになる。語ではなく文を言語の単位としようとする傾向はけっして新しいものではない。啓蒙主義からロマン主義をへて二十世紀にいたるまで、これまでずっと人間の行為にたいして、その論理性にたいして透明であるような言語が追求されてきたといえる。そこでは、語は機能的なもの、文の理解へ寄与するものと見なされ、判断の抽象性、その精神性が強調される。「記号《シーニュ》」を言語論の単位としてとりだそうとするソシュールの記号論は、むしろそうした傾向に対抗しようと構想されたものであったと考えることができる。

ベンヤミンもまた、「神話的」という概念のもとに諸言語の精神的構造の共通性をとなえることが可能であることを、またその必然性を認めている。しかし、そこにはある倒錯的な欲求が隠されているというだけでなく、それによって諸言語がまさに類似的な交換可能な関係にあるということになるとすれば、諸言語の可能性が否認されるばかりでなく、言語そのものが不可解なものになってしまうと主張しているのである。諸言語のあいだで、たがいに交換不可能な文が存在することが許されないとすれば、推論はそれぞれの言語においてすべて分析的でなければならない。しかし、ベンヤミンが主張するように、そもそも自然言語にもとづく推論がすべて分析的であるということはありえない。したがって、諸言語は類似的ではありえないし、そのかぎりで、交換不可能な諸言語の可能性は言語そのものの可能性を表わしているのである。ベンヤミンにしたがうなら、むしろ諸言語の類似性が、あるいはすべての言語と交換可能な普遍的な言語が、あたかも存在するかのように想定してしまうことこそ精神の働きによるものにほかならない。ベンヤミンは、文ではなく語を強調することによって、そのような精神の働きを、さらにまたそのような精神性を中心に展開される言語論を批判する。フンボルトの言語論には「ヘーゲル的な意味における客観 - 精神的なもの das Objektiv-Geistige」しか認められないと、諸言語の不完全性をとなえるマラルメこそが言語の「魔術的な側面」をもっとも深く探求したのだと強調するのもそのためである。(296)

固有名の指示と一般名の指示

諸言語の類似性を強調することは、翻訳の可能性を制限するものであり、諸言語の可能性を、さらに言語そのものの可能性を否認するものにほかならない。しかし、翻訳の可能性が諸言語の類似性にあるのではないとすれば、また翻訳を成立させているものが翻訳者や読者ではないとすれば、いったい何が翻訳を可能にし、翻訳を成立させているのだろうか。ベンヤミンは、翻訳とは「復原」ではなく「後熟 Nachreife」であると述べている。つまり、まさに「原作」のうちには、「死後の生 Über-leben」において新たな生を享けるべく、翻訳への要請が隠されている、というのである。「原作」のなかにこそ、翻訳を可能にする翻訳の法則、翻訳そのものを要求する法則、さらに翻訳者にたいして、読者にたいして何ものかを要求する法則がある。「なぜなら、原作のなかにこそ、その翻訳可能性として、翻訳の法則が内包されているからである[297]」。法則として「原作」に内在するという翻訳へのこの要求は、「ある忘れがたい生ないし瞬間」に秘められた、まさにその「忘れがたい」ということばにこめられた強い要請にたとえられる。それは人間には応えられない要請であり、しかし、おそらくは何ものかによって応えられているはずの要請であると、すなわちその要請とは「神の記憶への指示[298]」であると、ベンヤミンは説明する。つまりそこには、「神の記憶」としての歴史、あらゆる生を包括するであろうはずの歴史が要請されているというのである。「あらゆる自然の生を、歴史の包括的な生から理解する」必要がある。

歴史をなすあらゆる存在、たんに歴史の舞台であるにとどまらないあらゆる存在に生を認めるときはじめて、生の概念はそれにふさわしい権利を獲得することになる。なぜなら、自然によってではなく、ましてや感覚や魂といった曖昧な現象によってではなく、最終的に歴史によってこそ、生の圏域は規定されるからである。(299)

「死後の生」という概念によって、いわゆる「魂 Seele」による「生の支配の拡大」、「魂」のもとに生きながらえることを意味しようというのではない。そもそも、生の神話的支配を拡大し、生を境界のないものにする要因は、意味を「復原」しようとするその行為にこそある。しかし、どんなに優れた翻訳でも、やはりかならずその新たな言語の内部で滅んでいかざるをえないという意味で、意味の「復原」はまさに「死滅した言語のむなしい等質化」にすぎない。「死後の生」とは、生きながらえることではなく、むしろ生がその特異性、唯一性において指示されるであろう可能性を意味するものと考えられる。「神の記憶への指示」とは、その特異性、唯一性において指示されること、すなわち「神」によって名ざされること、名による応答への可能性を意味しているのである。

デリダが『バベルの塔』のなかで述べているように、ベンヤミンの言語論の根底には固有名の理論がある。(300) しかし、はじめから生が「典型」として、その固有性において特定されることを、むしろベンヤミンは「神話的」という概念によって批判している。とすれば、固有名とはいったいどのように理解すればよいのだろうか。いずれにせよ、名ざすことが、他の名でもありうるという可能性のもとになされる行為であるかぎり、名はどこまでも「典型」的であり「神話的」である。そこにはあくまで、類型化と組織化のぬぐいさることのできない暴力性がまといついている。デリダが『バベルの塔』のなかで問題にしているのも、そうした名にひそむ根源的な暴力性にほかならない。デリダは、名の暴力の根源性を強調するために、まさに神の名のなかにダブル・バインドがあると主張する。神もまた、みずからに名をあたえることによって翻訳に訴えたのであり、したがってそこに秘められた「法則＝掟loi」には、それが読まれ、解読され、翻訳されることを要求せずには命令しないというダブル・バインドがある。主観はその固有性において現前することはないし、たとえ諸言語の起源を保証する超越論的な契約というものが考えられるとしても、それはあらゆる社会契約を可能にすると同時に、不可能なものにするようなたぐいの契約でなければならない。デリダにしたがうなら、名はかならず「反復可能性」という「符号marque」としての性格と同時に、神話的な性格、暴力的性格を担っている。名づけることによって、その反復可能な「符号」としての性格をつうじて、世界は繰り返し特定されうるもの、類型化されたもの、組織化されたものとして所有されるのである。ベンヤミンもまた、はじめから生が「典型」としてその固有性において特定されてしまうことを「神話的」という概念によって批判する。にもかかわらず、すべての生があるいは出来事が、その唯一性において、特異性において名ざされる可能性に言及するのはどうしてなのだろうか。

実現され伝達されているはずの指示と、実現されるべき伝達されるべき指示とを、区別する必要があるように思われる。『言語一般と人間の言語』では、これらは「名Name」すなわち一般名と「固有名Eigenname」とのあいだのアポリアとして論じられている。名すなわち一般名の指示は共同主観的に実現され、指示の諸条件をもふくめて伝達の連鎖のなかですでにあたえられているものとして理解される。名は、実現され伝達されているはずの指示なのであり、その内包はけっして十分ではありえないとしても、つねに指示の条件として見いだされる。それにたいして固有名は、実現されるべき伝達されるべき指示にほかならない。固有名の指示は、生がその唯一性において指示される可能性を先取りしているとしても、その内包は、すでにあたえられているものとしてではなく、実現されるべき指示の条件として理解されなければならない。『言語一般と人間の言語』のなかで、ベンヤミンは創世記に注釈をくわえながら、「人間の語 Wort は事物の名である[301]」と言いつつ、つぎのように述べている。「事物は神のなか以外にはいかなる固有名ももたない。というのも、神は創造する語において、事物をもとよりその固有名によって呼びだしたのだから。ところが人間たちの言語では、事物は過剰に命名されている[302]」。さらにまた、つぎのようにいう。「あらゆる存在のうちで人間は、そもそも神が名づけることのなかった唯一の存在であり、同胞をみずから名づける唯一の存在なのである[303]」。事物の名の、すなわち一般に語の内包は、たとえ見いだされたものであろうとも、それが指示する対象に帰属するものとして理解される。すなわち、経験的に見いだされたのだとしても必然的なものとして、あらかじめそのように認識されるべく存在するものとして理解される。たとえば水の分子が H_2O であることは、たとえあとから発見されたものであろうとも、あらかじめその事物にあたえられているものとして説明される。それは、事物の名が伝達の連鎖のなかで、すでに共有された指示、起源において実現されているはずの指示としてつねに見いだされるからである。それにたいして、人間の生にかかわる出来事は、述語として主語に内在するかのように記述されるにもかかわらず、主語の側にはない。出来事は、あらかじめ認識されるべきものとして存在するのではなく、ありうるかもしれないさまざまな可能性とともにもたらされる。[304]「最初の人間」、「楽園」、「骨からつくられた女性」、「罪を犯す」といった述語は、あらかじめアダムに内在するのではなく、前個体的な出来事としてアダムという個体のまわりに到来するのである。しかし、前個体的な出来事が出現するところにのみ個体は見いだされるのだとしても、出来事はまた、さまざまな可能性のなかでもたらされるために、固有名を必要としている。アダムが罪を犯すという出来事は、罪を犯さないこともありえたという可能性とともにあたえられる。たしかに、出来事はあらかじめ主語に内在するものではないとしても、個体にどこまでも出来事が先行し、個体はそもそも出来事によって構成されるほかないとすれば、罪を犯さなかったかもしれないことは、もはやアダムの可能性ではありえない。実際にアダムが罪を犯すだけでなく、罪を犯さなかったかもしれないことがアダムの可能性であるべく、アダムという固有名があたえられるのでなければ、罪を犯すという出来事は、ふたたびアダムという個体に必然的に内在するものと見なされてしまう。[305]

生ばかりでなく、生のもとに到来する出来事の指示もまた、それが生起することにおいてその記述がさまざまな可能性のなかであたえられるかぎり、生と同じように考えることができる。出来事もまた、さまざまな可能性のなかで記述されるためには、その特異性において、唯一性において指示されるであろう可能性を、すなわち固有名を必要とする。他方、事物がその固有名において呼びだされることがあるとすれば、それは「神の創造する語」においてのみであると、事物が諸可能世界を包摂するものとして呼びだされるのは神の前においてのみであると、ベンヤミンは説明する。人間は名ざすことによって、事物や個体を純粋にその唯一性において特定する可能性を「人間が神の創造的な語と結ぶ共同性Gemeinschaft[306]」において共有しあいながら、しかし同時にそこに実現された名は、かならず他の名でもありうるという命名の過剰さを、その暴力性を逃れることができない。みずからの同胞、さらに出来事を名ざすこともまた、そこに到来する出来事を主語に内在するものと見なすことであり、生を、また出来事を「類型」的なものにし、運命的なものにする。しかしまた生は、諸対象を共同主観的に、みずから働きかける行為の対象として組織化し類型化することでしか、あるいはそのような反復される記述のなかでしか、そもそも対象を認識することができない。したがって、生は、また出来事はその唯一性において、さまざまな同一化の暴力をまぬがれたところに指示されるべきであるとしても、その可能性はさまざまな命名、同一化のなかにしかもとより見いだすことができない。とすれば、生あるいは出来事の指示は名ざされることのなか、さまざまな同一化のなかにどのようにしてあたえられると考えればよいのだろうか。

「補完」という概念は、名の指示と固有名による指示との、「類型」的な指示と唯一的な指示とのあいだのこのアポリアを説明するものとして理解することができる。名の指示は共同主観的に、あるいは伝達の連鎖のなかで固定されているとはいえ、その指示の諸条件は十分なものではなく、かならずたがいに矛盾したものをふくんでいる。とりわけ諸言語のあいだでは、たとえば〈Brot〉と〈pain〉では、同一のものが指示されているはずのものだとしても、すなわちそれぞれの語の外延が一致するはずのものだとしても、その内包はかならずしも一致しはしない。その意味で、指示の条件、すなわちベンヤミンのことばでいえば「志向する仕方」はそれぞれの言語によって異なり、指示されるもの、「志向されるもの」は、過剰な命名にさいなまれている。したがって、指示の諸条件、もろもろの「志向する仕方」相互の関係からすれば、諸言語は排他的な関係にあるように見える。それにたいして、ベンヤミンは、指示されるもの、「志向されるもの」との関係からすれば、どのような指示の条件、「志向する仕方」も、そもそも十分なものではありえないばかりでなく、むしろ指示を実現するためにはたがいを必要としていると主張する。さまざまな指示の条件をたがいに「補完」しあうものにするのは、固有名である。「神の記憶への指示」、あらゆる生あるいは出来事が、その唯一性において指示されなければならないという要請こそが、指示の諸条件をたがいに補いあい符合しあうものにするのである。というのも、歴史をなすあらゆる存在に生を認めること、歴史におけるあらゆる生を肯定することこそ、対象にたいするそのもろもろの志向性を、たがいに矛盾するとしても肯定しあえるものにするからである。ベンヤミンは、〈Brot〉、〈pain〉によって「志向されるもの」が、ある特異な出来事、あるいは出来事の記述である可能性を想定している。そのさい「志向されるもの」は、さまざまな志向性の排除しあうところに獲得されるべきものとして現われてくるのではなく、非同一的なものとして、同一化を否認するというよりもあらゆる同一化を受け入れるものとして、たがいに志向性の補いあうところに見いだされなければならない。したがって、生あるいは出来事もまた反復可能な「符号」のもとにさまざまなかたちで名づけられるほかないとしても、その唯一的な指示は、さまざまな同一化がたがいに排除しあうところにではなく、たがいに「補完」しあうところにしか見いだすことはできない。同一化は、起源における指示を反復するはずのものだと考えられるかぎり、たがいに排他的な役割を担わされ、そのために起源における指示そのものを危ういものにせざるをえないのにたいして、そもそも指示は伝達の可能性においてしか実現されえないものだとすれば、それらは両立不可能なものとしてたがいに排除しあうのではなく、たがいに補いあうものとして見いだされなければならない。さまざまな同一化がたがいに割り符のように符合しあい結びあうところに、指示の諸条件がたがいに符合しあうかぎりで肯定しあえるところにこそ、唯一的な指示の可能性は隠されているのである。

固有名に訴えることは、けっして生を、出来事を実体化するものではない。むしろ、生あるいは出来事は実体化されることなく、すなわちその記述がみずからに帰属する属性ではなく、さまざまな可能性のなかであたえられるためには、固有名を必要とする。はじめから生は、また出来事はその特異性、唯一性において指示されているわけではないとしても、その特異性、唯一性において指示される可能性なしには、言語もまた歴史も考えることができない。生あるいは出来事のその唯一的な指示は、歴史的に「解決」として見いだされるべきものなのである。固有名の指示に内在するアポリアは、指示を不可能にするのではなく、指示を可能にする、指示を実現するためのアポリアとして、言語にひそむ「同一性」をめぐる「逆説性《パラドックス》」は、起源においてではなく、歴史的にひとつの「解決」をあたえるものとして考察されなければならない。

3　歴史記述の方法としての理念論

理念と名（固有名）

『ドイツ悲劇の根源』の「認識批判的序章」の冒頭で、ベンヤミンは「十九世紀的な体系概念」が「歴史 Geschichte」と「叙述 Darstellung」の問題を無視しているという点を批判している。とりわけベンヤミンが念頭においているのは、哲学は「完結性」をそなえていなければならないとする、哲学はまた真正なる認識の証しとして「叙述」の問題を払拭し、数学的な形式を獲得しなければならないとする、十九世紀以来の考え方にほかならない。(307) 認識とは「所有」であり、その対象は「意識のなかでの連関」のなかに獲得される。ベンヤミンは、「真理」はもろもろの認識や認識の連関によって獲得することはできないことを、また体系論理の演繹的連関、その「完結性」によっても獲得できないことを主張する。「真理」は、「認識の領域へのいかなるたぐいの投影」であろうと、「あたかも外から飛んでくるかのように、諸認識のあいだに張られた蜘蛛の巣のなかに」とらえることはできない。(308) また「真理」は、経験から帰納法的に、諸現象の共通性、その概念的「広がり Umfang」によってみちびきだすこともできない。ベンヤミンは、たとえば当時の文献学者であるコンラート・ブルダッハがとなえているような「唯名論」には、「一般概念の実体化」を否定しようとするあまり、個物の形態の多様性に拘泥し、「構成的 konstitutiv」な側面を無視する傾向があると指摘しているが、また、そもそも「帰納法的推論」は主観的な直感をまぬがれることができないと批判している。『ドイツ悲劇の根源』の「序章」は、「概念を構築あるいは再構築することに向けられているのではないというかぎりで、〈認識‐批評的 epistemo-critical〉なのだ」とサミュエル・ウェーバーは述べているが、そもそも「概念」は、「全共同体的一致 communality の、同種のもの das Gleichartige の収斂」にもとづいている。[309]十九世紀の哲学は、「概念」をつうじて「同種のもの」を一致させることによって体系化し、そうすることによって諸現象を共同主観的に共有しあえるものとして対象化しようとしてきたのである。ベンヤミンは、論理的な連続性や諸現象の共通性にこそ「真理」があるという主張を否定することによって、「真理」を歴史のカテゴリーのうちにとり戻そうとする。すなわち、「真理」を非時間的、非歴史的なものではなく、現実のさまざまな制約のなかにあたえられ、またそこに「構成的」に見いだされるものであると理解しようとするのである。

「真理」を歴史的なものとして見いだそうとするとき、ベンヤミンが訴えかけるのは固有名の理論である。ベンヤミンは、「真理」は「概念における統一」としてではなく、「存在における統一」としていっさいの問いの外にあり、認識の対象が意識の連関のなかに獲得されるのにたいして、「叙述された諸理念 Ideen の輪舞」のなかに現われると説明する。また、概念が「悟性の自発性」に由来するとすれば、「理念」とは「存在」として定義されるものであり、考察にたいして外からあたえられているものであって、分析的に獲得されるものではないと、またそれは「言語的なもの」であり、「現実のもっとも深い内部から、新たにみずからの名づける権利を要求する語となって分離してくる」[310]はずのものだと主張する。すなわち、「理念」とは、論理的な連続性や諸現象の共通性のうちにではなく、固有名との、出来事との連関のもとにあたえられるものだというのである。ベンヤミンにしたがうなら、哲学的研究の対象はもろもろの「理念」、すなわち出来事の連関であり、哲学的思考は「理念の叙述 Darstellung」、出来事の連関の記述でなければならない。「真理」は、諸「理念」のなかに、「みずから叙述され＝現われ出るもの ein Sich-Darstellendes[311]」でなければならない。

「序章」のなかでも、ベンヤミンは「名ざす」ことの、その指示の特性をアポリアとしてえがきだしている。そもそも「理念」は、分析的にも総合的にも獲得しえないという意味で、「あらかじめあたえられているもの ein Vorgegebenes」であり、その「所与性 Gegebenheit」を規定しているのが「名 Name の存在」――「序章」では「名」は、もっぱら固有名の意味でもちいられている[312]――だというのである。「名」と「理念」との関係について、ベンヤミンはつぎのように説明する。「しかし、諸理念が所与のものとしてあたえられているのは、原-言語 Ursprache においてではなく、原-聞きとり Urvernehmen においてであり、原-聞きとりにおいて、語 Wort は認識を担う意味 Bedeutung へと陥ることなく、その名ざすという高貴さを保持しているのである[313]」。諸「理念」が「原-言語」として、すなわち、すでに起源において実現され、共有されているはずの指示としてあたえられているとすれば、一般に「語」の内包はたとえそれが見いだされたものであったとしても、それを指示する対象に帰属するものと見なされ、その結果、「理念」は共同主観的な指示のもとに獲得されるものと、「運命的」なものと理解されることになる。ベンヤミンが、諸「理念」は「原-聞きとり」においてあたえられるというとき、それは「名」すなわち固有名の指示が「経験をつうじてみずからの規定を見いだすであろうような志向」ではなく、ある絶対的な「要請」のもとにあたえられるはずのものであることをしめしているのである。ベンヤミンは、「語」を「叙述＝現われ出ること」をつうじてその「世俗的な意味」、「外へと向けられたあらゆる伝達」からその対極にある「自己了解 Selbstverständigung」へともたらすことが哲学の課題であると述べているが、「名ざす」ことは、世俗的な意味での「伝達」において共同主観的に「指向対象《レフェラン》」や「意味されるもの《シニフィエ》」を獲得することではなく、事物を「あらかじめあたえられたもの」すなわち到来した出来事として「叙述＝現われ出ること」をつうじて構成＝再構成することを意味している。「名ざす」ことは、「なによりもまず原‐聞きとりへと立ち戻ってくる想起 Erinnern」なのだという。「諸理念は無志向的に名づけることのうちにあたえられ、哲学的観想では、そのようにして諸理念が新たに再生されなければならない。この再生のなかで、語の根源的な聞きとりがふたたび打ち立てられるのである[314]」。ここで「志向 Intention」は概念とのかかわりでもっぱら主観的なあるいは共同主観的な意味でもちいられているが、「原‐聞きとり」、また「想起」とは、出来事として到来したものを名の指示のなかに諸理念として再構成することを意味するものと考えられる。

「理念」は、事物の概念ではなく、事物の法則でもない。また「理念」とそれによってとらえられる事物との関係は、類と種のあいだに認められるような包摂関係でもない。「理念が諸現象を同化によって包含しているのでもなく、機能のなかに、諸現象の法則のなかに、〈仮説〉のなかに解消するのでもないとすれば」、いったいどのようにして「理念」は現象をとらえるのだろうか[315]。ベンヤミンは、「現象の表象＝代理 Repräsentation において」とこたえている。また、「あるひとつの理念の叙述に奉仕する一群の概念によって、理念は諸概念の布置 Konfiguration として現前化する」と述べている。「理念」のそれぞれは「諸現象の客観的で潜在的な配置 Anordnung」、「永遠の星座 Konstellation」であり、「諸現象の客観的な解釈」だというのである。「理念」は諸現象の認識をもたらすものではない。また諸現象が「理念」の存立にたいしてその判断基準となることもない。しかし、また「理念にとって現象の意味は、現象の概念的な構成要素《エレメント》のなかにつくされ[316]」てもいる。出来事がその唯一性において、さまざまな同一化の暴力をまぬがれたところに指示されるべきであるとしても、その可能性はさまざまな同一化のなかにしか見いだすことができなかったように、出来事の連関としての「理念」もまた、「概念」としてとらえることはできないにしても、やはり諸「概念」をつうじて「叙述」されるほかない。「星座」という形象は、ちょうど諸言語の「補完」という観念が、一般名の指示と固有名による指示との、類型的な指示と唯一的な指示とのあいだのアポリアを説明したように、「概念」と「理念」とのあいだのアポリアを説明する。「概念」がもっぱら認識の連関をつくりだし、演繹的な体系論理に従属しているかぎりでは、諸現象を「理念」として「叙述」することはできない。「概念」はその「弁別 Unterscheidung」機能によって、諸事物、諸事象を、それを構成するもろもろの「構成要素《エレメント》」へと分割するのだが、諸「概念」のもとに分類される事物的な「構成要素《エレメント》」は、諸現象のなかに見いだされる諸規則や諸法則、そこに認識される連続性によってではなく、「極端な＝極限的なもの das Extreme」として、つまりそのまわりに収束する「概念」によって叙述される特異点として、ひとつの出来事として構成されることを、ベンヤミンは要請するのである。そのような「媒介的な役割」をつうじて、現象は「諸理念の存在」に参与することができる。そして「理念」は、「〈一回的で極端な＝極限的なもの das Einmalig-Extreme〉どうしの関係をしめす形姿[317]」として「叙述」されるのである。「言語がもっとも普遍的に指示するもの die allgemeinsten Verweisungen der Sprache」は「概念」ではなく、「理念」である(318)。さまざまな出来事によって記述される固有名もまたひとつの出来事の指示であるように、「理念」もまたさまざまな「構成要素《エレメント》」としての出来事によって叙述されると同時に、ひとつの出来事の指示にほかならない。それはベンヤミンにいわせるなら、「神の記憶への指示」であるという意味で、もっとも「普遍的」な指示なのである。「普遍的なもの das Allgemeine」とは、一般的に理解しうるもの、平均的なものといったようなものなのではなく、それはひとつの出来事としての「理念」なのである。

したがって、ベンヤミンが『ドイツ悲劇の根源』のなかで「近代悲劇 Trauerspiel」を「ギリシア悲劇 Tragödie」との類似性において論じることを批判するのは、「近代悲劇」とはひとつの「理念」であり、すなわちひとつの出来事として理解されなければならないからである。「近代悲劇」という出来事のもとに見いだされる「差異 Differenzen」や「極端な＝極限的なもの」は、文学史的な論述では概念的に分類され、相対化されてしまうのにたいして、歴史記述という観点からは、「理念」へと参与する「構成要素《エレメント》」として「叙述」されなければならない。ある形式あるいはジャンルの「極端な＝極限的なもの」もまた出来事、「理念」なのであり、それは「分類概念」とはまったく異なったものなのである。ルネサンスやバロックといった「名」は、「概念としてはなしえないことを、同種のもの＝均質なもの das Gleichartige を一致へともたらすのではなく、極端な＝極限的なものを総合命題 Synthese へともたらす諸理念として達成する(319)」。「同種のもの」の一致にもとづく「概念」と、「極端な＝極限的なもの」の総合にもとづく「理念」とは区別されなければならない。したがってベンヤミンは、近代の体系概念よりも中世のスコラ哲学的論考の論述形式のひとつであった「トラクタート」のほうが、「歴史」と「叙述」の問題をけっして無視することがなかったという意味でむしろ哲学的だと述べている。「志向 Intention の中断なき進行を断念すること」、思考を全体の構想にしたがわせようとするのではなく、ことがらの核心へとたえず立ち戻りつつ開始すること、まさに「迂回としての叙述[320]」こそが、哲学的形式にふさわしいというのである。その形式は、断片の輝きの配置のなかにその形式を浮かびあがらせる「モザイク」にたとえられる。「理念」は、さまざまな事象の内実へと深く沈潜していく思考のもろもろの細片が、あるひとつの構想のもとに結びあわされるのではなく、「個別的なもの Einzelnes」、「異質なもの Disparates」としてたがいに肯定しあい補いあうところにひとつの出来事として見いだされるべきものなのである。諸事象へと沈潜する思考の細片がたがいに補いあい、ひとつの「理念」を指示するところにこそ、歴史はその姿を現わすというのである。

「自然 - 史」の概念

ベンヤミンによるなら、「理念」とは、対立をはらんだ「突飛な極端な＝極限的なもの」、「一見発展の過剰と思われるもの」の「並存 Nebeneinander」の可能性によって特徴づけられる「総体性 Totalität」であり、その「理念」の「配置」を浮かびあがらせる形式が、「根源 Ursprung」の学としての「哲学的歴史 die philosophische Geschichte」にほかならない。「根源の理念のうちにとらえられたもの」によって、歴史は「理念」とは無関係に「その外部からふりかかってくる事象 Geschehn」としてではなく、「その内部においてはじめて知りうる」、すなわち「理念」とのかかわりのなかではじめて知りうるひとつの「内実」として理解されうるものとなる。(321)「事実 Tatsache, Faktum」は、そのままのかたちで歴史的な契機として認識することはできない。「事実」は、そこからなんらかの統一性を構成したり共通性を見いだしたりするのではなく、ひとつの出来事を構成する「構成要素《エレメント》」として現われてくるとき、はじめて歴史的な契機として見いだされるのである。たとえば、「ヴァンゼーでの会議」、「チクロンB」、「捕らえられたアイヒマン」といった「事実」は、「アウシュヴィッツ」という出来事が指示される可能性のなかではじめて歴史として、さらにまたみずからも出来事として理解されるのであり、そうでなければこれらの「事実」はもはや何ものでもない。したがって歴史は、出来事の指示の可能性のもとにはじめて構成＝再構成されるという意味で、出来事の「前史と後史 Vor- und Nachgeschichte」としての性格を担うと同時に、したがってちょうど言語が実現された伝達にたいしてつねに潜在的なものであったように、「潜在的」なのである。ベンヤミンは歴史のこの潜在性を、「自然的な歴史 natürliche Geschichte, die natürliche Historie」、「自然‐史 Natur-Geschichte」と呼んでいる。

そのような本質的な存在 Wesen の前史と後史は、純粋な歴史ではなく、自然的な歴史 natürliche Geschichte なのであり、このことは本質的存在が理念世界の領域へと救出され、とり集められているることのしるし Zeichen なのである。もろもろの作品やもろもろの形式の生、つまりこのように保護されてのみ人間の生によりはっきりと曇らされることなく展開される作品や形式の生は、ひとつの自然的な生にほかならない。この救出された存在は理念のなかにあるべきものと確定されているのにたいして、非本来的な、すなわち自然史的な naturhistorisch 前史と後史の現存 Präsenz は、潜在的 virtuell なのである。[322]

歴史は、そもそも無限の事象的経過ではなく、「本質的存在」すなわち出来事に関係づけられるときはじめて歴史として、この出来事の「前史と後史」としてその姿を現わす。ベンヤミンが歴史の「根源」について言及するのは、歴史がつねに「理念」の指示の可能性のもとに、この「潜在的」な「前史と後史」の構成＝再構成として叙述されるからである。歴史はつねに「根源的なもののリズム」のなかに、一方では「復古 Restauration」、「復原 Wiederherstellung」として、他方では「復古、復原における未完成なもの Unvollendetes、未完結なもの Unabgeschlossenes」として「叙述」される。「どの根源現象 Ursprungsphänomen においても、ひとつの理念が繰り返し歴史的世界と対決するさいにとる形姿が決定される。ついにその形姿が、理念の歴史の総体のなかで完成され安らうにいたるまでは[323]」。

ベンヤミンは、「根源」というカテゴリーが、ヘルマン・コーエンが考えているような「純粋に論理的」なものではなく、歴史的なものであることを強調する。コーエンは、感覚の対象は思惟をつうじてはじめてその「実在性 Realität」を獲得しうることを、とりわけ「真なる」認識は数学的、自然科学的思惟によって、また近代科学の基礎は「根源のカテゴリー」によってあたえられることを主張する。[324]
したがって、コーエンによるなら、数学における「根源」的な思惟である微積分の方法が「無限小なるもの das Infinitesimale」に「内包量 Intensität」としてその実在性を保証するかぎりで、対象はその実在性を確保しうるのである。ベンヤミンは、それにたいして、「真理」は数学的な思惟によって獲得することはできないことを、「根源」のカテゴリーは「純粋に論理的」なものではなく「歴史的」なものであり、したがって「内包量＝強度 Intensität」もまた「単一性 Einheit」として覚知され、「多数性 Vielheit」を否定するものではなく、「一回性 Einmaligkeit」と「反復 Wiederholung」とを前提とする「根源に内在する弁証法」のうちにあるものとして理解する。「根源は、どこまでも歴史的なカテゴリーであるとはいえ、発生 Entstehung とはなんの共通するものをもたない。根源においては、生じてきたものの生成 Werden des Entsprungenen ではなく、むしろ生成と消滅から生じてくるもの dem Werden und Vergehen Entspringendes が、志向されるのである[325]」。歴史は、なにか生じてきたものが変化したり、変容したりするというかたちで現われてくるものではなく、出来事の唯一的な指示の可能性のもとにしか現われてこないものであり、その可能性のもとで「潜在的」な「前史と後史」から遡及的に歴史として叙述されるという意味で、「発見 Entdeckung の対象、唯一のやり方で再認 Wiedererkennen と結びつくひとつの発見の対象[326]」なのである。したがって、「事実」の構造は、「事実」がひとつの「根源」として現われてくるように探求されなければならない。「極端な＝極限的なもの」、「諸現象のもっともまれな、もっともゆがんだもの」、「もっとも無力で、もっともぎこちない試み」のなかに、その構造は見いだされなければならない。

ジル・ドゥルーズは、その晩年のバロック論『襞――ライプニッツとバロック[327]』（一九八八年）のなかでバロックの世界について論じようとするとき、「襞」という形象に訴えている。それは、出来事の特性を、とりわけ生成における展開の連続性と無限性、折り畳まれた「力能 puissance」においてとらえようとするからである。ドゥルーズもまたバロックの世界を、特異点のまわりで収束する無限の「系列《セリー》」として理解する。現前する世界は、モナドという特異点のまわりで発散する共約不可能な他の可能世界を排除して実在する唯一の世界なのである。神は、アダムが罪を犯すような世界を創造し、世界を表現するあらゆるモナドのなかにその世界を包摂する。展開の連続性は、特異点としてのモナドによって乗り越えられるが、しかしその尖端もまた教会の丸天井のように無限に折り畳まれている。世界は、それを表現するモナドの襞においてのみ「現働化 actualisation」されて存在する「潜在性 virtualité」なのであり、モナドは無限に展開される世界を結びなおす「観点」であると同時に、また世界を無限に展開する「力能」でもあると理解されるのである。そもそも『ドイツ悲劇の根源』はドイツのバロック演劇について論じたものだが、ベンヤミンもまた、バロックの世界の特徴を、無限に縮小しまた無限に展開されるバロック建築の「渦巻装飾 Volute」に、また無限に縮小されると同時に無限に反復される「遊戯 Spiel」として展開されるバロック演劇の「反省＝反射 Reflexion」形式に認めている。にもかかわらず、ベンヤミンが「襞」ではなく、「星座」という形象に訴えるのは、ベンヤミンにとって、出来事は生成するのではなく、あくまで実現されるべき指示の可能性のもとに「叙述」されるべきものだからである。世界が無限に展開されるとすれば、それはどこまでも伝達の可能性の条件、ベンヤミンのことばでいえば「神の記憶への指示の要請」のもとにみずからを表現するからである。また「理念」は、出来事相互のなかに見いだされる諸規則や諸法則、そこに認識される連続性によってではなく、固有名によって指示される出来事の不連続性によって、その配置によって「叙述」されるのである。ベンヤミンは、「理念はモナドである[328]」と述べている。ベンヤミンにとってモナドが折り畳まれた「力能」としてみずからを展開するとすれば、それは生あるいは出来事として唯一的なものとして指示される可能性のもとにみずからを表現するからなのである。「自然史」の概念もまた、アドルノはそこに自然と歴史との弁証法的な関係を見いだそうとしているが、あくまで生あるいは出来事の唯一的な指示の可能性との関係において理解されるべきものであるように思われる。アドルノは、一九三二年、カント協会のフランクフルト支部で行なわれた『自然史の理念』と題された講演[329]で、当時、その名を馳せつつあったハイデガーの現象学的「存在論 Ontologie」に対抗し、ベンヤミンの「自然史」の概念をとりあげ論じている。アドルノの主張は、そもそもマックス・シェーラーからハイデガーにいたる現象学的「存在論」の課題が主観主義的な哲学の克服にあったはずが、結局は観念論に陥っているということ、したがってそれに対抗するために具体的な歴史へと向かう「自然史」的な考察が必要だということにある。

現象学的「存在論」は、「存在そのものへの問い」と「存在の意味 Sinn への問い」を立てることによって観念論を克服しようとするが、それは、まさに現実が、理性にとって「異質なもの」、「失われたもの」として、もはや直接的に接近しえないもの、「事実的なもの」として認識されるからである。しかし、「存在の意味」への問いは、「存在の意味を存在カテゴリーの意味内容 Bedeutung として問うこと、存在とはほんらい何なのかを問うこと」を可能にすると同時に、「存在者そのものを、存在者が存在として性格づけるものへと向けて解釈すること」をも可能にする[330]。したがって、「存在の意味」は、その背後にある「存在カテゴリー」の「超越論的な内容」であると同時に、他方で、存在者によってみずからを存在として性格づけるものへと向けて解釈された内容でもある。アドルノによるならハイデガーの「存在の投企 Entwurf」は、前者を後者へと、すなわち「存在の意味」の超越論的な内容を解釈学的な内容へと還元しようとするものであり、「理性」を解釈学的に「存在の意味」への問いへと参与させることによって、そもそも初期のシェーラーに認められた、歴史的な現象の背後にあって「意味」を担う「存在」と「歴史」そのものとのあいだにあった原理的な緊張関係を解消してしまうものなのである。「存在」は、「理念」として叙述されることは放棄され「生あるもの ein Lebendiges」として、歴史は、存在の「投企」のその「運動性 Bewegtheit」のもとに「歴史性 Geschichtlichkeit」としてとらえられることになる。アドルノは、「歴史性」というカテゴリーの問題点を、それが撞着語法に陥っているということ、そしてその要因はそれが観念論的であるということ、さらにある種の暴力性と結びついていることに認める。

結局、ハイデガーが肯定的に主張する存在論的‐解釈学的「循環」は、「自己自身を存在として規定し自己自身を解釈する存在は、解釈行為においてみずからが存在として解釈される諸契機を明らかにする」[331]ということをいっているにすぎない。アドルノによるならこの「循環」は、「歴史的な存在」が、「歴史性」という「主観的」な、観念論的なカテゴリーへととり込まれていることによって生じるのである。この新たな存在論的な現象学は、二重の意味であいかわらず観念論的である。まず、個々の事例はそれを包括する「総体 Ganzheit」のもとに、システムの総体としてではなく、いまや「構造の総体」、「構造の統一」、「全体性 Totalität」というカテゴリーのもとにとらえられる。現実全体がひとつの構造のうちに統一されるという可能性には、すべての「存在者」をひとつの全体的な形式のもとに認識し包括する「権利」と「力」への要請が隠されているという意味で、そこには「非合理主義」的な内容をもった観念論的な思考が認められるというのである。また、存在論的現象学が観念論的であるのは、現実にたいして「可能性」を強調するところにも認められる。というのも、それは存在の「投企」が、かならずそのもとに処理されるはずの「事実性」にたいする優位を主張すること、そのような諸可能性の専制を主張していることにほかならないからである。そもそも「歴史性」というカテゴリーの問題は、アドルノによるなら、「歴史的偶然性の問題は、歴史性のカテゴリーからは克服されえない(332)」ということにある。「生き生きとしていることLebendigkeit」の諸契機は多様であって、そこから個々の現象の「事実性 Faktizität」を規定することは困難であり、脱落する「事実性」の領域がつねに存在する。ハイデガーの「歴史性」のカテゴリーにおいては、「存在論的投企」に入りこむことのない「事実性」はすべて偶然的なもの、思いがけないもの、「無意味なもの Sinnloses」というカテゴリーのなかに入れられ、排除されてしまうのである。

　したがって、新たな「存在論」のもとに歴史を構想しようとするなら、「包括的な総体性」や存在の「可能性」にではなく、具体的に歴史のうちにある存在者へと向かわなければならない。アドルノは、現象学的「存在論」が現実と可能性との分離のもとに観念論の克服をめざすのにたいして、現実の側からの「批判」の必要性を説く。それが可能なのは、「歴史的存在を、それがきわめて歴史的に規定されるところで、つまりもっとも歴史的であるところで、みずから自然的な性質をもつ存在として把握することに成功するばあい、あるいは、自然を、それが自然としてももっとも深くみずからのうちに止まりつづけるように見えるところで、歴史的存在として把握することに成功するばあい(333)」にほかならない。ベンヤミンの「自然史の理念」を、アドルノはルカーチの疎外論との関係において説明する。ルカーチは『小説の理論』のなかで、「直接的な世界」、「意味に満たされた世界」と、「疎外された世界」、「意味の空疎になった世界」すなわち「商品の世界」とを区別し、後者を人間によって創造されながら人間から失われた事物の世界として、「第二の自然」、「因襲 Konvention の世界」と呼ぶ。アドルノによるなら「自然史」の問題は、この疎外された世界、死んだ事物的世界を認識し、解釈することがいかに可能か、ということにある。ルカーチは、「第二の自然」を硬直しもはや内面性を喚起することのない「感覚複合体」、「死んだ内面性のゴルゴタの丘」と見なすことによって、「過ぎ去ったもの Gewesenes」としての「歴史的なもの」が自然へと変化することを主張する。それにたいしてアドルノは、ベンヤミンの歴史哲学にはルカーチの歴史哲学には原理的にないものが、「はかなさ Vergängnis, Vergänglichkeit」という契機が認められることを強調する。ルカーチが「歴史的なものを過ぎ去ったものとして自然のなかへと還帰させる」のにたいして、ベンヤミンにおいては、「自然そのものがはかない自然として、歴史として表現されている[334]」というのである。

> 被造物としての自然は、はかなさの刻印 Mal を記されたものとして、ベンヤミン自身によって考えられている。自然そのものがはかないのである。しかしそのことによって、自然はみずからのうちに歴史の契機をはらんでいる。歴史的なものがたとえいつ現われようと、歴史的なものはそのなかに過ぎ去る自然的なものを遡及的に指し示す。逆に、「第二の自然」がいつ現われようと、因襲の世界がわれわれのもとにいつ接近しようと、第二の自然が解読されるのは、その意味作用

Bedeuten としてまさにそのはかなさが明らかになることをつうじてなのだ。(335)

アドルノによるなら、ベンヤミンの「意味作用の原史 Urgeschichte des Bedeutens」という概念は、自然そのものが「はかなさ」という歴史的なモチーフを担って現われてくることを意味する。「意味作用」は、歴史哲学的な解釈学から解放されて、「歴史を原史において構成的に超実体化する契機」となることによって、具体的な歴史をその「諸特性 Züge」において自然として、自然を「はかなさ」という「しるし Zeichen」において歴史として解釈し「弁証法」的なものにする。「意味作用の原史」において、歴史はそれがもっとも歴史的なものであるところで硬直し死んだ事物の「廃墟」へと変容するが、同時に「意味作用」をはらんだ自然と歴史の絡まり合った「断片」として見いだされる。他方「第二の自然」は、ルカーチにおいては死んだ事物的世界あるいは「たんなる謎めいたもの」にすぎなかったのにたいして、ベンヤミンにおいては歴史的に「解読されるべき暗号」と見なされることになる。そこでは、「いかにして歴史そのものが、ある意味で存在論的な転換を強いられることになるか」、また、「いかなる方法で、存在論的な問いの提起が具体的に歴史的なものとして先鋭化できるか(336)」、という二重の転換の契機が問われなければならないというのである。おそらくは、たとえば音楽といったもっとも抽象的な「第二の自然」に歴史的な契機を見いだし批判することが、また、たえず歴史的に生起する「新しいもの」に神話的な契機を認め、その暴力性を暴くことが、アドルノのいう「自然史」的な考察なのである。

アドルノは、ベンヤミンの「自然史」の概念にルカーチの歴史哲学にはない契機を見いだし強調しようとしてはいるが、しかしやはりその議論は、あいかわらずルカーチの「疎外論」の枠組みのなかにあるように思われる。アドルノによるなら「第二の自然」は、それが解読されるためには、「はかなさ」という「意味作用」を担うものとして見いだされなければならない。「因襲の世界」は、それがはかないもの、無常で恣意的なものであるということが認識されるときはじめて、「意味作用」を担うことができる。しかし、アドルノがそこで解読すべきものとして見いだすのは、自然と歴史とのあいだの弁証法であり、その二重の転換の契機である。アドルノにとって問題は、歴史が人間的な諸関係のなかにえがきだされようとするときそこにその自然へと疎外された姿を、自然が客観的対象として認識されようとするときそこに人間的な諸関係のはかない投影を見いだすことによって、実体化されようとする自然や歴史の「神話的」な側面を批判的に暴きだすことにある。他方、ベンヤミンにとって問題なのは、あくまで実現されるべき指示の可能性であると考えられる。ベンヤミンが「自然史」に「歴史の死相」、「硬直した原風景」を見るのは、そもそも歴史が「あらゆる時をえなかったこと、痛ましいこと、失敗したこと」をはらんでいるからである。[337] 歴史そのものに内在するみずからを実現しえなかった出来事こそが、「髑髏の形態」をとって現われてくるのである。そこにこそ、「人間存在そのものの自然」や「個々人の伝記的な歴史性」が意味深く「謎の問い」、解読されるべき「暗号」として現われてくるというのである。したがって、アドルノにとって「自然史」はあくまで「主観性」の偽りの姿を反映し、断罪する契機をあたえるものであるとすれば、ベンヤミンにとって「自然史」はどこまでも出来事の指示の可能性を担う潜在性として理解されているのである。[338]

ベンヤミンは、言語において伝達されるべきものは、言語そのものにはなくその言語とは区別される、にもかかわらずその言語の外には存在しない、という言語に内在する「逆説性《パラドックス》」から言語論を展開する。この「逆説性」を言語において伝達されるべきものと言語そのものとの同一性を前提することで解決しようとするなら、言語はイデオロギー的な性格をおび、世界はその表現において自然へと疎外され暴力的な性格をもつことになる。アドルノにとって問題は、この暴力を自然と歴史との弁証法のもとに暴くことにある。他方ベンヤミンは、こうした言語のあり方に対抗する契機を固有名の理論に見いだす。固有名は生や出来事をその特異性、唯一性のもとに指示するところにその特異な機能がある。固有名はイデオロギー的な構造のなかに疎外されている生や事物をその構造から解放し、ふたたび歴史へと位置づけなおすのである。ベンヤミンはこうした固有名の機能にイデオロギー批判的な契機を見いだすとともに、近代市民社会の象徴的構造から生や出来事を救済する契機を認めるのである。

終章　批判＝批評と歴史哲学

ベンヤミンは、初期ロマン主義の芸術理論と〈批判＝批評〉の概念を、その〈反省＝反射〉概念から展開する。『ドイツ・ロマン主義における芸術批評の概念』では、初期ロマン主義の〈反省＝反射〉概念がカントやフィヒテの哲学にたいしていかなる特性をもつものなのか、そして初期ロマン主義の展開する〈批判＝批評〉とはどのような性格をもつものなのか、というテーマを中心に論じられる。他方、ベンヤミンは当初、カントの歴史哲学を博士論文のテーマにすることを考えていた、とショーレム宛の手紙のなかで告げているとすれば、またくりかえし手紙のなかで、この論文では直接的に論じているわけではないが、まさに歴史哲学を問題にしているのだと語っている。[339] さらに論文のなかでも、歴史哲学的な問題設定はこの論文では無関係であるにもかかわらず、その「材料を——視点をではなく」提供しようとするものであると述べている。[340] ベンヤミンは、ゲーテの芸術哲学と比較しつつ、ロマン主義は作品が構造をもつことを発見したと、その作品の構造を展開することこそが〈批判＝批評〉の課題であると論じるのだが、ロマン主義の芸術理論のどこに歴史哲学を見いだし、〈批判＝批評〉と歴史哲学とのあいだにどのような関係を認めようとしているのだろうか。

　ベンヤミンはロマン主義論に付された注で、まさに歴史哲学的な「視点」について、それは「ロマン主義のメシアニズム」にもとめられるべきだと語り、当時のシュレーゲル研究者シャルロッテ・パングーのことばを引用している。「無限性のなかで実現する完全な人間性という理想といった考え方が拒否され、むしろ〈神の国〉が、いまこの時間のなかでこの地上において要請される。現存在のすべての点における完全性、生のそれぞれの段階において実現される理想、この定言的要求からシュレーゲルの新しい宗教が生まれる[341]」（『フリードリヒ・シュレーゲルの美学理論の輪郭』一九一四年）。ベンヤミンは、フィヒテの「自我」に認められるような「無限性のなかで実現する完全な人間性」という観念を拒否し、「現存在のすべての点における完全性」や「生のそれぞれの段階において実現される理想」というパングーのことばにロマン主義の歴史哲学的な「視点」を、そのメシアニズムを認めるのである。他方、ベンヤミンは、ロマン主義が最高の普遍性を「個体性 Individualität」として、ひとつの「個体 Individuum」の性格をもつものとして表現しようとすることを批判する。「芸術の統一の個体性を表現しようとして、シュレーゲルは彼の諸概念に過大な要求を課し、逆説的なことをくわだてることになった。そうでなければ最高の普遍性を個体性として言い表わそうとする思想は実現不可能だった[342]」。それにたいして、ベンヤミンはロマン主義が「個体性」を「作品」に、その有限な偶然性に認めようとするとき、その点を評価するのである。「つまり、作品は偶然的な契機につきまとわれている。この特殊な偶然性を原理的に必然的な、すなわち避けることのできないものとして承認すること、この偶然性を反省＝反射の厳格な自己制限をつうじて認めること、それが形式の厳密な機能なのである。自己制限という実際的な、つまり限定された反省＝反射を形成するのが、芸術作品の個体性と形式なのだ[343]」。

作品の「個体性」は、ここではその「形式」をつうじて、作品の生じる偶然性が必然的なものとして、避けることのできないものとして承認されるという過程のなかに現われてくるものと考えられている。ベンヤミンによるなら、「作品をその内在的な基準において判定すること」、それは「芸術個体 Kunstindividuum のための諸方式を発見すること[344]」にほかならない。ノヴァーリスは、「すべての芸術作品はアプリオリな理想を、つまりそこに現存するという必然性をそなえている[345]」、と述べている。つまり、芸術作品はひとつの「個体」として、「アプリオリな理想」、「そこに現存するという必然性」をそなえた、ひとつの特異な出来事として見いだされなければならないというのである。ベンヤミンは、ロマン主義の歴史哲学的「視点」がそのメシアニズムのうちに、現存するものがすべての点においてたとえ偶然的なものであるとしてもその必然性において承認される、というパングーあるいはノヴァーリスのことばのうちに提示されていることを認めるとすれば、その歴史哲学がロマン主義の芸術理論のうちに、芸術作品を「個体」として、ひとつの出来事として、「個体」あるいは出来事をひとつの作品として構想するところに展開されているのを見いだすのである。

ここでベンヤミンが「芸術作品の個体性と形式」について言及するとき、「個体性」とは作品という「個体」が生成するときのその多様性を、「形式」とはその多様性を記述する「叙述形式」を意味しているものと考えられる。問題となっているのは、「個体」の特異性を記述するための「叙述形式」にほかならない。ベンヤミンは、「芸術批評のロマン主義的な概念規定」があくまで「認識論的 erkenntnistheoretisch 諸前提[346]」のもとに構築されることを、たとえ「芸術批評」という概念を意識的に認識論的な諸前提から展開したというわけではないとしても、「芸術批評」という概念が概念一般と同様に認識論的な諸前提にもとづいていることを強調する。ベンヤミンがロマン主義の芸術理論、「芸術批評」を展開するさいに、まず「認識論」的前提について論じているのも、さらにその後、『ドイツ悲劇の根源』の「認識批判序論」において「認識批判 Erkenntniskritik」を展開することになるのも、その背景には、なにより新カント派に支配された当時のドイツの学問的状況があったと考えられる。新カント派は「認識論 Erkenntnistheorie」を、形而上学にかわって諸学問を基礎づける学として確立しようとしている。[347] 当時、「批判＝批評 Kritik」という語は、「認識論的方法」や「哲学的立場」として、カントと結びついて「無比で完璧な哲学的な立場にたいする秘教的な術語[348]」にまで高められていたという。ベンヤミンは、ロマン主義の芸術理論が「芸術批評」の概念の叙述にとって重要であると思われるかぎりでのみ追求されるべきことを、芸術理論として「芸術および芸術作品の理念という概念」のみが考察されるべきことを強調してはいるが、「認識論」的前提に言及するとき「芸術批評」を「認識批判」的な性格をもつものとして探求しているのである。認識論もまた、さらに経験科学も、ひとつの記述の方式、事物の状態をその諸機能のもとに記述する方式だと考えることができる。事物の状態は、認識論によって、あるいは経験科学によって、共同主観的な指示のもとにひとつの日常的な、あるいは社会的な機能として記述される。それにたいして、ベンヤミンはロマン主義の芸術理論に、芸術が「作品」をさまざまな諸形式の可能性のなかに指示されるべきものとしてあたえる「叙述形式」として構想されていることを見いだす。問題なのは、共同主観的な認識対象の記述の方式ではなく、「個体」の特異性を記述するためのその形式である。「個体」は、共同主観的な指示をつねに逸脱するところに「叙述」される。ベンヤミンは、「散文《プローザ》」という「叙述形式」について、その機能が「諸形式の結合」と「諸形式の多様性」を発展させることにあると述べている。「散文」とは、事物が生成し、現われてくるがままに、諸形式の結合のなかに記述しようとする、事物を認識の対象としてではなく出来事として記述しようとする「叙述形式」なのである。「個体」は「散文」をつうじて、指示されるべきものとして、生成のなかで構成されるはずのものとして「叙述」されるのである。

したがって、ベンヤミンが歴史哲学との関係において〈批判＝批評〉に認める「課題＝使命」は、「その媒質である散文《プローザ》を完全に積極的に評価すること」(349)にある。ベンヤミンは、〈批判＝批評〉が一般的な用語法として、「根拠づけられた価値判断(350)」という意味において定着することになったのは、初期ロマン主義の影響なしには考えられないことを強調するが、それは〈批判＝批評〉が新カント派的な「批判」概念へと制限され、経験が対象認識へと切りつめられてしまうことへの対抗的契機を初期ロマン主義に見いだすからにほかならない。新カント派が「認識論」を諸学問の基礎づけの理論として、「批判」をその実践として位置づけようとするのにたいして、ベンヤミンは〈批判＝批評〉を「個体」の記述のための「プロセス」と「形式」をあたえるものとして理解するのである。ショーレム宛の手紙（一九一七年十月二十二日付）のなかで、ベンヤミンは、博士論文で展開したい歴史哲学の課題は「認識の歴史的生成というテーマ(351)」にあると述べている。問おうとしているのは「認識」の「歴史的生成」、つまり近代において「認識」という観念がどのように歴史的に形成されることになったかだが、実際には作品と〈批判＝批評〉の「歴史的生成」と、さらに〈批判＝批評〉に託された「課題＝使命」が論じられる。〈批判＝批評〉は「個体」としての作品を、社会的に構造化された解釈されるべきものとして提示すると同時に、「歴史的生成」のうちにあるもの、すなわち出来事として叙述されるべきものとして価値づけるという二重の「課題＝使命」を担う。ロマン主義論のなかで〈批判＝批評〉は、いかなる論理的なあるいは弁証法的な関係によっても克服しえない「個体」を出来事として叙述するためのその「プロセス」と「形式」をあたえるものとして理解されているのである。〈批判＝批評〉は、経験を可能的対象の認識から解放し、そこに見いだされた諸対象をその社会的構造のなかにとらえなすと同時に、そこに「個体」を「歴史的生成」のうちに叙述されるべきものとして提示する。「個体」としての作品は〈批判＝批評〉をつうじて、社会的構造のなかにあって解釈されるべきものとして見いだされると同時に、「歴史的生成」、すなわち出来事として叙述されるべきものとしてとらえられるのである。[352]

「個体」としての作品にたいしてばかりではなく、「個体」としての生にたいしても同じように考えることができる。ジョルジョ・アガンベンは、ベンヤミンが『暴力批判論』、『ドイツ悲劇の根源』のなかで言及する「たんなる生＝剝き出しの生 das bloße Leben」ということばを、古代ローマにおいてだれにも処罰されることなく殺害可能であると同時に、儀礼的に殺害することの許されない存在を意味した「聖なる人間《ホモ・サケル》」という概念と結びつけて論じているが、[353]むしろ「たんなる生＝剝き出しの生」は出来事として叙述されるべき「個体」としての生との、さらに生を出来事として構成する〈批判＝批評〉との関係において理解すべきように思われる。

アガンベンは、主権者とは例外状況において決定を下す者、つまり例外状況において法を布告し執行する者、立法権と執行権を同時に行使する者である、というシュミットの議論を参照しつつ、法秩序の外にありながら「構成的権力 pouvoir constituant」として法秩序を構成する主権者に、まさに

「聖なる人間《ホモ・サケル》」としての性格を認める。かつて君主が主権者として、法秩序の外にあり法秩序を構成する権力として、法秩序を「宙吊りにし suspendieren」ていたのにたいして、近代民主主義社会は、はじめて「剝き出しの生」そのものに主権者の地位を、「構成的権力」としての地位をあたえるにいたる。「フランス人権宣言(人間と市民の権利の宣言)」以来、人間は法秩序を構成する「構成的権力」として、市民を構成する権力として前提とされながら、つねに法秩序によってけっして包摂しえない過剰として位置づけられることになる。いまだシエイエスにおいて女性、子供、外国人、公共財の提供にたいして貢献のない者は市民から締め出されていたとすれば(354)、現在においてもたとえば難民は市民の地位から締め出され、法秩序の外に位置づけられている——少なくとも二級市民の地位しかあたえられていない。主権は、主権者を法秩序の外にある自然状態に位置づけることによって、したがって憲法そして市民は、「剝き出しの生」としての人間を「構成的権力」として法秩序の外に位置づけることによって、構成されるというのである。

たしかにベンヤミンの「たんなる生 = 剝き出しの生」ということばには、アガンベンの指摘するような意味、近代民主主義を構築する原理的な地位が表明されているということができるかもしれない。まさに〈神話的なもの〉という概念とは、そのような近代民主主義を構築する原理の倒錯的な性格をしめすものだと考えることができる。しかしまたそこには、アガンベンが指摘するのとは異なる意味が託されている。ベンヤミンはつぎのようにいう。「〈人間〉というものは、人間のたんなる生命とはけっして一致することはないし、人間のうちにあるたんなる生 = 剝き出しの生とも、人間の状態と特性をもった他のなんらかのものとも、それどころか肉体的 leiblich 人格の単一性 Einzigkeit とも一致しはしない」[355]。「人間の諸状態、人間の肉体的な生、他の人間によって傷つけられうる生」は、「神聖な」ものではない。「たんなる生＝剝き出しの生」とは、「古代の神話的な思考にしたがえば、罪を負っていることのしるしを負うもの[356]」にほかならない。ベンヤミンは「たんなる生＝剝き出しの生」を、「罪を負っていることVerschuldung」と結びつけているように、それが近代民主主義を構築する原理であるとしても、同時にそこから救済されるべき対象としてとらえているのである。歴史の「課題＝使命」とは、人間を「たんなる生＝剝き出しの生」、その「肉体的人格の単一性」から「道徳的な唯一性Einzigkeit」へと救済することにある。アガンベンは法秩序の外にある自然状態を「剝き出しの生」ととらえているが、ベンヤミンはむしろ、法秩序の外にある自然状態を出来事の生成する潜在性と理解している。救済とは、「剝き出しの生」を固有名をつうじて「歴史的主体」として構成＝再構成することにほかならない。固有名の指示をつうじて、神話的暴力のなかに埋め込まれている生を救出することこそ、ベンヤミンが「課題＝使命」と呼ぶものなのである。アガンベンは、「剝き出しの生」をはじめて法秩序の外に構成的権力として位置づけようとしたことが近代の特徴だと説明するが、同時に「剝き出しの生」は法秩序の外に閉じ込められ排除されることになる。それにたいしてベンヤミンは、「剝き出しの生」を法秩序の外に出来事の〈歴史的主体〉としてあらためて位置づけなおすことこそが救済であると見なす。正義とは、ある種の理念や観念のようなものではない。もしそうであるなら、正義について論じることはつねにアポリアをはらんでいるというデリダの批判が妥当することになる。ベンヤミンは、「剝き出しの生」が出来事として歴史的生へと救済されることを、そうした事態を正義と呼ぶのである。

ベンヤミンが法と正義、〈神話的なもの〉と〈神的なもの〉という概念のもとに展開する議論の背景には、カントの第三アンチノミーの問題がある。カントは自由と自然とのあいだに認められるアンチノミーを、すなわち「自由による原因性（因果性）Kausalität」を想定する必要があるというテーゼと諸現象はすべて「自然法則」にしたがうというアンチテーゼとのあいだのアンチノミーを、みずからの自由な普遍的立法に従属することこそが人間の自然目的である、ととなえることによって媒介しようとする。[357] それにたいしてベンヤミンは、両者をむしろ法と正義の問題として、けっして媒介しえない対立のなかにとらえなおす。ベンヤミンがテーゼとして問題にしているのが、われわれが受け入れてしまっている現実、その現実が構成される象徴的構造であるとすれば、アンチテーゼは、テーゼに対立するものというよりも、テーゼを構成する行為遂行的トートロジーを逸脱させる内在的な力として考えられている。現実を行為遂行的一貫性をつうじて象徴的な構造のなかに安定化させようとするとき、そうした行為の象徴的構造に内在する矛盾が問題なのである。アンチテーゼは、それがテーゼを構成する遂行的行為を逸脱する内在的な力として現われてくるとき、事物を出来事として、生を出来事の〈歴史的主体〉として構成しはじめる。〈神的なもの〉が正義といわれるのは、それがなんらかの解決をもたらすからではなく、そこに指示されているものをその特異性、唯一性において構成するからである。ベンヤミンは『ゲーテの親和力』のなかで、倫理的な問題は「個体的な特異性の領域」、「道徳的な唯一性の領域」にこそ見いだされなければならないと、また『ドイツ悲劇の根源』では、「神「われわれが道徳的に moralisch すなわちわれわれの唯一性 Einzigkeit においてかかわる生」は、「神とともに道徳的に孤独にあることの表現」のうちにしめされなければならない[358]、と述べている。ベンヤミンが〈神話的なもの〉というテーゼと〈神的なもの〉というアンチテーゼとのアンチノミーからみちびきだすのは、「個体的な特異性」とその「道徳的な唯一性」を問いうる場としての「歴史」である。アドルノは『否定弁証法』のなかでやはりカントの第三アンチノミーの問題をとりあげ、「自由」という観念は歴史的に生成したものであることを強調しているが[359]、むしろベンヤミンは「歴史」こそが自由を問いうる場であることを主張する。たしかにアドルノのいうように、市民社会的な「自由」はあくまで市民社会が発生するという歴史的な偶然性に依存するのだが、まさにそれゆえに同時に、「歴史」という場のなかでしか何が自由であるかを問うことはできないし、そもそも自由であることはできない。したがって、カントにとって人間を自由な自己立法のもとに〈法＝権利主体〉として構成することがジンテーゼであるとすれば、ベンヤミンのばあいにジンテーゼは、そのような〈主体〉化が虚偽として暴かれるところにもとめられる。要請されているのは、〈歴史的主体〉の可能性であり、生と出来事の唯一的な指示の可能性である。カントの理性批判があくまで認識あるいは法＝権利の〈主体〉化のプロセスを意味するとすれば、〈歴史的主体〉はそのような〈主体〉化が不可能なところに出現する。そこでは〈もの〉もまた、共同体のなかの〈主体〉を構成するために対象化された不活性な物体としてではなく、生や出来事が構成される潜在性、「痕跡」としてとらえられる。〈もの〉がさまざまな可能性のなかで生起する出来事を構成する「痕跡」としてとらえられるところに、歴史が形成されるのである[360]。

ベンヤミンの思考においては、つねにテーゼとしての〈神話的なもの〉に、アンチテーゼとしての〈神的なもの〉が対立する。しかし、ベンヤミンはいわゆる終末論や政治神学を肯定的に語ることはないし、なにか〈神的なもの〉の到来を待望したり、そのための政治的なあり方を論じたりはしない。むしろ〈神的なもの〉は、区別し「決定＝決断」する〈批判＝批評〉の力に関係するものと考えられている。とすればまた、ジンテーゼとして政治的な対象となるのは、「政治的‐神学的断章」のなかでも語られているように「はかなさ Vergänglichkeit」であり、ベンヤミンにとって「世界政治 Weltpolitik の課題＝使命」は「はかなさを追い求めること」[361]にある。おそらくはベンヤミンによるなら、いかなる特異性、唯一性も一般性のなかに書き込まれることを回避しえないとしても、しかし特異性、唯一性における指示の可能性がなければけっして一般性への書き込みもありえないように、現実をそれを構成する神話的暴力、行為遂行的トートロジーを逸脱するものとして「はかなさ」のうちに見いだすことが、同時にみずからもまた「はかなさ」のなかに、行為遂行的矛盾のうちに身をおくことが、〈批判＝批評〉の、さらにまた「世界政治」の歴史哲学的な「課題＝使命」なのである。

註

（1）『著作集』第十二巻、一五一頁。（Benjamin, Berliner Chronik, GS VI 481.）

（2）『著作集』第十四巻、四〇—四四頁、五〇—五一頁、参照。（Vgl. Briefe an Herbert Blumenthal vom 23. 6. 1913, GB I 125ff. und an Carla Seligson vom 15. 9. 1913, GB I 174ff.）

（3）『著作集』第十二巻、一四六頁。（Benjamin, Berliner Chronik, GS VI 478.）

（4）テオドール・W・アドルノ『文学ノート』2、三光長治他訳、みすず書房、二〇〇九年、三三八頁、参照。（Vgl. Adorno, Theodor W: Benjamin, der Briefschreiber, in: Noten zur Literatur. Gesammelte Schriften. Bd. 11, Frankfurt a. M. (Suhrkamp) 1981, S. 523.）

（5）『著作集』第十四巻、四三頁。（Brief an Herbert Blumenthal vom 23. 6. 1913, GB I 128.）

（6）ユルゲン・ハーバーマス『哲学的・政治的プロフィール』下、小牧治他訳、未來社、一九九九年、一三〇頁。（Habermas, Jürgen: Bewußtmachende oder rettende Kritik - die Aktualität Walter Benjamin, in: Philosophisch-politische Profile, Frankfurt a. M. (Suhrkamp) 1991, S. 337.）

（7）『コレクション』第五巻、一八—二三頁、参照。（Vgl. Benjamin, Das Dornröschen, GS II 9ff.）

（8）同書、二二—二三頁。（Ebd., GS II 11.）

（9）Vgl. Kupffer, Heinrich: Gustav Wyneken, Stuttgart (Ernst Klett) 1970; Fuld, Werner: Walter Benjamin. Eine Biographie, Hamburg 1990, S. 26ff.

（10）Vgl. Ehrentreich, Alfred: Stefan George in der Freien Schulgemeinde Wickersdorf, in: CP. 101. 1972. S. 62-79.

（11）『コレクション』第四巻、三八五頁、参照。（Vgl. Benjamin, Über Stefan George, GS II 623.）

（12）同書、三九〇—四〇三頁、参照。（Vgl. Benjamin, Rückblick auf Stefan George, GS III 393ff.）

（13）アドルノ『文学ノート』2、二六一頁。（Adorno, Theodor W: George, in: Noten zur Literatur, S. 525.）

（14）『コレクション』第五巻、六七頁。（Benjamin, Das Leben der Studenten, GS II 75.）

(15) 最初期に書かれたこの文章ではすでに、ゲーテの古典主義とロマン主義との対比的な議論ばかりでなく、技術と進歩への、また「体験」概念への批判的考察、宗教と芸術との関係に関する、さらに社会主義的な倫理の可能性に関する考察など、その後、展開される議論のさまざまなモティーフがとりあげられている。
(16) 『コレクション』第五巻、三九頁。(Benjamin, Dialog über die Religiosität der Gegenwart, GS II 22.)
(17) 同書、三九頁。(Ebd., GS II 21.)
(18) 同書、四四頁。(Ebd., GS II 24.)
(19) 同書、四〇頁、参照。(Vgl. ebd., GS II 22.)
(20) 同書、四四頁。(Ebd., GS II 24.)
(21) 『コレクション』第四巻、十三頁、参照。(Vgl. Benjamin, Ankündigung der Zeitschrift: Angelus Novus, GS II 241.)
(22) Deuber-Mankowsky, Astrid: Der frühe Walter Benjamin und Hermann Cohen. Jüdische Werte, Kritische Philosophie, vergängliche Erfahrung, Berlin 1999, S. 299ff.
(23) H・G・ガダマー『真理と方法』Ⅰ、轡田収他訳、法政大学出版局、一九八六年、九〇頁、参照。(Vgl. Gadamer, Hans G.: Wahrheit und Methode, in: Gesammelte Werke Bd. 1, Hermeneutik I, Tübingen 1960/90, S. 69.)
(24) ヴィネケンが戦争支持にいたる背景には、彼がSPDを支持していたことがある。「ゲオルゲ・クライス」の一員でありディルタイの影響のもとに『ゲーテ』(一九一六年)を書いているフリードリヒ・グンドルフもまた、ヴィネケンと同様に戦争への熱狂を表明しているが、ベンヤミンはのちに『ゲーテの親和力』で徹底的にグンドルフを批判することになる。
(25) 『ロマン主義』、二七三頁。(Benjamin, Zwei Gedichte von Friedrich Hölderlin, GS II 107.)
(26) 同書、二九二頁。(Ebd., GS II 112.)
(27) 同書、二七五―二七六頁。(Ebd., GS II 108.)
(28) 同書、二九六頁、参照。(Vgl. ebd., GS II 113.)
(29) 同書、三〇二―三〇三頁、参照。(Vgl. ebd., GS II 116.)
(30) ヴィルヘルム・ディルタイ『体験と創作』上・下、柴田治三郎他訳、岩波書店、一九六一年、参照。(Vgl. Dilthey,

Wilhelm: Das Erlebnis und die Dichtung, Göttingen (Vandenhoeck & Ruprecht) 1985.）ベンヤミンは、一九〇五年に出版されたこのテクストのヘルダーリンの章について、一九一二年八月十二日のヘルベルト・ベルモーレ宛ての手紙（Brief an Herbert Blumenthal vom 12. 8. 1912, GB I 58）では肯定的に、一九一九年七月二十四日のエルンスト・シェーン宛ての手紙（Brief an Ernst Schoen vom 24. 7. 1919, GB II 37）では否定的に触れている。

（31）『ロマン主義』、三二八頁、参照。（Vgl. Benjamin, Zwei Gedichte von Friedrich Hölderlin, GS II 126.）

（32）「創造的精神（ゲーニウス）」とは、「生まれ」を意味するラテン語の genus を語源とし、この世に生まれた者の身体的および倫理的な特質の総和を表現することばであり、同時にその者にとってもっとも非個人的で前個人的な要素との共生をも意味し、われわれが自己同一性のなかに閉じこもることを妨げ、自分とは無縁の存在とともに共生していることをも表現することばであるという。ジョルジョ・アガンベン『瀆神』上村忠男他訳、月曜社、二〇〇五年、参照。

（33）『ロマン主義』、三〇七頁。（Benjamin, Zwei Gedichte von Friedrich Hölderlin, GS II 117.）

（34）同書、三一二頁。（Ebd., GS II 119.）

（35）同書、三一四頁。（Ebd., GS II 120.）

（36）Vgl. Hellingrath, Norbert von: Hölderlin-Vermächtnis, hrsg. v. Ludwig von Pigenot, München (F. Bruckmann A. G.）1936.

（37）『コレクション』第三巻、二六九頁。（Benjamin, Deutsche Menschen, GS IV 151.）

（38）同書、三一八―三二〇頁、参照。（Vgl. ebd., GS IV 171f.）

（39）『ロマン主義』、三一九頁。（Benjamin, Zwei Gedichte von Friedrich Hölderlin, GS II 122.）

（40）同書、二八四―二八七頁、参照。（Vgl. ebd., GS II 109f.）

（41）同書、三二四―三二五頁、参照。（Vgl. ebd., GS II 124.）

（42）同書、三二三頁。（Ebd., GS II 123f.）

（43）同書、三二一頁。（Ebd., GS II 123.）ベンヤミンが初稿としている稿は実際には第二稿だが、その経緯については同書の訳者による注を参照。

（44）同書、三二四頁。（Ebd., GS II 124.）

（45）同書、同頁。（Ebd.）

（46）『ヘルダーリン全集』手塚富雄責任編集、河出書房新社、一九六九年、四〇二頁。（Hölderlin, Friedrich: Hölderlin Werke und Briefe, hrsg. v. Friedrich Beißner und Jochen Schmidt, Frankfurt a. M.（Insel）1969. S. 946f.）

（47）同書、四六三―四六六頁。（Hölderlin, ebd., S. 940ff.）ちなみにヘリングラート版ヘルダーリン作品集は、一九一三年に初期の詩と手紙（一七八四―九四年）を収めた第一巻と、翻訳と手紙（一八〇〇―〇六年）を収めた第五巻が出版され、一九一六年に「詩人の勇気」や「臆する心」などの詩を収めた第四巻が出版される。さらにヘリングラートの死後、一九二二年に詩と『エンペドクレス』と哲学的断章と手紙（一七九八―一八〇〇年）を収めた第三巻が、一九二三年に詩と『ヒュペーリオン』と手紙（一七九四―九八年）を収めた第二巻が出版される。

（48）Hölderlin, ebd., S. 951. この手紙のなかの gegen die exzentrische Begeisterung という語句については、フリードリヒ・バイスナーとベーダ・アレマンのあいだで解釈が分かれている。ここでは手紙の文脈の整合性から、ソンディと同様、バイスナーの解釈にしたがっている。ペーター・ソンディ『ヘルダーリン研究――文献学的認識についての論考を付す』ヘルダーリン研究会訳、法政大学出版局、二〇〇九年、一五三―一五四頁、参照。（Vgl. Szondi, Peter: Hölderlin-Studien. Mit einem Traktat über philologische Erkenntnis, Frankfurt a. M.（Suhrkamp）1970. S. 160.）

（49）ソンディ『ヘルダーリン研究』、一五六頁。（Szondi, ebd., S. 161f.）

（50）同書、一五七頁。（Ebd., S. 163.）

（51）アドルノ『文学ノート』2、二〇三頁。（Adorno, Theodor W.: Parataxis, in: Noten zur Literatur. S. 485f.）

（52）同書、二〇九頁。（Ebd., S. 491.）

（53）『ロマン主義』、三二七頁。（Benjamin, Zwei Gedichte von Friedrich Hölderlin, GS II 125.）

（54）同書、三二五―三二七頁、参照。（Vgl. ebd., GS II 125.）

（55）同書、三二九頁、参照。（Vgl. ebd., GS II 126.）

（56）ベンヤミンは〈詩作されたもの〉の領域を類似性と隣接性によって構造化されるものとして論じているが、〈詩作されたもの〉とはフロイトの無意識として理解することができるように思われる。フロイトが無意識を構造化されたものとしてとらえ、そしてそこに生の連関を問うべき対象化された思考形態を見いだしたように、ベンヤミンは〈詩作されたもの〉という領域に、生の連関が諸形姿として問われるべき課題として構造化されていることを見いだすのである。

(57)『コレクション』第一巻、四三―四四頁、参照。(Vgl. Benjamin, Goethes Wahlverwandtschaften, GS I 126.)
(58)『ロマン主義』、三五二頁、参照。(Vgl. Benjamin, Über das Programm der kommenden Philosophie, GS II 159.)
(59)『コレクション』第一巻、五六頁。(Benjamin, Goethes Wahlverwandtschaften, GS I 133.)
(60)同書、五九頁、参照。(Vgl. ebd., GS I 135.)
(61)同書、六四―六六頁、参照。(Vgl. ebd., GS I 137f.)
(62)同書、六七頁。(Ebd., GS I 138f.)
(63)イマヌエル・カント『人倫の形而上学』加藤新平他訳、『世界の名著　カント』所収、中央公論社、四〇八頁、参照。(Vgl. Kant, Immanuel: Die Metaphysik der Sitten. Werkausgabe. Bd. 8. Frankfurt. a. M. (Suhrkamp) 1982. S. 389f.)
(64)『コレクション』第一巻、四六頁。(Benjamin, Goethes Wahlverwandtschaften, GS I 127.)
(65)同書、四七頁。(Ebd., GS I 128.)
(66)同書、八三―八六頁、参照。(Vgl. ebd., GS I 147ff.)
(67)同書、七九頁、参照。(Vgl. ebd., GS I 145.)
(68)同書、一一六―一一七頁、参照。(Vgl. ebd., GS I 166.)
(69)同書、九一頁、参照。(Vgl. ebd., GS I 151.)
(70)同書、四三―四四頁。(Ebd., GS I 126.)
(71)『世界の名著　カント』、五八二頁、参照。(Vgl. Kant, Die Metaphysik der Sitten, S. 556ff.)
(72)『コレクション』第一巻、一七一―一七三頁、参照。(Vgl. Benjamin, Goethes Wahlverwandtschaften, GS I 195.)
(73)『根源』上、二五―二六頁、参照。(Vgl. Benjamin, Ursprung des deutschen Trauerspiels, GS I 211.)
(74)『コレクション』第一巻、一三四―一三五頁、参照。(Vgl. Benjamin, Goethes Wahlverwandtschaften, GS I 175.)

(75) 同書、一三七頁、参照。(Vgl. ebd., GS I 176.)
(76) 同書、一四三頁、参照。(Vgl. ebd., GS I 179.)
(77) 同書、一六〇―一六一頁、参照。(Vgl. ebd., GS I 188.)
(78) 同書、一五七頁。(Ebd., GS I 187.)
(79) 脚注75の引用を参照。フロイトは一九二〇年十二月のはじめに『快楽原則の彼岸』を出版するが、ベンヤミンは翌年の早い時期に、晩年に『ボードレールのいくつかのモティーフについて』(一九三九年)において詳しく論じることになるこのテクストを注文している。ダーヴィト・バウムガルト宛の手紙(一九二一年六月九日)を参照。Vgl. Benjamin, Brief an David Baumgardt vom 9. 6. 1921, GB II 159.
(80) 『世界の名著　カント』、五六三―五六四頁。(Kant, Die Metaphysik der Sitten, S. 539f.)「憂鬱」という概念については、スラヴォイ・ジジェク『快楽の転移』松浦俊輔訳、青土社、一九九六年、参照。(Cf. Zizek, Slavoj: *The Metastases of Enjoyment*, Verso, London/New York, 1994.)
(81) 『コレクション』第一巻、一〇一―一〇二頁。(Benjamin, Goethes Wahlverwandtschaften, GS I 157.)
(82) 同書、一〇二頁。(Ebd.)
(83) 同書、同頁。(Ebd.)
(84) 同書、一一七頁。(Ebd., GS I 166.)
(85) 同書、一一八頁。(Ebd.)
(86) 同書、一二七頁、参照。(Vgl. ebd., GS I 171.)
(87) 同書、一二六頁、参照。(Vgl. ebd., GS I 170.)
(88) 同書、一八四頁。(Ebd., GS I 201.)
(89) 『コレクション』第五巻、九二頁。(Benjamin, Das Glück des antiken Menschen, GS II 127.)
(90) 『ロマン主義』、三二―三三頁、参照。(Vgl. Benjamin, Der Begriff der Kunstkritik in der deutschen Romantik, GS I 19.) またメニングハウスの議論は、W・メニングハウス『無限の二重化――ロマン主義・ベンヤミン・デリダにおける絶対的自己反省理論』伊藤秀一訳、法政大学出版局、一九九二年、三二―三九頁、参照。(Vgl. Menning-

haus, Winfried: Unendliche Verdopplung. Die frühromantische Grundlegung der Kunsttheorie im Begriff absoluter Selbstreflexion, Frankfurt a. M. (Suhrkamp) 1987, S. 30ff.)

(91)『ロマン主義』、五三頁、参照。(Vgl. Benjamin, Der Begriff der Kunstkritik in der deutschen Romantik, GS I 29.)

(92) イマヌエル・カント『純粋理性批判』上、篠田英雄訳、岩波書店、一九七九年、八六頁。(Kant, Immanuel: Kritik der reinen Vernunft, Hamburg. (Felix Meiner Verlag) 1956, B33.)

(93)『ロマン主義』、六〇頁。(Benjamin, Der Begriff der Kunstkritik in der deutschen Romantik, GS I 32.)

(94) 同書、三六頁。(Ebd., GS I 20.)

(95)『フィヒテ全集』第四巻、隈元忠敬他訳、晢書房、一九九七年、九―七五頁。(Fichte, Immanuel Hermann: Über Begriff der Wissenschaftslehre oder der sogenannten Philosophie, in: Fichtes Werke Bd. I, hrsg. v. Immanuel Hermann Fichte, Berlin (Walter de Gruyter & Co.) 1971, S. 27ff.)

(96)『ロマン主義』、三六頁。(Benjamin, Der Begriff der Kunstkritik in der deutschen Romantik, GS I 20.).

(97) 同書、五三頁。(Ebd., GS I 29.)

(98) 同書、四一頁。(Ebd., GS I 23.)

(99) 同書、六六頁。(Ebd., GS I 35.)

(100) 同書、四四頁。(Ebd., GS I 25.) つまりフィヒテは、あくまで〈反省＝反射〉と「存在」を結びつけるデカルト的な「思惟 das Denken」に依拠しつづけているというのである。

(101) 同書、三三頁。(Ebd., GS I 18f.)

(102) 同書、五八頁、参照。(Vgl. ebd., GS I 31.)

(103) 同書、四八頁、参照。(Vgl. ebd., GS I 26.)

(104) 同書、六八頁。(Ebd., GS I 37.)

(105) 同書、四九頁、参照。(Vgl. ebd., GS I 27.)

(106) 同書、六九―七〇頁、参照。(Vgl. ebd., GS I 36ff.)

(107) 同書、七三頁、一一七頁、一三一頁、参照。(Vgl. ebd., GS I 39, GS I 63, GS I 65.)

(108) 同書、一二九頁、参照。(Vgl. ebd., GS I 63.)

(109) メニングハウス『無限の二重化』、五八—五九頁。(Menninghaus, Unendliche Verdopplung, S. 50f.)

(110) 『ロマン主義』、六七頁。(Benjamin, Der Begriff der Kunstkritik in der deutschen Romantik, GS I 36.) 初期ロマン主義の用語法では、「無意識」とはたんに、意識の、〈反省＝反射〉の中断を意味するにすぎない。むしろ「〈反省＝反射〉の媒質」こそがフロイトの「無意識」にあたり、初期ロマン主義はそれを「自然」という概念のもとに見いだすのである。

(111) 同書、一二〇頁。(Ebd., GS I 61.)

(112) 同書、一一二頁。(Ebd., GS I 58.)

(113) 同書、八八—八九頁。(Ebd., GS I 47.)

(114) 同書、九一—九三頁。(Ebd., GS I 48ff.)

(115) 同書、三六〇頁。(Benjamin, Über das Programm der kommenden Philosophie, GS II 161.)

(116) 同書、三六二頁、参照。(Vgl. ebd., GS I 162.)

(117) 同書、二二八頁。(Benjamin, Der Begriff der Kunstkritik in der deutschen Romantik, GS I 107.)

(118) 同書、一三〇頁。(Ebd., GS I 64.)

(119) 同書、一四五頁、参照。(Vgl. ebd., GS I 71.)

(120) 同書、一四六頁。(Ebd., GS I 72.)

(121) 同書、一九〇頁。(Ebd., GS I 91.)

(122) 同書、一八三頁、参照。(Vgl. ebd., GS I 88.)

(123) 同書、一五四頁、参照。(Vgl. ebd., GS I 76.)

(124) 同書、一四八頁、参照。(Vgl. ebd., GS I 73.)

(125) 同書、二〇五—二〇九頁、参照。(Vgl. ebd., GS I 88ff.)

(126) 同書、二一一—二一六頁、参照。(Vgl. ebd., GS I 102.)

(127) 同書、二二七頁、参照。(Vgl. ebd., GS I 107.)

(128) 同書、二二六頁。(Ebd., GS I 106.)

(129) 同書、一三九頁。(Ebd., GS I 69.)

(130) 同書、一三一頁。(Ebd., GS I 66.)

(131) 同書、一六四頁。(Ebd., GS I 80.)

(132) 同書、二三五頁、参照。(Vgl. ebd., GS I 109.)

(133) 同書、二六四頁。(Ebd., GS I 119.)

(134) 同書、二四一頁。(Ebd., GS I 111.)

(135) 同書、二四二―二四七頁、参照。(Vgl. ebd., GS I 111ff..)

(136) 同書、二五一頁。(Ebd., GS I 114.)

(137) 同書、二五三頁。(Ebd., GS I 115.)

(138) 同書、二四三―二四四頁。(Ebd., GS I 112.)

(139) フリードリヒ・シラー『美と芸術の理論――カリアス書簡』草薙正夫訳、岩波書店、一九七六年、四八頁。(Schiller, Friedrich: Kallias oder über die Schönheit. In: Sämtliche Werke. Bd. 5, München (Hanser) 1980, S. 411.)

(140) 『コレクション』第三巻、四六―四七頁、参照。(Vgl. Benjamin, Einbahnstraße, GS IV 100.)

(141) 同書、四三頁。(Ebd., GS IV 98.)

(142) 同書、三七―三八頁、参照。(Vgl. ebd., GS IV 96.)

(143) ベンヤミンは、バルとはベルンで隣家に住んでいたことから、さらにブロッホとはバルをつうじて、知り合うことになる。バルとブロッホから、ベンヤミンもまた彼らとともに活動するように誘われるが断っている。Vgl. Scholem, Gershom: Walter Benjamin - die Geschichte einer Freundschaft, Frankfurt a. M. (Suhrkamp) 1990, S. 109f. ちなみに、バルとブロッホは一九一七年秋に知り合っている。バルはブロッホに強い関心を寄せ、その特徴的な風貌について記しているが、ブロッホはそれを「反ユダヤ主義 Antisemitismus」の傾向があると批判している。Vgl. Bloch, Ernst: Briefe, Frankfurt a. M. (Suhrkamp) Bd. 1, 1985, S. 232f.

(144) 『著作集』第十四巻、二二三頁、参照。(Vgl. Brief an Gershom Scholem vom 23. -27. 11. 1919, GB II 54, GB II 58.)

『レザベンディオ』についての書評は、それ以前に、一九一七年から一九一九年ごろに書かれたものが残されている。(Vgl. GS II 18ff.)

(145)『著作集』第十四巻、一三七頁、参照。(Vgl. Brief an Gershom Scholem vom ca. 1. 12. 1920, GB II 109, GB II 111.)

(146)『根源』下、二二三―二二六頁、参照。(Vgl. Benjamin, Theologisch-politisches Fragment, GS II 203f.) アドルノはティーデマンに、ベンヤミンがこのテクストを一九三七年か三八年にサン・レモで彼とその夫人との前で「最新のもの」として朗読したとつたえているが、ティーデマンやショーレムのいうように、手紙や残されたメモなどからもやはりこのころに書かれたものだと思われる。

(147)『著作集』第十四巻、一二三頁、参照。(Vgl. Brief an Gershom Scholem vom 23.-27. 11. 1919, GB II 54.) またパウル・シェーアバルト『小惑星物語』種村季弘訳、一九九五年、平凡社、参照。

(148) Vgl. Weber, Max: Wirtschaft und Gesellschaft, Tübingen 1972, S. 29f., S. 183f.

(149) Vgl. Briefe an Fritz Radt vom 21. 11. 1915, GB I 291 und 4. 12. 1915, GB I 301. のちにクラーゲスを高く評価するのをいぶかしがるアドルノにたいして、ベンヤミンはクラーゲスにはユダヤ的なものが真に対決すべきものがあると語っている。ちなみに、ヴォルフスケールはその後、シオニズムに傾倒し、シューラーは反ユダヤ主義の傾向を強めていく。

(150) エルンスト・ブロッホ『ユートピアの精神』好村富士彦訳、白水社、一九九七年、二九―四〇頁、参照。(Vgl. Bloch, Ernst: Geist der Utopie, Frankfurt a. M. (Suhrkamp) 1973, S. 29ff.)

(151) ゲオルク・ルカーチ『小説の理論』『ルカーチ著作集』第二巻所収、大久保健治訳、白水社、一九八六年、六〇頁、参照。(Vgl. Lukács, Georg: Die Theorie des Romans, Darmstadt 1971, S. 52f.)

(152)『根源』下、二三四頁。(Benjamin, Zur Kritik der Gewalt, GS II 182.)

(153) 同書、二三五頁。(Ebd., GS II 183.)

(154) 同書、二三八―二三九頁、参照。(Vgl. ebd., GS II 185.)

(155) 同書、二三六頁。(Ebd., GS II 183.)

(156) 同書、二四二頁、参照。(Vgl. ebd., GS II 187.)

(157) 同書、二六二頁。(Ebd., GS II 196.)

(158) 同書、二四三―二四四頁。(Ebd., GS II 187.)

(159) 同書、二四四頁。(Ebd., GS II 187f.)

(160) 同書、二六五―二六六頁。(Ebd., GS II 197f.)

(161) 同書、二六四頁。(Ebd., GS II 197.)

(162) 同書、同頁。(Ebd.)

(163) 同書、二六七頁。(Ebd., GS II 198.)

(164) ベンヤミンの「交戦権」、「講和＝平和 Friede」、「法 Recht」をめぐる議論には、「私闘権 Fehde」、「平和 Friede」、「法 Recht」をめぐる、いわゆる「古典学派」による当時の中世法制史研究の影響が認められる。ベンヤミンはのちに『ドイツ悲劇の根源』のなかでは、クルト・ラッテを引用し「私闘権」の議論について触れているが、実際にこの当時、ベンヤミンがどの程度こうした議論に精通していたかはわからない。また、ジョルジョ・アガンベンは、ベンヤミンがこのテクストで「たんなる（剝き出しの）生」と呼ぶものを、中世において法の保護を奪われた存在である「平和なき friedlos」者（「狼男」）と結びつけて論じている。ジョルジョ・アガンベン『ホモ・サケル――主権権力と剝き出しの生』高桑和巳訳、以文社、二〇〇三年、参照。(Vgl. Agamben, Giorgio: Homo sacer. Die Souveränität der Macht und das nackte Leben, aus dem Italienischen von Hubert Thüring, Frankfurt a. M. (Suhrkamp) 2002.)

(165) 『根源』下、二六八頁、参照。(Vgl. ebd., GS II 198f.)

(166) 同書、二六九頁。(Ebd., GS II 199.)

(167) たとえば、ロールズが「無知のヴェール」をかけられた「原初状態」における合意を想定するのは、ドゥウォーキンのいうように、そのようにしてはじめて法＝権利主体というものを構成することができるからである。ジョン・ロールズ『正義論』川本隆史他訳、紀伊國屋書店、二〇一〇年 (Rawls, John: *A Theorie of Justice*, Cambridge/Massachusetts 2000.)、ロナルド・ドゥウォーキン『権利論』木下毅他訳、木鐸社、一九九五年 (Dworkin, Ronald: *Taking Rights Seriously*, London 2002.)、参照。

(168) ここでは外的境界＝限界は、内的境界＝限界になる。それはちょうど、ジジェクが外的境界＝限界がいかに内的境界＝限界へと反省されるかを、国民の同一性を例にしめしているのと同じである。イギリス人が自分をイギリス人であると認識しているのは、フランス人やドイツ人、アイルランド人などから自分を外的に区別しているからである。しかし、いったいイギリス人とはだれかと問うとき、だれもが純粋にイギリス人であることの属性を特定することはできないのだから、したがってだれもが経験上イギリス人ではないものをふくんでいるのだから、だれも真のイギリス人であることはできない。このとき「イギリス性」は内的制限となる。すなわち、それはイギリス人が経験的に自己との同一性を達成することを妨げる到達不可能な点になるのである。スラヴォイ・ジジェク『為すところを知らざればなり』鈴木一策訳、みすず書房、一九九六年、参照。

(169) 近代法は契約説にもとづいて構築されると考えられているが、そもそもすべての法規範が契約にもとづいて制定されているわけではない。むしろ、ある行為にたいする贖いを共有することによってはじめて、法はその力を獲得することができる。したがって、ドゥウォーキンが説明するように、法は「多数派主義的 majoritarian」にではなく、「共同的 communal」にしかみずからの力を発揮することはできない。すなわち、共同体のメンバーが解釈学的に法へとかかわるがゆえに法はその力を獲得しうる。そうした行為遂行的一貫性を「境界＝限界」はつくりだすのだと考えられる。ロナルド・ドゥウォーキン『自由の法――米国憲法の道徳的解釈』石山文彦訳、木鐸社、二〇〇三年、参照。(Cf. Dworkin, Ronald: *Freedoms Law. The Moral Reading of the American Constitution*, Oxford 1999.)

(170) マックス・ヴェーバー『政治論集』2、中村貞二他訳、みすず書房、一九八二年、四三一―四三二頁、参照。(Vgl. Weber, Max: Parlament und Regierung im neugeordneten Deutschland, in: Gesammelte Politische Schriften, Tübingen 1988, S. 395f.)

(171) ブロッホ『ユートピアの精神』、三一二頁。(Bloch, Geist der Utopie, S. 297.)

(172) 『根源』下、二五〇―二五一頁。(Benjamin, Zur Kritik der Gewalt, GS II 190.)

(173) 同書、同頁。(Ebd.)

(174) 『政治神学』田中浩・原田武雄訳、未來社、一九八六年、一八頁、参照。(Vgl. Schmitt, Carl: Politische Theologie.

Vier Kapitel zur Lehre von der Souveränität, Berlin 1990, S. 17f.）

(175) Vgl. Unger, Erich: Politik und Metaphysik, Würzburg 1989, S. 12.

(176) 『根源』下、二四六—二四七頁、参照。（Vgl. Benjamin, Zur Kritik der Gewalt, GS II 188f.）

(177) 同書、二四九頁、参照。（Vgl. ebd., GS II 189.）

(178) 『法の力』堅田研一訳、法政大学出版局、一九九九年。（Derrida, Jacques: Force de loi. Le "Fondement mystique de l'autorité", Éditions Galilée, 1994.）

(179) 同書、一一九—一二〇頁。（Ibid., p. 94.）

(180) 同書、一〇四頁。（Ibid., p. 83.）

(181) 『根源』上、二五四—二五五頁、参照。（Vgl. Benjamin, Ursprung des deutschen Trauerspiels, GS I 298.）なお浅井訳にならい、Tragödie の訳語は「ギリシア悲劇」、Trauerspiel の訳語は文脈に応じて「バロック悲劇」、「近代悲劇」とし、どちらも「悲劇」と訳さざるをえない箇所はカタカナでルビを付した。

(182) 同書、二二四頁。（Ebd., GS I 285.）

(183) 同書、二二九頁。（Ebd., GS I 287f.）

(184) 同書、二四五—二八六頁、参照。（Vgl. ebd., GS I 294.）

(185) 同書、二四七頁。（Ebd.）

(186) Latte, Kurt: Heiliges Recht. Untersuchungen zur Geschichte der sakralen Rechtsformen in Griechenland, Tübingen 1920.

(187) Vgl. ebd., S. 11, S. 21.「古典学説」と呼ばれる当時の中世ドイツ法制史研究については、ミッタイス＝リーベリッヒ『ドイツ法制史概説』世良晃志郎訳、創文社、一九七一年、成瀬治『絶対主義国家と身分制社会』山川出版社、一九八八年、オットー・ブルンナー『ヨーロッパ——その歴史と精神』成瀬治他訳、岩波書店、一九七四年（Brunner, Otto; Land und Herrschaft. Grundfragen der territorialen Verfassungsgeschichte Österrreichs im Mittelalter, Darmstadt 1984.）、参照。また、ラッテはユダヤ人であり、『聖なる法』を教授資格論文としてミュンスター大学に提出したのち、一九三一年にゲッティンゲン大学で教職につくが、一九三五年には大学から追放されることになる。戦時中はハンブルクで隠れ住んでいたようだが、戦後、一九四五年からふたたびゲッティンゲン大学の古典文献学の教授に復帰している。

(188) Latte, Heiliges Recht, S. 2f.

(189)『根源』上、二五一頁、参照。(Vgl. Benjamin, Ursprung des deutschen Trauerspiels, GS I 296.)

(190) Vgl. Briefe an Florens Christian Rang vom ca. 27. 1. 1924, GB II 418f. und 14. 2. 1924, GB II 425ff. また、一九二四年一月二十七日に書かれたと考えられているラング宛の手紙のなかで、ベンヤミンは、ソポクレスとエウリピデスの悲劇に認められる対話形式とアッティカの訴訟手続きとの関連についてラングにたずねているが、おそらくベンヤミンはそこでラッテの文献を教えられたのではないかと思われる。ラングがベンヤミンに宛てた手紙の草稿がラングの日記のなかに残されているが、そこでアッティカの訴訟手続きについて論じられている内容はラッテの議論にしたがっているものと考えられる。

(191)『根源』上、二三〇頁。(Benjamin, Ursprung des deutschen Trauerspiels, GS I 288.)

(192) 同書、二四九頁、参照。(Vgl. ebd., GS I 296.)

(193) 同書、二四〇—二四一頁。(Ebd., GS I 292.)

(194) 同書、二四一頁。(Ebd.)

(195) 同書、二四二—二四三頁。(Ebd., GS I 293.)

(196) 同書、二四三—二四四頁。(Ebd.)

(197) 同書、二八二頁。(Ebd., GS I 308.)

(198) 同書、二八八頁。(Ebd., GS I 310.)

(199) 同書、二九六頁、参照。(Vgl. ebd., GS I 313.)。ヴィルヘルム・エムリッヒ『アレゴリーとしての文学——バロック期のドイツ』道旗泰三訳、平凡社、一九九三年、参照。(Emrich, Wilhelm: Deutsche Literatur der Barockzeit, Königstein/Ts., 1981.)

(200) 同書、一一五頁、参照。(Vgl. ebd., GS I 245.) また、エルンスト・H・カントーロヴィチ『王の二つの身体』上・下、小林公訳、筑摩書房、二〇〇三年(Kantorowicz, H. Ernst: *The King's Two Bodies*, Princeton 1997)、ヘルマン・

テュヒレ『キリスト教史6　バロック時代のキリスト教』上智大学中世思想研究所編訳、平凡社、一九九七年、参照。カントーロヴィチはキリスト教政治神学の特徴として、パウロの〈キリストの体 corpus Christi〉という表現が、中世の〈教会の神秘体 corpus ecclesiae mysticum〉をへて、近世の〈国家の神秘体 corpus reipublicae mysticum〉へと発展し、十六世紀イングランドにおいて「王の生身の身体」とそれとは異なる「王の〈けっして死ぬことのない〉政治的身体」が、「王の二つの身体」という「擬制 fictio」として形成されるにいたると論じているが、とりわけ王の死による空位期間と簒奪者による王権の分断において王国の連続性を確保する権限が、それぞれ「王の自然的身体」と「王の政治的身体」という二つの「擬制」のもとで教皇庁から世俗国家そのものへと移っていった経緯を明らかにしている。王の空位期間における王権の連続性は、初期中世では教会によって確保されると考えられていたのにたいして、後期中世以来けっして死ぬことのない「王の自然的身体」としての王朝の連続性という「擬制」によって確保されると考えられるようになる（カントーロヴィチ『王の二つの身体』上、七七—八〇頁、Kantorowicz, *The King's Two Bodies*, pp. 334-336）。他方、「簒奪者」の問題は、「擬制としての王冠」をめぐる議論の一例としてとりあげられている。ヘンリー四世とエドワード四世のあいだの王権をめぐる闘争で、王位が奪われるごとに「王の自然的身体」は分断されることになるが、内戦を避けるために国家は「唯一なる王冠」、「唯一なる王の政治的身体」という「擬制」のもとに存続すると考えられた（同書、上、二二四—二二六頁、*Ibid.*, pp. 370-372）。そのさい王冠の「擬制」への誓約は中世後期以来、教皇庁からしだいに世俗国家そのものへと移っていったとされる。カントーロヴィチは、「王の二つの身体」という「擬制」が十六世紀イングランドにおいて成立したと論じているが、十七世紀大陸における絶対主義の王権にも同様の性格が認められると考えられる。Vgl. Koschorke, Albrecht/Lüdemann, Sussane/Frank, Thomas/Matala de Mazza, Ethel: Der fiktive Staat. Konstruktionen des politischen Körpers in der Geschichte Europas, Frankfurt a. M. 2007, S. 151ff.; Wolfgang, Ernst/Vismann, Cornelia (hrsg.) : Geschichtskörper. Zur Aktualität von Ernst H. Kantorowicz, München 1998.

（201）『根源』上、三〇九頁。（Benjamin, Ursprung des deutschen Trauerspiels, GS I 317.）

（202）『プロテスタンティズムと資本主義の精神』大塚久雄訳、岩波書店、一九八九年、参照。（Vgl. Weber, Max: Die protestantische Ethik und der Geist des Kapitalismus, in: Gesammelte Aufsätze zur Religionssoziologie I, Tübingen 1988.）

（203）『根源』上、三一三頁。（Benjamin, Ursprung des deutschen Trauerspiels, GS I 319.）

（204）同書、二三九頁、参照。（Vgl. ebd., GS I 291.）

（205）同書、一一六頁。（Ebd., GS I 245f.）

（206）『政治神学』、一一頁。（Schmitt, Politische Theologie, S. 11.）

（207）Cf. Weber, Samuel: *Taking Exception to Decision. Theatrical-theological Politics. Walter Benjamin and Carl Schmitt*, in: Walter Benjamin 1892-1940, zum 100. Geburtstag, hrsg. v. Uwe Steiner, Bern/Berlin/Frankfurt a. M./New York/Paris/Wien/Lang 1992.

（208）『根源』上、一三一頁。（Benjamin, Ursprung des deutschen Trauerspiels, GS I 250.）

（209）同書、同頁、参照。（Vgl. ebd.）

（210）同書、一三五頁。（Ebd., GS I 251.）

（211）同書、一一五頁。（Ebd., GS I 245.）

（212）同書、一三〇頁。（Ebd., GS I 250.）

（213）Vgl. Koschorke/Lüdemann/Frank/Matala de Mazza, Der fiktive Staat, S. 139ff. ベッティーネ・メンケは、カントーロヴィチの「王の二つの身体」という「擬制 fictio」に「現実の現前 Realpräsenz」と「再－現前 *Re*-Präsentation」のパラドックスを認め、バロックの時代のパフォーマティブでフェティッシュな権力のもつ「演劇性 Theatralität」の危うさについて論じている。Vgl. Menke, Bettine: Das Trauerspiel-Buch. Der Souverän - das Trauerspiel - Konstellationen - Ruinen, Bielefeld 2010, S. 70ff.

（214）『根源』上、二〇〇頁。（Ebd., GS I 276.）

（215）『根源』下、二六一－二六二頁。（Benjamin, Zur Kritik der Gewalt, GS II 196.）

（216）同書、二六二－二六三頁。（Ebd.）

（217）同書、二六九－二七〇頁。（Ebd., GS II 199.）

（218）Vgl. Werber, Max: Das antike Judentum, in; Gesammelte Aufsätze zur Religionssoziologie III, Tübingen 1988, S.

137f. このころ書かれたのではないかと考えられているベンヤミンのメモのなかに、ソレルの『暴力についての省察』とウンガーの『政治と形而上学』とならんで、一九二〇年に出版されたヴェーバーの『宗教社会学論集』のテクストのタイトルが記されている（Vgl. GS VI 102）。なお、ベンヤミンが「神」ということばに訴えるとき、その意味を一義的に理解することは困難だが、とりあえず「神」とは隣人としての他者の存在の絶対性を、「神」への訴えはその歴史的な顕現への要請を意味していると理解できるように思われる。

（219）Derrida, Jacques: *Force of Law. The "Mystical Foundation of Authority"*（Force de Loi. The "fondement mystique de l'autorité"）, translated by Mary Quaintance, *Cardozo Law Review*, New York, vol 2. 1990, pp. 919-1045; ders: Force de loi. Le "Fondement mystique de l'autorité", Éditions Galilée, 1994. 引用個所は、単行本については略号Fとページ数によって、「カルドーゾ・ロー・レヴュー」に掲載された論文については略号Cとページ数によってしめすことにする。なお、カルドーゾ・ロー・スクールでの講演ではパスカルについて論じた「正義への権利について、法＝権利から正義へ」が口頭発表されたあとに配布され、あわせて議論されたということである。また、「カルドーゾ・ロー・レヴュー」に掲載されている序文と後記は、カルフォルニア大学の講演で読み上げられたと考えられる英語の講演原稿のみであり、フランス語の原稿は載せられていない。またカリフォルニア大学のコロキウムにおける他の発表については、ソール・フリードランダー編『アウシュヴィッツと表象の限界』上村忠男・小沢弘明・岩崎稔訳、未來社、一九九四年、参照。

（220）『法の力』、一二〇頁。（Ibid., F94/C996.）

（221）Ibid., C996. フランス語の講演原稿にはあるものが、すでに対訳の英語の講演原稿からは削除されている。

（222）同書、一二六頁。（Ibid., F98/C1002.）

（223）Cf. ibid., C1002. 対訳の英語の講演原稿では、まだ削除されずに残されている。

（224）同書、一五七頁、参照。（Cf. ibid., F121/C1022-4.）おそらく「正義」もまた、カルドーゾ・ロー・スクールにおける講演とカルフォルニア大学における講演では、その位置づけが変化しているように思われる。『パンセ』の読解では「正義」はもっぱら「絶対的な他性の経験」（同書、七一―七二頁、F61）として、法＝権利や政治を変革する唯一的な特異な「出来事」の到来の可能性として理解されていたのにたいして、「最終的解決」との関連では「正義」そのものが、「最終的解決」という出来事の唯一性について「証言」することを要請するという点で、アポリアをはらんでいると論じられることになる。

(225) 同書、一七四頁。(Ibid., F134/C1036.)
(226)『根源』下、二七八頁。(Benjamin, Zur Kritik der Gewalt, GS II 203.)
(227)『法の力』、一七六頁、参照。(Cf. Derrida, ibid., F135.)
(228) 同書、一七六頁。(Ibid., F135.)
(229) 同書、一七五頁。(Ibid., F134.)
(230) 同書、七九—八〇頁。(Ibid., F67/C973.) 絶滅収容所 Vernichtungslager は、フランス語で camp d'extermination。
(231) 同書、七九—八一頁、参照。(Cf. ibid., F67-68/C973.)
(232) 同書、一八一—一八二頁、参照。(Cf. ibid., F139-40/C1040-41.)
(233) 同書、一八四—一八五頁。(Ibid., F140/C1041.)
(234) 同書、一八六頁。(Ibid., F141/C1042.)
(235) 同書、一八七頁。(Ibid.)
(236) 同書、一八七頁、参照。(Cf. ibid., F142/C1042.)
(237) 同書、一九〇頁。(Ibid., F143/C1043.)
(238) 同書、一九〇—一九一頁。(Ibid., F144/C1043.)
(239) 同書、一九二頁。(Ibid., F144/C1044.)
(240) 同書、一九二—一九三頁、参照。(Cf. ibid., F145/C1044.)
(241) 同書、一九四頁。(Ibid., F145/C1044-45.)
(242) 同書、一九四頁、参照。(Cf. ibid., F146/C1045.)
(243) 同書、一九五頁。(Ibid.)
(244) Menke, Bettine: Benjamin vor dem Gesetz. Die Kritik der Gewalt in der Lektüre Derridas, in: Gewalt und Gerechtigkeit. Derrida-Benjamin, hrsg v. Anselm Haverkamp, Frankfurt a. M. (Suhrkamp) 1994, S. 217-275.

(245) Vgl. ebd., S. 238.

(246) 『法の力』、一九〇頁、参照。(Cf. Derrida, ibid., F143/C1043.)

(247) 『根源』下、二七七頁、参照。(Vgl. Benjamin, Zur Kritik der Gewalt, GS II 202.) Vgl. Menke, ebd., S. 225f. アガンベン『ホモ・サケル』九五頁―一〇〇頁。(Agamben, Homo sacer, S. 74ff.)

(248) Vgl. Benjamin, Das Recht zur Gewaltanwendung, GS VI 107.

(249) Ebd., GS VI 106f.

(250) 『根源』下、二六四頁。(Benjamin, Zur Kritik der Gewalt, GS II 197.)

(251) 同書、二七八頁、参照。(Vgl. ebd., GS II 202.)

(252) 同書、二七三頁、参照。(Vgl. ebd., GS II 200.)

(253) 同書、二七三頁。(Ebd., GS II 201.)

(254) Vgl. Gasché, Rodolphe: Über Kritik, Hyperkritik und Dekonstruktion: Der Fall Benjamin, in: Gewalt und Gerechtigkeit. Derrida-Benjamin, S. 196-216. たしかに、『暴力批判論』が書かれた当時のベンヤミンの思考は、「怒れる神」というユダヤ教的なイメージにとらわれている。デリダ派のロドルフ・ガシェは、ベンヤミンの「批判」にたいして、デリダの『法の力』を分析し、「脱構築」をあらゆる区別の可能性と、区別をその純粋性において構築しようとすることを不可能にする思考であると説明している。「脱構築」とは、あらゆる規範的な区分、分割、決断によって構成される他者にたいしてではなく、あらゆる批判的な区分が前提とする還元不可能な他者にたいして応答し、「区分し分離する決断」に対抗して唯一無比なるものにたいして無限に責任を負うのだという。

(255) Ebd., S. 209.

(256) 『根源』下、一七頁。(Benjamin, Ursprung des deutschen Trauerspiels, GS I 337.)

(257) 『コレクション』第一巻、六四九頁。(Benjamin, Über den Begriff der Geschichte, GS I 695.) 初期のテクストでは、「歴史的主体」という表現はいっさいもちいられていない。法＝権利主体としての個人とは区別される人間の「歴史的主体」としてのあり方は、かわりに「被造物 Kreatur」という表現によって追求されている。

(258) ユルゲン・ハーバーマス『近代の哲学的ディスクルス』II、三島憲一他訳、岩波書店、一九九〇年、三八九―三九〇頁。（Habermas, Jürgen: Der philosophische Diskurs der Moderne, Frankfurt a. M. (Suhrkamp) 1985. S. 258f.）ハーバーマスはすでに初期のベンヤミン論「ヴァルター・ベンヤミン――意識化する批評か、救済する批評か」（一九七二年）のなかで同じ箇所をとりあげ、ベンヤミンの「言語的コミュニケーションの理論」の可能性に言及している。ハーバーマス『哲学的・政治的プロフィール』下、一八四頁、参照。（Vgl. Habermas, Philosophisch-politische Profile, S. 376.）

（259）『根源』下、二五三―二五四頁。（Benjamin, Zur Kritik der Gewalt, GS II 192.）この箇所は解釈が分かれるところかもしれない。ベンヤミンは、「可能なだけではない nicht allein möglich」と述べ、「証明されなければならない sondern... ist zu belegen」とつづけているが、「証明することができる」と理解することもできる。そのように解釈するなら、「話し合い」では「嘘が罰せられない」ことが可能だということになるが、ここでは前半で「可能なだけではない」とあるので、後半はより強い要請であると解釈した。いずれにせよベンヤミンは、「嘘が罰せられない」ことが〈了解〉のほんらいの領域」の条件であると主張している。したがって、ハーバーマスが考えるような「話し合い」は「誠実性」を要請するという点で嘘を許容しないので、ベンヤミンの構想する「〈了解〉のほんらいの領域」ではありえない。

（260）Vgl. Wellmer, Albrecht: Ethik und Dialog. Elemente des moralischen Urteils bei Kant und in der Diskursethik, Frankfurt a. M. (Suhrkamp) 1986. ハーバーマスによるなら「理想化」とは、「もろもろの表現に同一的な意味を帰し、妥当要求に超越論的な意義を付与し、話し手の合理性や帰責能力を強調する」という論議の不可避の条件にかかわるものであり、事実には反するとしてもこうした条件を満たしていることを想定しないと論議はまじめなものにならないというのだが、だからこそたえず、そうした「反事実的」な条件のもとに構築される全体性がいかなる暴力性をはらんでいるか、批判的に検討されなければならない。ユルゲン・ハーバーマス『討議倫理』清水多吉他訳、法政大学出版局、二〇〇五年、一九〇頁、参照。（Vgl. Erläuterungen zur Diskursethik, Frankfurt a. M. (Suhrkamp) 1991, S. 161.）

（261）Benjamin, Über den »Kreter«, GS VI 57.

（262）Ebd., GS VI 58.

(263) Ebd., GS VI 59.

(264) Vgl. Fenves, Peter: *Testing Right - Lying in View of Justice*, Cardozo Law Review 13 (1991), S. 1081-1113. ベンヤミンは、かつて嘘を罰する法はなかったと述べているが、フェンヴスによると、ローマ法では詐欺にたいするペナルティの問題は曖昧であり、それは法的権利の問題とは結びついていなかったということである。フェンヴスは、ベンヤミン、カント、バンジャマン・コンスタン、プラトンをとりあげ、嘘をつく権利について論じている。たとえばプラトンの「高貴な嘘」は、「正当な justice 時間をあたえる」という「パルマコン（薬）」としての意義をもっていたと述べている。

(265)『世界の名著　カント』、三三二頁。(Kant, Die Metaphysik der Sitten, S. 315.)

(266) Benjamin, Notizen zu einer Arbeit über die Lüge II, GS VI 63.

(267) Benjamin, Notizen über »Objektive Verlogenheit« I, GS VI 60.

(268) Benjamin, Die Bedeutung der Zeit in der moralischen Welt, GS VI 98.

(269) Ebd.

(270)『コレクション』第1巻、一〇—一一頁。(Benjamin, Über Sprache überhaupt und über die Sprache des Menschen, GS II 141f.)

(271) 同書、一三頁、参照。(Vgl. ebd., GS II 142.)

(272) 同書、一〇頁、参照。(Vgl. ebd., GS II 141.)

(273) 同書、一三頁。(Ebd., GS II 143.)

(274) 同書、一五頁。(Ebd., GS II 144.)

(275) 同書、一一頁。(Ebd., GS II 142.)

(276) ベンヤミン『モスクワの冬』藤川芳朗訳、晶文社、一九八二年、八二—八三頁。(Benjamin, Moskauer Tagebuch, GS VI 331.)

(277) ジャック・デリダ『ジャック・デリダのモスクワ』土田知則訳、夏目書房、一九九六年、一一五頁。(Derrida, Jacques: Moscou aller-retour, éditions de l'Aube. 1995, p. 84.)

(278)『コレクション』第一巻、一六頁。(Benjamin, Über Sprache überhaupt und über die Sprache des Menschen, GS II 144.)

(279) 同書、一三頁、参照。(Vgl. ebd., GS II 143.) ここではWortおよびその複数形Worteは「語」と訳した。背景にあるのは「神のことば(語) Gottes Wort」なのだが、またそれは固有名との関連で議論されているからである。想定されているのは、文を形成する文法上の最小の単位(「単語 Wörter」)ではなく、なんらかの事態を記述することばの単位だととりあえず考えられる。

(280) 同書、一七頁、参照。(Vgl. ebd., GS II 145.)

(281) 同書、三四頁、参照。(Vgl. ebd., GS II 156.)

(282) 同書、三四—三五頁、参照。(Vgl. ebd.)

(283) Vgl. Benjamin, GS VI 22f. またベンヤミンはショーレム宛の手紙(一九二〇年十二月一日前後)で、この論文を哲学的粉飾をほどこしたたんなる翻訳にすぎないとこき下ろし、またリッカートとフッサールに媚びているとけなしている。『著作集』第十四巻、一三六頁、参照。(Vgl. Brief an Gershom Scholem vom ca. 1. 12. 1920, GB II 108.)

(284) マルティン・ハイデッガー『ドゥンス・スコトゥスの範疇論と意義論』、ハイデッガー全集第一巻『初期論文集』所収、創文社、一九九六年、二〇〇頁。(Heidegger, Martin: Die Kategorien- und Bedeutungslehre des Duns Scotus, Gesamtausgabe Bd. 1, Frankfurt a. M. (Vittorio Klostermann) 1978, S. 199.)

(285) 同書、四〇九頁。(Ebd., S. 401.)

(286)『コレクション』第三巻、三九九頁。(Benjamin, Die Aufgabe des Übersetzers, GS IV 399.)

(287) 同書、三九六—三九七頁。(Ebd., GS IV 13f.)

(288) 前田英樹『沈黙するソシュール』書肆山田、一九八九年、『言語の闇をぬけて』書肆山田、一九九四年、またフェルディナン・ド・ソシュール『ソシュール講義録注解』前田英樹訳・注、法政大学出版局、一九九一年、参照。

(289)『コレクション』第三巻、三九八頁。(Benjamin, Die Aufgabe des Übersetzers, GS IV 14.)

(290) ド・マンは、語の「志向 intent」と「意味 meaning」とのあいだの相違によって喚起される換喩(メトニミー)的な効果を強調することによって、ベンヤミンが翻訳を「脱構築」の問題としてとらえていると解釈する。しかし、それでは諸言語の「親縁性」、「補完」という概念が理解できないように思われる。ポール・ド・マン『理論への抵抗』大河内昌訳、国文社、一九九六年、参照。(Vgl. de Man, Paul: "*Conclusions*" : *Walter Benjamin's "The Task of the Translator"*, in: The Resistance to Theory, Minneapolis (University of Minnesota Press) 1986). Vgl. Rüffer, Ulrich: Anmerkungen zu Paul de Mans Benjamin-Lektüre, in: Walter Benjamin, 1892-1940, zum 100. Geburtstag.

(291) Vgl. Scholem, Gershom: Walter Benjamin: die Geschichte einer Freundschaft, 3. Aufl. Frankfurt a. M. (Suhrkamp) 1990. ベンヤミンの論理学にたいする関心と当時の論理学との関係については、つぎの論文を参照。Maas, Utz: Sprachwissenschaftliches im Werk Walter Benjamins, in: global Benjamin/Internationaler Walter-Benjamin-Kongreß, hrsg. v. Klaus Garber und Ludger Rehm. München (Wilhelm Fink) 1999.

(292) Benjamin, Das Urteil der Bezeichnung, GS VI 9f.

(293) Ebd., GS VI 10.

(294) Ebd., GS VI 9.

(295) Ebd., GS VI 10.

(296) Vgl. Benjamin, Reflexionen zu Humbolt, GS VI 26f.

(297) 『コレクション』第三巻、三八九頁。(Benjamin, Die Aufgabe des Übersetzers, GS IV 9.)

(298) 同書、三九〇頁。(Ebd., GS IV 10.)

(299) 同書、三九二頁。(Ebd., GS IV 11.)

(300) ジャック・デリダ『他者の言語』高橋允昭訳、法政大学出版局、一九八九年、二八―二九頁、参照。(Vgl. Derrida, Jacques: Des tours de Babel, in: Psyché, Paris. 1987, pp. 218-219.)

(301) 『コレクション』第一巻、二五頁。(Benjamin, Über Sprache überhaupt und über die Sprache des Menschen, GS II 150.)

(302) 同書、三四頁。(Ebd., GS II 155.)

(303) 同書、二四頁。(Ebd., GS II 149.)

(304) ソール・A・クリプキ『名指しと必然性――様相の形而上学と心身問題』八木沢敬他訳、産業図書、一九八九年、参照。（Cf. Kripke, Saul A.: *Naming and Necessity*, Cambridge/Massachusetts (Harvard University Press) 1998.）クリプキの議論のなかで、諸可能世界で指示が固定されることと、伝達の連鎖のなかで指示が固定されることは区別されなければならないように思われる。その区別は、ア・プリオリで偶然的な事象とア・ポステオリだが必然的だと考えられている事象とのあいだの区別に対応する。クリプキは明らかに、伝達の連鎖においては、固有名も一般名もともに固定されるはずのものと考えている。しかし、固有名の問題は伝達の連鎖においてではなく、あくまで諸可能世界との関係のなかで考察されなければならないように思われる。またそのさいクリプキの提示する諸可能世界が、あらかじめ固有名が固定されるべく選ばれていることに、たとえば水の分子がH_2Oではないかもしれないような可能世界は想定されていないことに、注目しなければならない。

（305）ジル・ドゥルーズ『意味の論理学』岡田弘他訳、法政大学出版局、一九八七年、一四一－一四四頁、二一五－二一七頁、『襞――ライプニッツとバロック』宇野邦一訳、河出書房新社、一九九八年、一〇五－一〇六頁、参照。（Cf. Deleuze, Gilles: Logique du sens, Paris. 1969, S. 134ff., S. 200ff.; id., Le pli. Leibniz et Baroque, Paris. 1988, S. 79ff.）ドゥルーズもまた、ある可能世界に罪を犯さないあるアダムがいるのだとすれば、罪を犯すこと、罪を犯さないことは、それぞれの可能世界におけるあるアダムに帰属する属性と見なされてしまうことから、あらゆる可能世界において固有名が固定されていなければならないことを指摘している。しかし、ドゥルーズのばあい、固有名はあくまで、世界が実在する対象としてライプニッツの「不共可能性」という原理にしたがって認識されなければならないとすればそのかぎりで、われわれの世界があらゆる他の世界を排除して実在する唯一の世界であると認識しなければならないとすればそのかぎりで、必要なものだと考えられている。ドゥルーズが想定する世界は、ラディカルである。その世界は、さまざまな発散する出来事のセリーが「不共可能性」という原理によってそれぞれの可能世界に振り分けられ、そこからわれわれの世界が選択されるのではなく、不調和や不協和そのものからなる世界にほかならない。そのような世界では、固有名は必要とされないばかりでなく、あらゆる述語が特異性、出来事と見なされる。そこでは、あらゆる束縛や拘束を回避するための思考と実践のみが重要な意味をもつ。

（306）『コレクション』第一巻、二二五頁。（Benjamin, Über Sprache überhaupt und über die Sprache des Menschen, GS II 150.）

(307) ベンヤミンの念頭におかれているのは、当時、ドイツの哲学的潮流をなしていた新カント学派の理論、とりわけヘルマン・コーエン、ハインリヒ・リッカート、ヴィルヘルム・ヴィンデルバントなどの理論であると思われる。

(308)『根源』上、二一一—二二頁、一八頁、参照。(Vgl. Benjamin, Ursprung des deutschen Trauerspiels, GS I 209, GS I 207)

(309) Weber, Samuel: *Taking Exception to Decision: Theatrical-theological Politics. Walter Benjamin and Carl Schmitt*, in: Walter Benjamin, 1892-1940, zum 100. Geburtstag, S. 124.

(310)『根源』上、三九頁。(Benjamin, Ursprung des deutschen Trauerspiels, GS I 217.)

(311) 同書、二二頁。(Ebd., GS I 209.)

(312)『言語一般と人間の言語』では「固有名 Eigenname」は、「名 Name」すなわち一般名から術語的に区別されていたのにたいして、ここでは「固有名」ということばは、おそらく「固有な eigen」という修飾語が「固有名」のもつ「非同一的」な、「非固有な」性格と矛盾することから避けられ、「固有名」のかわりに「名」という術語が使われている。

(313)『根源』上、三七—三八頁。(Ebd., GS I 216.)

(314) 同書、三九頁。(Ebd., GS I 217.)

(315) 同書、三二頁、参照。(Vgl. ebd., GS I 214.)

(316) 同書、三三頁。(Ebd.)

(317) 同書、三三頁。(Ebd., GS I 215.)

(318) 同書、三三—三四頁、参照。(Vgl. ebd.)

(319) 同書、五〇頁。(Ebd., GS I 221.)

(320) 同書、一九頁。(Ebd., GS I 208.)

(321) 同書、六六頁、参照。(Vgl. ebd., GS I 227.)

(322) 同書、六七頁。(Ebd.)

(323) 同書、六一頁。(Ebd., GS I 226.)

(324) Vgl. Cohen, Hermann: Logik der reinen Erkenntnis, Berlin 1914; ders: Das Prinzip der Infinitesimal-Methode und seine Geschichte, Berlin 1984. また、忽那敬三「問題学への展開」「理想」六四三号、一九八九年、参照。ベンヤミンも参考文献に挙げている『純粋認識の論理学』では、論理学とは「根源の論理学」でなければならないと論じられている。

(325)『根源』上、六〇頁。(Benjamin, Ursprung des deutschen Trauerspiels, GS I 226.)

(326) 同書、六二―六三頁。(Ebd., GS I 227.)

(327) ジル・ドゥルーズ『襞――ライプニッツとバロック』参照。(Cf. Deleuze, Le pli. Leibniz et le Baroque.)

(328)『根源』上、六八頁。(Benjamin, Ursprung des deutschen Trauerspiels, GS I 228.)

(329) テオドール・W・アドルノ『哲学のアクチュアリティ』細見和之訳、みすず書房、二〇一一年。(Adorno, Theodor W.: Die Idee der Naturgeschichte, Gesammelte Schriften Bd. 1, Frankfurt a. M. (Suhrkamp) 1977.)

(330) 同書、四六頁、参照。(Vgl. Adorno, ebd., S. 348.)

(331) 同書、五七頁。(Ebd., S. 353.)

(332) 同書、五一頁。(Ebd., S. 350.)

(333) 同書、五九頁。(Ebd., S. 354f.)

(334) 同書、六五頁。(Ebd., S. 358.)

(335) 同書、六八頁。(Ebd., S. 359.)

(336) 同書、七一頁。(Ebd., S. 360f.)

(337)『根源』下、二九頁、参照。(Vgl. Benjamin, Ursprung des deutschen Trauerspiels, GS I 343.)

(338) 同書、二八―三〇頁。(Vgl. ebd.)「自然史」をめぐるアドルノとベンヤミンとの考え方のもうひとつの相違は、ここでは議論できないが、「第二の自然」としての「商品のファンタスマゴリー」が担う意味にあると考えられる。ベンヤミンは「商品のファンタスマゴリー」をあくまで肯定的に理解しようとするのにたいして、アドルノはそこに「自然支配」しか認めようとしない。その点に、ベンヤミンのアドルノとの相違があり、またベンヤミンのクラーゲスとの親縁性がある。ベンヤミンにとって「商品のファンタスマゴリー」は、そこに「抑圧された者」との関係がしめされているかぎりで決定的な意味を担っているのにたいして、アドルノにとって映画やジャズといった大衆メディアは、どこまでも「文化産業」でしかない。ベンヤミンとアドルノとのあいだで、『パサージュ論』をめぐって交わされる議論の論点はそこにあると思われる。

(339) 当初、一九一七年十月二十二日付のショーレム宛の手紙では、カントと歴史というテーマで博士論文にとりかかろうとしている、とベンヤミンは語っている。その後、結局、カントの批判からは、「歴史」ではなく「倫理的関心のある歴史的配置 Konstellation」(『著作集』第十四巻、九二頁、Brief an Gershom Scholem vom ca. 23. 12. 1917, GB I 408.) の問題しか読みとることができないと、ショーレムに告げている（一九一七年十二月二十三日付）。それゆえにカントの歴史哲学を論じることは断念せざるをえないと、ベンヤミンは、エルンスト・シェーン宛の手紙（一九一九年四月七日付）のなかで、「ロマン主義の中心にあるメシアニズム」に言及している。

(340) 『ロマン主義』、一六頁。(Benjamin, Der Begriff der Kunstkritik in der deutschen Romantik, GS I 13.)

(341) 同書、一七頁。(Ebd.)

(342) 同書、一八六頁。(Ebd., GS I 89.)

(343) 同書、一四九頁。(Ebd., GS I 73.)

(344) 同書、一四七頁。(Ebd., GS I 72.)

(345) 同書、一五五頁。(Ebd., GS I 76.)

(346) 同書、一三頁。(Ebd., GS I 11.)

(347) リチャード・ローティ『哲学と自然の鏡』野家啓一監訳、産業図書、一九九三年、参照。デカルトやホッブスが、知の世界をコペルニクスやガリレオにとって安全な場所にするために、キリスト教会から知的生活を解放するために闘ってきたとすれば、カント以来、科学と学問的活動にたいする教会の支配が打ち破られるようになってからは、新たに教会にかわって、知の世界の基礎づけの役割を担う理論が、知の客観性を保証してくれるはずの理論が、「認識論」として要請されることになる。ローティは歴史的「認識論 Erkenntnistheorie」という観点から、「認識論」そのものを基礎づけ主義として批判の対象としているが、問題になっているのは、「ポスト‐分析的」哲学と「ポスト‐超越論的」哲学が共通に批判の対象としてきた基礎づけ主義であり、そのとき「ポスト‐超越論的」哲学はその批判を「認識批判」として展開してきたことを考慮するなら、ローティは「認識論」に大きな重荷を負わせすぎているように思われる。

(348)『ロマン主義』、一八頁。(Benjamin, Der Begriff der Kunstkritik in der deutschen Romantik, GS I 13.)

(349) 同書、二三四頁。(Ebd., GS I 109.)

(350) 同書、一八頁。(Ebd., GS I 13.)

(351)『著作集』第十四巻、八九頁。(Brief an Gershom Scholem vom 22. 10. 1917, GB I 391.)

(352) ラング宛の手紙（一九二三年十二月九日）では、〈批判＝批評〉とは「ひとつの理念の叙述 Darstellung」であると述べられている。「その内包的（集中的＝強度的 intensiv）無限性は、諸理念をモナドとして特徴づける」（『根源』下、三六四頁、Brief an Florens Christian Rang vom 9. 12. 1923, GB II 393.）。ベンヤミンは〈批判＝批評〉とは「解釈 Interpretation」であり、「芸術作品の解釈の課題＝使命は、被造物の生を理念のなかに集合させること versammeln、しっかりと位置づけること feststellen である」（同書、三六五頁、GB II 393.）と説明するのである。「人間が知っていること Wissen のすべてが釈明されるべきだとすれば、他のいかなる形式でもなく、解釈という形式をとらなければならないこと、諸理念こそがしっかりと位置づける解釈の手掛かり Handhabe であること」（同書、三六五頁、GB II 394.）が認識されなければならない。

(353) アガンベン『ホモ・サケル』および『例外状態』上村忠男他訳、未來社、二〇〇七年、参照。(Vgl. Agamben, Homo sacer; ders: Ausnahmezustand, aus dem Italienischen von Ulrich Müller-Schöll, Frankfurt a. M. (Suhrkamp) 2004.) またシュミット『政治神学』一三頁、参照。(Vgl. Schmitt, Politische Theologie, S. 14.)

(354) アガンベン『ホモ・サケル』一八一頁、参照。(Vgl. Agamben, Homo sacer, S. 139.)

(355)『根源』下、二七五頁。(Benjamin, Zur Kritik der Gewalt, GS II 201.)

(356) 同書、二七六頁。(Ebd., GS II 202.)

(357) イマヌエル・カント『純粋理性批判』中、岩波書店、一九八二年、一二五―一三三頁。(Kant, Immanuel: Kritik der reinen Vernunft, Hamburg 1956, S. 462ff.) カントは、「人間はただおのれ自身の、とはいえ普遍的な立法にのみ従属すること」と「人間はおのれ自身の、とはいえ自然目的からすれば普遍的な立法意志にしたがってのみ行為するべく義務づけられること」とを同じことを意味するものと理解している。またカント『人倫の形而上学の基礎づけ』、『世界の名著　カント』所収、二八二―二八三頁、参照。(Vgl. Kant, Immanuel: Grundlegung zur Metaphysik der Sitten, Werkausgabe. Bd. 7. Frankfurt a. M. (Suhrkamp) 1991, S. 65.)

(358)『根源』上、二二九頁。(Benjamin, Ursprung des deutschen Trauerspiels, GS I 284.)

(359) テオドール・W・アドルノ『否定弁証法』木田元他訳、作品社、一九九六年、二九九―三〇二頁、参照。(Vgl. Adorno, Theodor W.: Negative Dialektik. Gesammelte Schriften Bd. 6, Frankfrut a. M. 1997, S. 243ff.) アドルノは、カントの「自由の原因性（因果性）」という概念がそもそも「因果性」という概念を拡張的に解釈するものであり、すでに自由が「因果性」に拘束されることを表明する撞着語法に陥っていると批判している。

(360) したがって倫理の問題もまた、「個体」の特異性、唯一性、〈歴史的主体〉のもとに見いだされるものであるとすれば、同様に諸可能性のなかで問われるべきものとして理解する必要がある。アイヒマンに、彼が自分は命令にしたがっただけだと、みずからの意志ではないと主張するかぎり、その意志を問うことによって責任を負わせることはできない。近代市民社会が個々人の意志の表明の形式である妥当要求にもとづいて形成されるかぎり、近代法は責任の問題を意志とのかかわりのなかで問うことになるが、責任とはそもそもそうした意志とは無関係なところに生じるものにほかならない。デリダのいうように、「決定＝決断」はさまざまな可能性のなかで「決定＝決断」されなかったものとの関係においてなされるとすれば、責任は、選択されなかった行為との関係において、みずからとった立場にたいしてではなく、とりえなかった立場にたいして問われる。アイヒマンは、諸可能性のなかで行為する〈歴史的主体〉として責任を負わなければならない。命令にしたがわないこともできたかもしれない、少なくともみずから進んで命令にしたがうこと、効率的にユダヤ人をアウシュヴィッツに輸送する有能な官吏であることを回避することができたかもしれない、という可能性においてなされた行為にたいして、アイヒマンは責任を負う必要がある。そのような契機を、ベンヤミンは『ゲーテの親和力』のなかで「機会 Gelegenheit」と呼んでいる。責任は、諸可能性において到来するひとつの可能性としての「機会」のもとにみずから担うことが要請されるのである。そうした可能性において責任を負うのでなければ、アイヒマンはみずからの意志を否定しているのだから、贖いは復讐のためになされるということにしかならないし、そうなればそこには復讐と贖罪の連鎖しか生まれることはないだろう。命令にしたがっただけだと主張するアイヒマンは、つねにとりえなかった立場にたいして責任を負わなければならない。責任は、そのような行為遂行的な矛盾へと身をおくことによって生じる。みずから出来事が構成される場に身をおくこと、アポステオリで必然的なものを、偶然的であるにもかかわらずアプリオリなものにすること、それは行為遂行的矛盾、「不可能性」のうちに身をおくことにほかならない。「決定＝決断」は、「決定＝決断」されなかったものとの関係において、そうした「不可能性」においてなされたものとして理解されなければならない。

(361) 『根源』下、二二六頁。(Benjamin, Theologisch-politisches Fragment, GS II 204.)

あとがき

本書はベンヤミンの初期の作品について、芸術批評、法と暴力、言語と歴史という観点から論じたものである。ベンヤミンは初期の一連の作品で、第一次世界大戦からその後の混乱期にかけて近代市民社会のかかえる矛盾がさまざまなかたちで噴出する時代に、近代市民社会がどのような特徴をもつのか、どのような原理のもとに形成されているか、どこに再構築のための視点を見いだせばよいのか、という問題を、芸術批評と法と言語の領域において問いかけている。近代市民社会における芸術の意味とはなにか、芸術批評はどのような言説を形成するものなのか（第一章）、近代市民社会は法＝権利という観点から考えるならいかなる性格をもつものなのか、ベンヤミンの〈神話的なもの〉という概念はどのような意味をもつのか（第二章）、近代の〈神話的なもの〉という性格に対抗するためにベンヤミンは言語と歴史に訴えるが、そこで論じられる言語理論と歴史哲学とはどのようなものなのか（第三章）、が本書のテーマである。

とかくベンヤミンについて論じようとするとき、ドイツ青年運動、ロマン主義、ユダヤ神秘主義、マルクス主義などの思想的潮流、あるいはコーエン、ショーレム、クラーゲス、シュミットなど当時のさまざまな思想家との影響関係のなかで議論されがちだが、ここではそうした関係について言及することは最小限にとどめ、あくまでベンヤミンの思考を再構成することにつとめた（カントやシュレーゲル、フロイトやジンメル、クラーゲスやハイデガーなどとの関連については他の論文のなかで論じたので、またちがった構想でまとめることができればと考えている)。ベンヤミンの思想がどのような文脈のなかで生まれてきたのかを検討することは重要だが、その思想を時代状況や既存の思想的潮流といった文脈のなかに解消してしまうとすれば、ベンヤミンを読むことの意味が失われてしまうだろう。たとえばベンヤミンの「神」ということばには、たしかにユダヤ教、またユダヤ神秘主義の考え方が反映されているとしても、ベンヤミンの「神」がユダヤ教、ユダヤ神秘主義の文脈に解消することができるとすれば、そもそもベンヤミンの思想について語る必要はなくなってしまう。ベンヤミンがさまざまな文化的、社会的、政治的な影響をうけつつも当時の時代状況のなかでどのような考え方を展開しようとしているのかを考察することこそが、なによりも必要であろう。

本書の初出は左記のとおりである。

序と第一章および終章:「ヘラスとヘスペリアの彼方に——ベンヤミンのヘルダーリン論をめぐって」(一九九八年三月、東京大学平成七年度科学研究費補助金〈総合A〉研究「文学表現と〈メディア〉——ドイツ文学の場合」報告書)、「ヴァルター・ベンヤミンにおける芸術批評と歴史哲学」(二〇〇二年二月、「千葉大学社会文化科学研究」第六号)

第二章:「ヴァルター・ベンヤミンの〈神話的なもの〉という概念について——啓蒙主義の道徳律とその倒錯的な誘惑」(二〇〇一年二月、「千葉大学社会文化科学研究」第五号)、「ベンヤミンにおける法の概念と近代悲劇の意味」(二〇〇四年三月、千葉大学平成十四年度〜十五年度科学研究費補助金〈基盤研究C〉研究成果報告書「国民国家の成立条件とその歴史的機能および限界——ヨーロッパ連合の文脈から見たドイツとフランスの場合」)

第三章：「固有名と翻訳可能性――ヴァルター・ベンヤミンの言語論」（二〇〇一年三月、「ドイツ文学」第一〇六号、日本独文学会編）、「ヴァルター・ベンヤミンの言語理論と歴史哲学」（二〇〇三年二月、「千葉大学社会文化科学研究」第七号）

本書にまとめるにあたり、ヘルダーリン論に関しては大幅に書き換えたが、他の部分は前後のつながりを考え文章を入れかえ、新しい参考文献を参照した箇所に手をくわえたほかは、内容はほぼ初出のままである。もっと以前にまとめることができたはずなのだが、ベンヤミンの後期の思想をもふくめたものにしたいと考えていたこと、しかし社会科学系の学部に所属しつつベンヤミンについて書きつづけることが心的に困難だったこと、そうした状況のなかでまずハーバーマスに関する論文の完成を優先させたことなどがあり、なかなかまとめることができなかった。もともとの構想では、初期のベンヤミンの思想を批評・法・言語という観点から近代の象徴的《サンボリック》な構造を分析したものとして論じ、後期の思想をメランコリー・救済のオイコノミア・アレゴリーという観点から近代の想像的《イマジネール》な可能性を展望するものとして議論することを考えていた。本書では後半部分まで論じることができなかったが、芸術と法と言語を〈批判＝批評〉という観点からまとめることでテーマとしてむしろ統一的なものになったのではないかと思う。

本書を刊行するにあたり、まず浅井健二郎先生に感謝したい。浅井先生の演習の授業には、理系の学生だったころから参加させていただき、その後、講義や演習などで学んだことは本書にもさまざまなかたちで反映されている。とりわけ『ベンヤミン・コレクション』（筑摩書房）の刊行にあたり、拙い翻訳でご迷惑をおかけしつつも参加させていただいたことには深く感謝したい。また故生野幸吉先生、柴田翔先生、池内紀先生、松浦純先生にも感謝したい。学部や大学院の授業、研究室での談話などから受けた影響は、テキストの読解の仕方から思考方法、文体にいたるまで、文章の隅々にまで浸透している。さらに故多木浩二先生、大室幹雄先生に感謝したい。雑務に翻弄されがちな大学のキャンパスで、ベンヤミンにかぎらず芸術一般についてお話をうかがうことができたことは幸運であり、またそのひとときは幸福な時間だった。また友人の西村龍一氏にも感謝したい。氏の論文からの刺激のみならず、書いた文章に適切な批判を寄せてもらえたことはつねに心の支えになってきた。

最後に、前回と同様、本書の刊行を引き受けてくださった未來社の西谷能英さん、また高橋浩貴さんにも深く感謝したい。もともと他の出版社から話がありまとめはじめたものだったが、前記のような理由でうまくタイミングが合わなかったところを助けていただいた。

なお本書を故藤井啓司さんに捧げたい。いろいろ気にかけてもらいながら伝えることのできなかった深い感謝の思いをこめて。

二〇一二年四月一二日　　　内村博信

著者略歴

内村博信（うちむら・ひろのぶ）

一九五八年生まれ。東京大学大学院人文科学研究科博士課程中退。現在、千葉大学法経学部教授。専攻はドイツ文化・思想。著書に『討議と人権――ハーバーマスの討議理論における正統性の問題』（未來社、二〇〇九年）、共著に『多元性のディスクール――民衆文化と芸術の接点』（多賀出版、一九九五年）、『感覚変容のディアレクティク――世紀転換期からナチズムへ』（平凡社、一九九二年）ほか。共訳書に『ベンヤミン・コレクション2』（筑摩書房、一九九六年）、コッペルカム『幻想のオリエント』（鹿島出版会、一九九一年）ほか。論文に「欧州憲法条約とハーバーマスの政治哲学」（科学研究費補助金研究成果報告書「EUと東アジアにおける超国家的・地域間的市民社会形成の比較理論研究」、二〇〇七年）ほか。

ベンヤミン　危機の思考——批評理論から歴史哲学へ

発行——二〇一二年五月三十日　初版第一刷発行

定価——（本体二八〇〇円＋税）

著　者——内村博信

発行者——西谷能英

発行所——株式会社　未來社

東京都文京区小石川三—七—二

電話〇三—三八一四—五五二一

http://www.miraisha.co.jp/

Email:info@miraisha.co.jp

振替〇〇一七〇—三—八七三八五

印刷——精興社

製本——榎本製本

ISBN 978-4-624-01186-4 C0010

（消費税別）

内村博信著
討議と人権
〔ハーバーマスの討議理論における正統性の問題〕世界市民法を構築する討議理論を徹底的に吟味。グローバル化に潜むアポリアを見きわめ、リベラル民主主義をラディカルに問う。 三八〇〇円

大宮勘一郎著
ベンヤミンの通行路
不断の旅行者ベンヤミン。その旅行と都市をめぐるテクストにベンヤミンの「問い」を聞く。一九世紀の根源史へと向かった二〇世紀の批評家の思考を二一世紀に開くためのパッサージュ。 二八〇〇円

湯浅博雄著
翻訳のポイエーシス
〔他者の詩学〕翻訳とは〈他者との関係〉を考えるテーマと結びついていることとして雑誌初出時に評判を呼んだ渾身の翻訳言語論を軸に、バタイユ論、ランボー論を併録した一冊。 二二〇〇円

アガンベン著／上村忠男・中村勝己訳
例外状態
政治的行為とはなにか？「世界的内戦」下の現代にあって統治のパラダイムと化した「例外状態」＝法の空白をめぐってシュミット＝ベンヤミンの戦いの意味を批判的に検討する。 二〇〇〇円

シュミット著／田中浩・原田武雄訳
政治神学
「主権者とは、例外状態にかんして決定をくだす者をいう」。国家と法と主権の問題を踏査するコアな思考の展開。カール・レヴィットによる決定的なシュミット批判なども併録。 一八〇〇円

ハーバーマス著／小牧治・村上隆夫訳
哲学的・政治的プロフィール（上・下）
ハーバーマスが影響を受けた思想家にかんして、折にふれジャーナリズムに発表した評論を集めた書。上巻にはハイデガー、アドルノ、下巻にはベンヤミン、ショーレム等を収録。 各三五〇〇円

アドルノ著／笠原賢介訳
本来性という隠語
〔ドイツ的なイデオロギーについて〕ハイデガー哲学の徹底的批判をつうじてナチ以後のドイツ思想の非合理なからくりを暴く、アドルノ批判哲学の真骨頂。幻の名著の待望の訳業。 二五〇〇円